Zbigniew Puszkiewicz

Dziewczyny

Korekta i redakcja: *Izabella Król, Patrycja Czekajska*
Projekt okładki: *Volumina.pl*
Skład: *Wydawnictwo Papierowy Motyl*
Druk i oprawa: *Print Group*

© Copyright Zbigniew Puszkiewicz 2013
© Copyright Wydawnictwo „Papierowy Motyl" 2013

Wydanie pierwsze

ISBN 978-83-63818-13-5

www.papierowymotyl.pl

Siostry

12 lipca, środa

W pracy miałam zupełnie sympatyczny dzień. Szefowej nie ma od paru dni, dziewczyny chodzą jak chcą. Zaczęły kursować po biurze, jakby zupełnie nic nie miały do roboty. Do mojego pokoju przyszła Jadźka, ta od sprawozdań, i zaczęła wygadywać do nas takie rzeczy, że kompletnie nie mogłam skupić się na swoim zleceniu. Mówiła o swoim chłopaku i ich kłótniach. Ja chyba nigdy nikomu nie opowiadałabym o tak prywatnych sprawach, pominąwszy fakt, że od jakiegoś czasu nie mam za bardzo się z kim kłócić. W końcu Małgosia pognała Jadźkę, ale ja już nie mogłam się skupić na pracy, odłożyłam zlecenie na jutro. Ale i tak było tak jakoś spokojnie, bez tej nerwowej ganianiny. Szefowa powinna więcej jeździć na urlopy.

Po pracy siedziałyśmy w ogródku przy domu, mama znów zaczęła te swoje teksty – kiedy mamy zamiar poznać wreszcie kogoś i wyjść za mąż. Ja to ja, mam „dopiero" dwadzieścia dziewięć lat, mówi się, że jeśli ktoś chce mieć dzieci, to dobrze, jeśli to pierwsze urodzi się przed trzydziestką piątą. Baśce brakuje już tylko roku, a tu fatyganta żadnego ani widu, ani słychu. I kiedy mama tak sobie tam pogderywała pod nosem, Basia nagle się zaczerwieniła i wypaliła, że skąd wiemy, czy ona kogoś nie ma? Mama zaniemówiła, nawet tata na tym swoim łóżku podniósł się na łokciu i popatrzył na nas i tylko – no, no, koniec świata – było słychać. Ale siostrzyczka już nic więcej na ten temat nie chciała powiedzieć. Dopiero wieczorem, jak ją trochę przycisnęłam, przyznała, że do jej pracy dwa tygodnie wcześniej przyszedł na część etatu nowy facet, który miał pracować jako strażak czy tam jakiś od ochrony przeciwpożarowej. Pracuje w pokoju obok, często się widzą i on wczoraj zaprosił ją na kawę do bufetu i fajnie sobie pogadali. Co prawda to za mało, żeby mieć jakieś nadzieje, ale ją wkurzyło to wieczne utyskiwanie mamuśki i tak trochę na wyrost wypaliła. Póki co, to taki dobry kolega, ale tak jakoś dziwnie taksował ją wzrokiem, może mu się spodobała? Z tego co mówi można wyciągnąć wniosek, że jest samotny, ale przecież w razie czego to jest do sprawdzenia.

Tak myślę sobie, że dobrze byłoby gdyby Basi wreszcie się powiodło. Nigdy jakoś tak wcześniej nie miała szczęścia do chłopów. No niby tam kogoś miała, ale po jakimś czasie się rozsypywało. Przy okazji zaczęłam myśleć o sobie. Ciekawe co tam u Bartka. Nie widziałam go już, ile to czasu? No, już prawie dwa lata jak odszedł. Ten jego krokodyli płacz przy rozstaniu, że on chciał do końca życia być tylko ze mną, a że w tę ciążę to został wrobiony. Wrobiony? Przecież dzieci nie biorą się znikąd. Do tego tanga trzeba dwojga, i to raczej aktywnego działania. Z perspektywy czasu myślę, że lepiej, że się stało, nim zaczęliśmy jakieś konkretne plany na przyszłość robić, niż miałyby się ujawnić po ślubie te jego skłonności i do kieliszka, i do popełniania głupstw po wypiciu. Tylko tych czterech lat straconych szkoda. Bo czasami to nawet fajnie było.

14 lipca, piątek

Dziś źle spałam. Nie dość, że długo nie mogłam zasnąć, to jeszcze u sąsiadów gdzieś koło północy pies zaczął wyć i ujadać, jakby jakieś zwierzęta czy ludzie włóczyli się po parku. Niby w fajnym miejscu mieszkamy, za nami zaraz las się zaczyna, ale kiedy mamy i Basi nie ma, to trochę się boję. Przecież tata, odkąd zaległ po tym wypadku, to nawet ręką by nie ruszył. Zrobiłam sobie makijaż do pracy mocniejszy niż zazwyczaj, ale i tak zaraz, jak weszłam do pokoju to dziewczyny zaczęły się śmiać, że chyba noc miałam upojną, bo widać, że oczy podkrążone z niewyspania. Tak upojną, że chyba inkub jakiś w nocy się zakradł i nie dał mi spać. W pracy, póki szefowa na urlopie, luz. Uporałam się wreszcie ze zleceniem dla Przemysłówki i miałam trochę czasu na plotki z Małgosią. Ona rozwódka, ale bez dzieci i też na etapie poszukiwania kogoś na stałe. Jezu, czemu w miastach jest tak mało jakichś konkretnych facetów. Nic dziwnego, że tych, którzy są choć trochę przystojniejsi od diabła, młódki wyszarpują od ręki, nie przejmując się nawet, że czasem są starsi od nich o dobre dziesięć i więcej lat. A nam zostają jakieś pieprzone niedobitki. Taki Robercik, nasz ochroniarz. Wysoki, przystojny, babki sikają za nim. Tylko co z tego, jeśli jego kobiety nie obchodzą. Ale jeżeli przechodzi jakiś fajniejszy facet, to mało oczu nie zgubi, patrząc mu na tyłek. Albo Andrzejek z technicznego. Taki wizualnie zupełnie niezły, ale jak już otworzy buzię, to wiochą jedzie na kilometry. W dodatku strasznie się poci jak jest gorąco, a zapach jego potu raczej nie jest przyjemny. Kiedy mijamy się na korytarzu, wstrzymuję na chwilę oddech. I weź tu się zdecyduj na kogoś.

Mama pytała mnie dziś, czy wiem coś więcej na temat sympatii Basi. Powiedziałam, że niewiele, ale będę próbowała coś od niej wyciągnąć. Potem zadzwoniła moja siostrzyczka i powiedziała tak niby sobie lekko, że wróci trochę później, byśmy się nie martwili. Wróciła taryfą gdzieś o wpół do jedenastej i choć mnie aż paliło wewnątrz z ciekawości, to udawałam, że nic mnie nie obchodzi. Dopiero kładąc się spać parę słów powiedziała, że była z tym swoim kolegą w kinie, a potem zaszli do knajpki na lampkę wina. Film taki ciężki w odbiorze, historia o tym, jak jakiś psychol męczył swoją kobietę.

17 lipca, poniedziałek
Szefowa wróciła z urlopu. Od razu widać. Wszyscy chodzą jak trybiki w zegarku. Szefowa tak gdzieś po dwunastej wezwała mnie do siebie i powiedziała, że bardzo dobrze zrobiłam zlecenie. Poprosiła tylko o wyjaśnienie paru szczegółów i wróciłam do siebie. Zaraz po pracy poszłam do Manhattanu, obejrzeć kostiumy kąpielowe, bo od ubiegłego lata schudłam ze trzy kilo i te, co miałam już tak nie pasują, a boję się obciachu, że jak będę gdzieś nad wodą, to ujawni się coś więcej niż chciałabym ujawnić. W ostatnią niedzielę, jak z Baśką wybrałyśmy się nad Tyrskie, widziałyśmy grupkę dziewczyn i chłopa-

ków – popijali piwo, trochę hałasowali. Poszli się kąpać, a jedna z dziewcząt została na kocu i chyba trochę przysnęła. Kiedy tak leżała, ramiączko staniczka opadło, ona się poruszyła i spod materiału wysunął się sutek. Ludzie w pobliżu gapili się na to, w końcu siostrzyczka podeszła do tamtej dziewczyny i delikatnie poprawiła jej ramiączko. Tamta nawet nie drgnęła. Swoją drogą to zastanawiam się, jak to jest, że gdzieś na zachodzie czy południu Europy kobiety opalają się topless i nikomu to nie przeszkadza. U nas takie zadupie, że ledwie ktoś się ośmieli, to zaraz znajdzie się ktoś komu to przeszkadza.

Basia przyniosła do domu bukiecik z polnych kwiatów i traw, tak jakoś fajnie ułożonych. Powiedziała, że to od Jakuba, tego kolegi z pracy, że był na łące koło swojego domu i jak pomyślał, że dziś się spotkają, to zrobi jej niespodziankę. Zastanawiam się, czy to jest „to" czy tylko taka pracowa przyjaźń. Bo z jednej strony kino, później knajpka, bukiecik – z drugiej sama od czasu do czasu spotykam się z takimi czy innymi wyrazami sympatii, które jednak w końcu do niczego nie prowadzą. Boję się trochę o siostrzyczkę, żeby za wcześnie sobie nie narobiła nadziei. Bo ona jest taka, że jak nic to nic, a jak coś, to od razu cała się w to pakuje. Dlatego staram się bardzo delikatnie obudzić się w niej odrobinę ostrożności. Ale ona chyba nie zrozumiała moich intencji i prawie wykrzyczała, że jej już trzydziestka piątka stuka i musi, no musi kogoś mieć, jeśli nie chce sama być na starość. I jak pojawia się wreszcie sensowny facet, to zaraz ktoś stara się kubeł zimnej wody jej na głowę wylać. Siostrzyczko, przecież wiesz, jak cię kocham i zupełnie nie zrozumiałaś moich intencji. Żyjemy już te parę latek i wiemy, jacy potrafią być faceci. Znasz te ich gadki, że jak piwo sobie chcą wypić, to nie muszą całego browaru kupować. Boję się, że możesz zawędrować w ślepy zaułek, z którego trudno będzie się wydostać. Zaufanie, wiara w drugiego człowieka są potrzebne, ale musimy trzymać nasze uczucia na wodzy. W końcu to my, kobiety, mamy więcej do stracenia.

21 lipca, piątek

Dziś nad ranem zerwała się potworna burza. Pioruny waliły jeden po drugim tak blisko, że zerwałam się ze swojego łóżka i położyłam koło Baśki. Potem przeszło, ale ja już do rana nie zasnęłam. Myślałam o pracy, o sobie, o swoich urodzinach za tydzień i kogo zaprosić. Wcześniej już rozmawiałam z mamuśką, że jak będzie ładna pogoda, to zrobimy grilla w ogródku, ona upiecze jakieś ciasta, ja kupię łopatkę i boczek i wcześniej zabejcuję je w przyprawach. Do tego sałata w sosie winegret, cacyki, pieczywo i napoje. Jakby, nie daj Boże, miało padać, to rozłożymy pawilon z daszkiem i najwyżej pod nim będziemy. O tym, że mogłoby być zimno, nawet nie chcę myśleć. Z pracy zaprosiłam Małgosię i spytałam, czy z kimś będzie czy sama. Odpowiedziała, że na dzień dzisiejszy to z kimś, ale nie gwarantuje, czy za tydzień też tak będzie, w końcu nikt nie wie, co facetom w głowach siedzi. A u niej to krótka piłka, coś się nie podoba to bajbaj. Człowiek za krótko jest na tym świecie, żeby życie traktować tak całkiem poważnie. Czasem jej zazdroszczę tego patrzenia na świat z przymrużeniem oka. I tylko się zastanawiam, czy ona naprawdę taka jest, czy tylko gra twardzielkę, żeby nie stracić tej odrobiny szacunku do samej siebie. Singielką się jest albo z wyboru, albo z konieczności. Tych pierwszych niestety jest znacznie mniej. Tylko że nie wszystkie potrafią się do tego przyznać.

Kiedy spytałam Basię, czy przyjdzie na urodziny z Jakubem, powiedziała, że jeszcze nie wie. Po tym, co jej parę dni temu powiedziałam, trochę zaczęła się zastanawiać, czy rzeczywiście nie robi sobie za dużych nadziei. Wie już, że facet na pewno jest sam, ale nie wiadomo, czy nie traktuje ich znajomości trochę przelotnie. Bo od trzech tygodni widzą się prawie codziennie, co prawda głównie w pracy, ale czasem po południu i nie zrobił nic, diametralnie nic co by wykraczało poza ramy zwykłej znajomości. Ani jej nie próbował za rękę chwycić, ani ukraść całusa – nic. A na pewno nie jest nieśmiały, co to, to nie. Zresztą do urodzin jeszcze trochę czasu, wiele w tym czasie może się wydarzyć.

26 lipca, środa

Od rana na badaniach okresowych. Lekarka spytała mnie, kiedy ostatni raz prześwietlałam płuca. Kiedy powiedziałam, że chyba cztery albo pięć lat temu, skierowała mnie na rentgen. Rejestrowałam się w okienku, za mną stał młody chłopak; pielęgniarka powiedziała, bym w szatni damskiej zdjęła ciuchy do pasa, zapukała do drzwi wewnętrznych i czekała na wezwanie pani doktor. Tak zrobiłam, i kiedy usłyszałam – wejść – otworzyłam drzwi i weszłam do środka. Równocześnie ze mną z drugich drzwi wszedł ten chłopak i stanęliśmy naprzeciwko siebie. Byłam tak zaskoczona, że przez chwilę stałam z opuszczonymi rękami, a on gapił się na mój biust. Trwało to ułamek sekundy, zza maszyny wyszła lekarka, zaśmiała się i powiedziała chłopakowi, że może by damie ustąpił pierwszeństwa. Potem żartowałyśmy sobie, że być może chłopak miał okazję po raz pierwszy w życiu obejrzeć na żywo kobiece cycki.

Baśka już któryś z kolei dzień wraca do domu wieczorem, podwozi ją Jakub. Widzę zawsze tę jego kremową renówkę, ale on staje tak, że widać tylko jego sylwetkę. Pytam siostrzyczkę, co robią, ale ona tylko patrzy na mnie z pobłażaniem i odpowiada, że na pewno nie to, o czym myślę. Tylko że ja o niczym nie myślę!

Dziś wieczorem, kiedy zaniosłam tacie kanapki i herbatę, posiedziałam z nim dłużej. Patrzyłam na jego tak nagle postarzałe dłonie i przypominałam sobie, jak nas podnosił kiedyś wysoko, a my piszczałyśmy wniebogłosy. Myślę sobie, że mnie kochał trochę bardziej niż Basię, choć starał się nigdy tego nie okazywać. Ma w sobie głębokie poczucie sprawiedliwości, jest bardzo dobrym człowiekiem. Ten jego wypadek, to też dlatego że chciał kogoś oszczędzić. Jechał kiedyś przez jakiś przysiółek, gdzie nawet nie było ograniczenia prędkości. Mimo to zwolnił gdzieś do siedemdziesiątki, kiedy nagle przed maską samochodu zobaczył piłkę i wybiegającą za nią dziewczynkę. Nie miał innej możliwości, samochód skierował w bok i najechał na słup elektryczny. Pas bezpieczeństwa był trochę za luźny, tata głową uderzył w szybę, uszkodził kręgosłup w okolicy szyi. I po wszystkim. Jedyne co mu zostało, to odrobina władzy w rękach, to i tak lepiej niż gdyby miałby nic przy sobie nie zrobić. Dziś zażartował sobie, że dzięki temu wypadkowi, to nareszcie ma czas nadrobić braki w czytaniu literatury, a jak się zaweźmie, to sam coś napisze. Tylko kto miałby chodzić na spotkania z czytelnikami?

29 lipca, sobota

Trochę szczęśliwie dziś nie pada, jest ciepło, tak w sam raz na to, żeby urodziny zrobić na zewnątrz. Mimo to tak na wszelki wypadek rozłożyłam letni daszek. Wczoraj w pracy ugościłam dziewczyny ciastkami i kawą, od nich w prezencie dostałam drewnianą żyrafę, ponoć oryginał zrobiony gdzieś w Kenii czy Etiopii. Po pracy zrobiłam jeszcze zakupy na dzisiejszą imprezę. Dobrze, że autobus z marketu dojeżdża prawie że pod nasz domek, bo trochę rzeczy kupiłam, a na taryfę szkoda mi pieniędzy. Dziś od rana się krzątam razem z mamuśką – ona piecze ciasta, ja przygotowuję mięso. Dostałam od Małgosi przepis na grillowane warzywa zawinięte w folię aluminiową i lekko podgotowałam niektóre składniki, żeby nie musiały długo leżeć nad żarem.

W końcu gdzieś koło piątej zaczęli się schodzić. Małgosia jednak była z wysokim i nawet nieźle wyglądającym facetem, ale jak się później okazało – strasznie małomównym. Nie wiem, czy ze słów, jakie wypowiedział przez cały wieczór, dałoby się sklecić choć jedno zdanie. Prawie w tym samym czasie pojawiły się Magda i Monika – moje kuzynki bliźniaczki wraz z mężami i dziećmi. Potem na podjeździe zaparkowała kremowa renówka. Podczas kiedy siostrzyczka przedstawiała Jakuba, przyglądałam się mu dyskretnie. Niezbyt wysoki, wąsaty, lekko łysiejący, patrzył na nas bystrymi, niebieskimi oczami. Ubrany z lekkim luzem, ale gustownie. Kiedy składał mi życzenia, zdumiałam się. Żadnej sztampy w rodzaju – wszystkiego najlepszego – mówił coś o szacunku, jaki każdy powinien mieć dla swojego zdrowia i życia, coś o cenieniu sobie innych ludzi, ale wychodziło mu to jakoś tak zgrabnie, potoczyście, przekonująco. Potem normalnie, jak to na takiej imprezie bywa. Kuba szybko się rozkręcił w tym prawie że sobie nieznanym środowisku i trochę brylował. Niby to dobrze, że tak się odnalazł wśród obcych sobie ludzi, ale tak zdominował rozmowy, że prawie nikt oprócz niego nie miał nic do powiedzenia. W którymś momencie chyba zauważył, że tylko on coś mówi i zwolnił. Chwycił świeżo upieczony kawałek boczku i wgryzł się w niego. Z samochodu przyniósł piwo i otworzył puszkę. Kiedy zauważył mój pytający wzrok, pokazał mi na napis, że bezalkoholowe. Zawsze mnie dziwiło, że ktoś pije takie piwo. Przecież jeśli już się pije, to po to, żeby poczuć ten luzik, szmerek gdzieś pod czaszką. Siedzieliśmy do zmroku, potem wszyscy się rozjechali. Kiedy już położyłyśmy się, spytałam Basię o Jakuba. Nie była zbyt rozmowna, powiedziała tylko że ma mieszane uczucia, bo jest w nim coś takiego dziwnego, ale trudno powiedzieć co. Spotykają się już parę tygodni, a on nadal jeszcze nie zrobił żadnego gestu, który można by określić jako poufały. Jutro, gdyby była ładna pogoda, jadą nad wodę, jeśli chcę mogę się z nimi zabrać. Nie miałam nic do roboty, więc chętnie się zgodziłam.

30 lipca, niedziela

Prawdę powiedziawszy, trochę mnie zdziwiło to zaproszenie Baśki. Jestem od niej szczuplejsza, co tu dużo mówić – zgrabniejsza, i takie konfrontacje pomiędzy kobietami, nie ma znaczenia, że siostrami, czasem przynoszą fatalny skutek. Ja co prawda nie mam nic do Jakuba, mój stosunek do niego jest w zasadzie obojętny, ale on, patrząc na nas, będzie porównywał. Może zresztą woli nieco bardziej obfite kształty, w końcu mojej siostrzyczce też nic nie brakuje. Szykując się nad jezioro, zastanawiałam się, który strój założyć, zdecydowałam się w końcu na ten błękitny w złote kwiaty, ze staniczkiem push-up, co go przywiozłam w ubiegłym roku z Francji. Czasami, obserwując swoje ciało, jakby na siłę szukam wad. U innych kobiet zawsze podziwiałam umiejętność podkreślania tego, co może przyciągnąć męski wzrok. Zazdrościłam tym babkom, które tak dobierały dekolt, żeby wyeksponować dołek między piersiami. Ja mam piersi za drobne, żeby taki efekt osiągnąć, stąd ten watowany stanik.

Kuba był tak zwyczajny w swojej budowie, gdyby nie to, że przyjechaliśmy razem, nawet bym pewnie nie zwróciła na niego uwagi.

Jedyne, co zauważyłam, to dość duża blizna w miejscu gdzie stopa łączy się z łydką. Starałam się nie zwracać na nią uwagi, ale kiedy złapał moje spojrzenie w tę stronę, zaczął opowiadać; jeszcze parę lat temu był strażakiem, chorążym pożarnictwa. Kiedyś zostali wezwani do pożaru niewielkiego domku, kiedy przyjechali, płomienie obejmowały już dużą część dachu. Mieszkańcy domu byli co prawda na zewnątrz, ale starsza pani, patrząc na szalejące płomienie krzyczała, że tam w środku została suczka Żabka, która wkrótce miała się oszczenić. Kuba spytał, gdzie jest to pomieszczenie w którym została, a ponieważ z zewnątrz ta część domu wydawała się jeszcze niezbyt mocno nadpalona, wbiegł do środka. Po chwili zobaczył leżącą w kącie suczkę, chwycił ją na ręce i chciał wybiec. W tym momencie część stropu zawaliła się, jedna z płonących belek rozdarła mu nogawkę i przygniotła stopę do podłogi. Prawie że nie czuł bólu, tylko rozpaczliwie usiłował wyrwać stopę, w końcu się udało. Z Żabką na rękach wybiegł w końcu z domku i po paru krokach upadł. Noga była mocno poparzona, ścięgna uszkodzone. Ortopeda, jak zobaczył uraz, pokiwał głową w zadumie i powiedział mu, że będzie ogromnym szczęściarzem, jeśli będzie mógł chodzić. Kilka operacji, potem po długich miesiącach rehabilitacji właściwie mógł wrócić do pracy, ale szefostwo postanowiło zwolnić go ze służby. I w ten sposób, w wieku czterdziestu dwu lat został na garnuszku państwowym, śmiał się. A że nie lubi pustki w życiu, poszedł do pracy, choć dostaje dość wysoką rentę. Ot, i cała historia, jak to w życiu bywa, nic nadzwyczajnego. Każdy strażak nosi w zanadrzu przynajmniej kilka podobnych historii. Taka praca.

Nie powiem, żeby ta opowieść w jakiś diametralny sposób zmieniła mój stosunek do Jakuba, ale pomyślałam, że niektórzy ludzie noszą w sobie jakąś tajemnicę, czasem mroczną i ponurą, kiedy indziej pozytywną, nawet noszącą znamiona bohaterstwa.

Chyba przesadziłam z opalaniem. Wieczorem patrzyłam w lustrze na czerwone ramiona i uda, na białe ślady po kostiumie. Mamuśka posmarowała mi bolące miejsca kremem, ale i tak czułam, że noc będzie ciężka. Basia za tydzień wyjeżdża do Hiszpanii, wyciągnęła walizę z kółeczkami i zaczęła układać te rzeczy, które do tego czasu jej nie będą potrzebne. Zaczęłam się śmiać, dlaczego dopiero teraz, przecież mogła to zrobić już ze dwa tygodnie temu. Ona na to, że nie lubi zostawiać nic na ostatnią chwilę, bowiem jak się człowiek śpieszy, to w końcu o czymś ważnym zapomni.

31 lipca, poniedziałek

Noc rzeczywiście była ciężka. Budziłam się często i nie mogłam zasnąć, przewracałam z boku na bok. Rano z podkrążonymi oczami wylądowałam w pracy. Dziś posiedzenie zarządu, mam protokołować, a wyglądam jak stara miotła. Szefowa, widząc, że nie jestem w najlepszej formie, pozwoliła, jak jeszcze nigdy, skorzystać z dyktafonu. Po posiedzeniu wpadła do mojego pokoju i widząc, jak nieźle idzie mi pisanie protokołu z taśmy, powiedziała, że potrzebny mi telefon komórkowy z funkcją dyktafonu. Jakoś tam dociągnęłam do trzeciej. Po drodze do domu zajrzałam do drogerii i kupiłam krem, który miał mi przynieść ulgę w poparzeniach. Wkładając tubę do torby pomyślałam o nodze Jakuba; zaczęłam się zastanawiać, ilu ludzi postąpiłoby jak on. Taka zamyślona chciałam już wejść na pasy, kiedy z rykiem silnika przemknął tuż przede mną jakiś rozszalały motocyklista, mało co nie zawadzając o mnie. Nie cierpię szpanerów, kiedy takiego widzę to myślę sobie, że nigdy nie wsiadłabym z nim na motor, nawet nie chciałabym mieć takiego faceta. W życiu trzeba mieć odrobinę odpowiedzialności – za siebie, za rodzinę, za innych ludzi. Co mi po takim szaleńcu, który gdzieś się rozbije i albo skończy jako warzywko, albo tylko mogiłę na cmentarzu po sobie pozostawi.

W domu posmarowałam się kremem i prawie od razu pomogło. Basia, o dziwo, wcale się tak nie spiekła jak ja, mimo jaśniejszej karnacji. Gdzieś się szykowała. Kiedy suszyła włosy po myciu, przed domem usłyszałam charakterystyczny dźwięk silnika motocyklowego, ale nie taki na wysokich obrotach, tylko powolny, majestatyczny. Wyjrzałam przez okno i zobaczyłam Jakuba zdejmującego kask. Razem z tym swoim motorem wyglądał jak amerykański policjant. Zawołałam, żeby jeszcze chwilę zaczekał, bo Basia będzie gotowa za chwilę, potem wyszłam przed dom obejrzeć motor. Lśnił lakierami i niklami, widać było po nim dbałość właściciela. Chwilę porozmawialiśmy, potem siostrzyczka usiadła na siodełko i odjechali. Pomyślałam, że Kuba, jak typowy facet, musi mieć jakieś techniczne cudeńko, stanowiące dla niego fetysz. Nie po to, by szaleć jak ten głupek, ale podjechać z fasonem i klasą godną dojrzałego mężczyzny. Złapałam się na myśli, że troszkę siostrze zaczynam zazdrościć, jednak zaraz sama do siebie się uśmiechnęłam. Nic na siłę, droga koleżanko. Są rzeczy które należy traktować jako tabu.

Wieczorem tata pytał mnie, co tam u nas, ale wiedziałam, że obchodzi go głównie co u Basi, czy wiem coś co i dla niego mogłoby być ciekawe. Czy są szanse na to, że ten związek przeobrazi się w coś więcej? Ale ja sama nie wiem, tatuśku, co tam u nich się dzieje. Siostrzyczka wspomina o swoich kontaktach z Jakubem tylko półgębkiem i odkąd z nim jest, to tak jakby coś ją męczyło. Intuicja podpowiada mi, że być może ona chciałaby, aby on wreszcie zrobił coś bardziej spektakularnego, no może nie od razu oświadczyny, ale coś co udowodniłoby, że on nie traktuje jej tylko jako koleżanki z pracy.

Wróciła późno w nocy, prawie bez słowa rozebrała się, umyła i położyła do łóżka. Kiedy odezwałam się do niej, powiedziała, żebym dała jej spokój i odwróciła się do ściany. Obudziłam się w nocy, żeby się czegoś napić i spojrzałam na drugie łóżko. Basia nie spała, leżała na wznak, odkryta i wiedziałam, że ma otwarte oczy. Wstałam i położyłam się koło niej; czy jest coś, o czym chciałabyś mi powiedzieć? Westchnęła głęboko i opowiedziała o wieczorze. Byli z Kubą na grillu u jakichś jego znajomych, potem pojechali do niego. Rozmawiali o wielu rzeczach przy świetle lampki naftowej, zrobiło się nastrojowo. Wypili po drinku, potem jeszcze raz. I wtedy się zdecydowała. Zaczęła rozpinać bluzkę, ale on przytrzymał jej rękę; nie rób tego, niech będzie tak jak do tej pory. Potem wezwał taksówkę. A ona tak leży i nie wie, co ma o tym wszystkim myśleć. Już jej wszystko w głowie się kręci, może to gej, a może impotent i boi się kompromitacji? Bo jeśli niczego od niej nie chce, to czemu jej tak miesza w myślach? Po co te spotkania, kwiatki, sratki, przecież wie, że nic tak w życiu się nie dzieje bez żadnych konsekwencji, zwłaszcza w jej wieku, kiedy szanse na dziecko powoli odpływają? Po co daje jej nadzieje, a potem je odbiera? Rozpłakała się, a łzy jak groszki staczały się z policzków na poduszkę. Wtedy pomyślałam sobie, że warto byłoby porozmawiać z Jakubem tak w cztery oczy. Może mnie coś więcej by powiedział, może z jakichś powodów nie chce jej bezpośrednio powierzyć swoich zamiarów? Tylko jak to załatwić, by Basia nic o tym nie wiedziała? Pomyślałam, że ona przecież za parę dni wyjeżdża, to i czasu będzie aż nadto.

7 sierpnia, poniedziałek

Pomagam siostrzyczce w pakowaniu ostatnich rzeczy. Jutro wyjazd. Och, jak ona kiedyś cieszyła się na tę wycieczkę! Siedziała z atlasem w ręku i sprawdzała, gdzie i kiedy będą jeździć. To taka wycieczka pół stacjonarna, pół objazdowa, razem dwadzieścia dni. Teraz tylko wzdychała, pakując rzeczy. Chciałam ją pocieszyć; mówiłam, że jej i Jakubowi potrzebna jest taka przerwa, żeby oboje mogli poukładać myśli. Ona na to, że boi się, aby w tym czasie jemu się coś nie odwidziało. Przypomniała historię kiedy Andrzej – nasz kuzyn poszedł do wojska i po kilku tygodniach dostał list od swojej dziewczyny, że ona odchodzi do kogoś innego. Ależ to zupełnie inna sprawa –ona nie idzie do wojska, tylko jedzie na wycieczkę. Nie na dwa lata, tylko na trzy tygodnie. No i to ona jest kobietą, nie on. Poprosiła mnie, żebym jutro była na dworcu, kiedy będzie odjeżdżać. Kuba też oczywiście będzie, pomoże przewieźć bagaże.

8 sierpnia, wtorek

Z pracy wyszłam godzinę wcześniej, żeby zdążyć coś zjeść, a potem pojechać z siostrą na dworzec. Zupełnie nie wyobrażałam sobie, jak Basia da sobie radę z tą ciężką walizą, z dworca na lotnisko pojedzie taryfą, ale co na lotnisku? Jakub przyjechał trochę wcześniej i siedzieliśmy w kuchni we trójkę, trochę żartując, a trochę doradzając, jak tam może być. Kilka razy złapałam jego spojrzenie, wydawało mi się, że jakoś dziwnie na mnie patrzy, choć gdyby mnie ktoś spytał, na czym ta dziwność polega, nie potrafiłabym wytłumaczyć. W końcu zerknął na zegarek i stwierdził, że czas na nas. Pociąg już stał na peronie, ludzie zajmowali miejsca w przedziałach, wymieniali ostatnie uwagi przez okno. Przy wejściu do wagonu stała zgrabna dziewczyna, obejmowana przez chłopaka. Basia, zanim weszła po schodkach, uważnie im się przyjrzała, potem tak jakoś zerknęła na Jakuba, ale on udał, że tego nie widzi. Po kilku minutach dyżurny ruchu dał znak do odjazdu i pociąg ruszył. Twarz siostry jeszcze przez chwilę była widoczna, po czym schowała się w głębi wagonu. Kuba odwiózł mnie do domu, po drodze spytał, czy będzie w porządku, jeśli za parę dni zadzwoni, jak tam Basia doleciała? Bo nie chce, by dzwoniła na komórkę, taka zagraniczna rozmowa to kilka sekund, a kosztuje majątek.

9 sierpnia, środa

Ale numer! Dziś wpadła do Gośki kadrowa na parę minut plotek i mówi, że będziemy poszukiwali do pracy inspektora ochrony przeciwpożarowej, wynika to z dyrektyw Unii Europejskiej. A nasza instytucja kwalifikuje się do tego, żeby zatrudnić kogoś takiego, na razie na ćwiartkę etatu, a później się zobaczy. Jeśli kogoś takiego znamy, to żeby dać jej znać. Ja się zastanawiam, czy można o tym powiedzieć Jakubowi, bo kto wie jak dalej potoczy się ta jego znajomość z moją siostrą. W końcu postanawiam, że jak zadzwoni, by się o nią dowiedzieć, to mu o tym powiem.

11 sierpnia, piątek

W pracy panika. Ma przyjechać kontrola z centrali, taka zwyczajna, rutynowa, przyjeżdża co pewien czas, ale wszyscy jakby zdrowy rozsądek potracili. Przypomina mi się, jak tata opowiadał o wojsku, że trawę malowali jak miał ktoś ważniejszy przyjechać. A i tak taki generał czy tam inny oficer zawsze tak sięgnął białą rękawiczką w niewidoczne miejsce, że odrobinę kurzu wyciągnął. Poroniona instytucja, ludzie też jacyś specyficzni. Znam kilku żołnierzy zawodowych, tacy nakręceni chodzą, na wysokich obrotach. Jeden, ojciec koleżanki z podstawówki, to taki rygor w domu wprowadził, że chyba w żadnych koszarach takiego nie ma. Drugi – odwrotnie. Niby jakiś tam szef czy dowódca, a żona go przy dzieciach po twarzy bije. To on się wścieka i jedzie do koszar, żeby te swoje frustracje na żołnierzach wyładować. Dziwny świat, dziwni ludzie. Na dworze upał, a tu jak na złość klimatyzację wyłączyli, bo ją czyszczą. A nie mogliby po trzeciej, jak wszyscy do domu pójdą? Po pracy z Małgosią idziemy na lody. Pytam o faceta z którym była u mnie na urodzinach, czy zawsze taki małomówny? Gośka śmieje się, ale mówi, że nie to ile mówi ceni u niego najbardziej. Ale tak, jest rzeczywiście nieśmiały. A przy takiej gwiazdce jak Kuba to nawet śmiałemu trudno zabrać głos. No właśnie, Jakub. Kiedy zadzwonił po siedemnastej, spytał, czy mogę dziś poświęcić mu parę chwil, ale nie tak, przez telefon, tylko osobiście. I abym ubrała się tak bardziej sportowo. No dobrze, ale dopiero o wpół do siódmej, bo mam coś jeszcze do zrobienia. Punktualnie o osiemnastej trzydzieści zajeżdża pod dom kremowa renówka. Jedziemy na przystań koło plaży miejskiej, on na chwilę znika wewnątrz wypożyczalni, po chwili wynosi dwa kapoki i kiedy mówię, że umiem pływać, wrzuca je do wnętrza małej motorówki.

Wsiadamy, on odcumowuje i odpływamy. Przez chwilę obserwujemy, jak w głębi zatoki ciężko halsuje omega, Kuba nawet zastanawia się, czy jej nie podholować na środek jeziora, gdzie więcej dmucha. Rozmawiamy o wycieczce Basi, potem ja mu mówię o tym, co wczoraj przekazała nam kadrowa. Zatrzymał silnik, popatrzył na żaglówkę, po czym odpowiedział, że jego sytuacja materialna nie zmusza go do szukania dodatkowej pracy. Ale po tych miesiącach rehabilitacji ma dość siedzenia w domu, musi wyjść do ludzi. Odkąd odeszła od niego żona, czuje się bardzo odizolowany, taki klasyczny przypadek, jak można być samotnym wśród ludzi. Dopiero teraz widzi, jak była małżonka zawłaszczyła świat, w którym dotychczas się obracał. Jak dobierała mu towarzystwo, po kolei izolując go od tych, wśród których wcześniej żył. Jeszcze kiedy pracował normalnie, czuł, że dzieje się coś, czego nie rozumie. Wracała z pracy taka jakaś naburmuszona, opryskliwa, zimna. Potrafiła się godzinami do niego nie odzywać, za to słuchawka telefonu jej w ręku stała się nieodłączna.

Dzwoniła do swojej mamy i do sióstr, czasem zamykała się w pokoju i nie wiadomo z kim rozmawiała. A potem on miał wypadek. O ile jeszcze jak był w szpitalu to go odwiedzała, to już do domu odwiózł go kolega, bo do niej nie mógł się dodzwonić. W domu pusto, nie ma ani jej, ani jej rzeczy. Za to na stole leży list, w którym jego ukochana niegdyś żona pisze, że nie widzi siebie samej jako opiekunki niepełnosprawnego faceta, nawet jeśli ich coś kiedyś łączyło. Odchodzi, a jej adwokat się z nim skontaktuje w sprawie rozwodu. To było z jej strony okrutne, ale na niego wpłynęło bardzo mobilizująco. Nastąpiły długie miesiące rehabilitacji, bólu i zaciskania ust. Jakiś rok temu zaczął chodzić samodzielnie, teraz już jedynym śladem po wypadku jest blizna na łydce. Sprawność powróciła prawie w stu procentach, jedynie czasem podczas zmiany pogody odczuwa w łydce lekki ból.

Wypadek przewrócił wszystko na drugą stronę – praca, małżeństwo, kontakty towarzyskie – zmieniły się diametralnie. Poczuł potrzebę powrotu do ludzi, ale nie odgrzebywania starych znajomości, tylko poznania kogoś nowego. Do stałych związków jest na razie zrażony. Kiedy to powiedział, zamilkł na chwilę, popatrzył mi w oczy i jeszcze raz powtórzył. Kiwnęłam głową, że rozumiem jego sytuację i wybór. Spytałam jedynie, czy Basi to samo co mnie, powiedział. Odpowiedział, że chyba tak, choć może nie tak syntetycznie.

Płynęliśmy wolno w stronę przystani, zanurzyłam dłoń w wodzie i rozmyślałam o tym, co usłyszałam, Kuba też nic nie mówił. Dopiero kiedy wsiedliśmy do auta spytał, czy nie mam wrażenia, że moja siostra spodziewała się po tej znajomości czegoś więcej. Kiedy przytaknęłam, zaczerwienił się i powiedział, że mógł się tego spodziewać, a teraz musi jakoś to piwo wypić.

Mama zauważyła, że wysiadam z auta Jakuba i spytała mnie, gdzie z nim byłam. Powiedziałam, że rozmawialiśmy o nowej pracy dla niego i trochę o Basi. Kiedy spytała o moje wrażenie, czy coś z tego będzie, odpowiedziałam wymijająco, że na tym etapie trudno coś konkretnego powiedzieć. Potem położyłam się, ale długo nie mogłam zasnąć.

13 sierpnia, niedziela

Z rana zadzwonił Jakub z zapytaniem, czy nie wybieram się przypadkiem na plażę. No jasne, tylko niech nie podjeżdża pod sam dom, tylko stanie na stacji benzynowej, jakieś sto metrów od nas. Mamuśka, widząc, że szykuję strój kąpielowy spytała z kim się wybieram nad jezioro i kiedy wrócę. Odpowiedziałam, że z przyjaciółmi, i wrócę na obiad.

Z Kubą pojechałam nad jezioro Tyrskie, rozłożyłam koc i zaczęłam się smarować kremem z filtrem przeciwsłonecznym. On z bagażnika wyciągnął mały ponton i takim śmiesznym miechem nadmuchał go, po czym ułożył na brzegu. Kiedy wrócił na koc, wyjął mi tubkę z ręki, odrobinę kremu wycisnął sobie na dłoń i zaczął mi delikatnie rozsmarowywać po plecach. Nie wiem dlaczego, ale dotyk jego dłoni stał się nadspodziewaną pieszczotą, poczułam nawet jak sztywnieją mi sutki; nie chciałam, by to widział, położyłam się na brzuchu i odczekałam chwilę aż się skurczą. Potem pontonem wypłynęliśmy na środek jeziora i wskoczyliśmy do wody. Była tu znacznie zimniejsza niż przy brzegu, ale tak przyjemna, że w pewnym momencie położyłam się na jej powierzchni i utrzymywałam się tylko lekko poruszając palcami i stopami. Byłam prawie że szczęśliwa i taka jakaś beztroska. Kiedy wyszliśmy na brzeg, Kuba zniknął gdzieś na chwilę. Ledwie zdążyłam się wytrzeć ręcznikiem, pojawił się z garścią pełną pachnących lasem poziomek. Zajadaliśmy je z apetytem, rozcierając językiem na podniebieniu. Było ciepło i przyjemnie, myśli leniwie krążyły wokół raczej przyjemnych tematów. Coś mi mówiło, że gdybym nie znała dokładnie kontekstu sytuacji w jakiej się znalazłam, mogłabym zacząć odbierać swoje położenie podobnie jak moja siostra, zagłębiając się coraz bardziej w gąszczu mało realnych wyobrażeń. Nawet się jej nie dziwiłam. Przy mało ostrym określeniu granic łatwo byłoby się zabłąkać i przyjąć swoje marzenia jako tworzącą się rzeczywistość. Nie chcąc psuć nastroju chwili, na razie odsunęłam w bliżej nieokreśloną przyszłość rozmyślania, jakby jej pomóc.

Kiedy wróciłam do domu, mama powiedziała, że dzwoniła Basia i że szkoda, że mnie nie było, bo chciała ze mną porozmawiać. Ale ma się jeszcze odezwać wieczorem. Czekałam do późna, ale telefon nie zadzwonił. Ja zaś rozmyślałam, co jej powiedzieć, jak zapyta o Jakuba. Bo chyba nie mogłam jej tak po prostu powiedzieć, czego się dowiedziałam albo tym bardziej przyznać się do spędzonego razem czasu.

14 sierpnia, poniedziałek

Dziś przyszedł do pracy Jakub, żeby dostarczyć swoje papiery do kadr. Potem wpadł na chwilę do naszego pokoju, stwierdził po rozmowie z kadrową, że jeśli wszystko pójdzie dobrze i w ciągu tygodnia nie pojawi się jakiś znaczący rywal, to od środy będzie już u nas pracował, po dwa dni w tygodniu, właśnie w poniedziałki i środy. Będzie w pokoju, gdzie teraz siedzi behapowiec, ale ten pracuje z kolei we wtorki i piątki, więc nie będą sobie przeszkadzać. Teraz idzie do lekarza na badania wstępne, ale ma dla mnie pewną propozycję, dlatego skontaktuje się ze mną po południu. Po jego wyjściu Gośka tak dziwnie patrzyła na mnie tymi swoimi jasno niebieskimi ślepiami, po czym spytała, czy przypadkiem nie chcę godnie zastąpić nieobecnej siostrzyczki. Oj Gosiu, gdybyś wiedziała to, co ja wiem, nie gadałabyś głupstw. Kiedy wychodziłam z pracy, na parkingu przed biurem zauważyłam kremową renówkę. Wsiadłam, a Kuba pojechał na parking w lesie miejskim. Miał talent do wyszukiwania uroczych miejsc. Kiedy go o to spytałam, uśmiechnął się lekko i powiedział, że niedaleko stąd się wychowywał i takich zakątków zna mnóstwo, tylko że nie wszędzie można dojechać samochodem. Poszliśmy ścieżką w dół, w stronę majaczącej między gałęziami tafli jeziora. Tak chwilę rozmawialiśmy o niczym, potem on wyłuszczył mi, dlaczego chce dziś się ze mną spotkać; dziś z samego rana otrzymał telefoniczną informację, że został zakwalifikowany do teleturnieju *Życiowa szansa* i w najbliższą sobotę w Łodzi są nagrania. Chciałby mnie zaprosić jako osobę towarzyszącą i prosi o zastanowienie się, czy będę chciała i mogła. Od razu powiedziałam, że nie ma mowy, bo co pomyśli moja rodzina, kiedy mnie z nim zobaczą, co pomyśli Baśka, kiedy wróci i ujrzy jak godnie ją zastąpiłam, kiedy wyjechała na wycieczkę. Mogę natomiast jechać, ale pod warunkiem, że usiądę gdzieś w głębi trybuny, incognito. Chyba gorzka była dla niego ta pigułka, ale przełknął ją z godnością: powiedział, że rozumie mnie, ale i tak bardzo się cieszy, że choć w taki sposób będę mu towarzyszyć. Natomiast jako osobę towarzyszącą zaprosi młodziutką kuzynkę, która mieszka w Łodzi.

Zaś ja muszę do środy-czwartku wymyślić, dlaczego mnie całą sobotę nie będzie w domu.

15 sierpnia, wtorek

Dziś w pracy zadyma. Szukają chętnych do wyjazdu na szkolenie do Zalesia, sęk w tym, że to już w tym tygodniu, w czwartek. Te dziewczyny co mają rodziny, wykręcają się jak mogą, mówią, że nie będą miały czasu załatwić kogoś do opieki nad dziećmi, tym bardziej że to wyjazd dwudniowy, z noclegiem. Mi do głowy wpadł pewien pomysł, zgodziłam się chętnie. Po prostu powiem w domu, że szkolenie kończy się w sobotę i już nie będę musiała szukać wyjaśnienia, co będę w tym dniu robiła. Jakub wpadł obejrzeć stanowisko pracy. Najpierw dość długo rozmawiał z szefową, potem przeglądał dokumentację przeciwpożarową. Kiedy wpadł na chwilkę do nas, powiedział, że z początku będzie miał wiele roboty, żeby jakoś ogarnąć ten bałagan w papierach. Gośki akurat nie było w pokoju, zaczęliśmy rozmawiać o szczegółach wyjazdu do Warszawy. Powiedziałam mu o szkoleniu w Zalesiu pod koniec tygodnia. Odpowiedział, że zna to miejsce, jest pięknie i jak pogoda dopisze, po zajęciach można nawet fajnie spędzić czas.

Po południu dzwoni Basia. Opowiada o wrażeniach z podróży. Teraz mają objazdówkę po Katalonii, wczoraj zwiedzali Barcelonę, pojutrze jadą do Santiago de Compostela. Jest straszliwie gorąco, a nie we wszystkich hotelach jest sprawna klimatyzacja. Ale wrażenia niesamowite. Potem pyta o Jakuba. Kiedy jej powiedziałam o tym, że podjął u nas pracę, na chwilę zaniemówiła, ale ja szybko wyjaśniłam, jak do tego doszło. Jeszcze tylko kazała go pozdrowić, jak będę się z nim widziała. Po tej rozmowie słyszę, że woła mnie tata. Idę do niego do pokoju, siadam na brzegu łóżka i czekam. Pyta co tam u Basi. Opowiadam mu, co usłyszałam, on tylko kiwa głową. Mówię mu też o wyjeździe do Zalesia, o tym, że w pracy mamy gorące – dosłownie i w przenośni – dni. I kiedy już zbieram się do wyjścia, on głaszcze mnie po głowie i mówi, że cieszy się, że ma takie piękne i mądre córki.

16 sierpnia, środa

Rano przygotowuję referat, bo szkolenie dotyczy kontaktów z klientem i każda z nas ma przygotować krótką informację na ten temat, opisać własne przypadki, najlepiej ciężkie, z których trudno było wybrnąć i potem własne odczucia na ich temat. Kuba chce mnie odwieźć do Zalesia, ale mówię, że to nie jest dobry pomysł. Jedziemy busem wynajętym przez firmę, a ja nie chcę jakichś gadek na mój temat. Pyta, co będę robiła w wolnym czasie, ale przecież takie imprezy wiele się od siebie nie różnią. Może będzie jakieś wieczorne spotkanie czy pieczenie kiełbasy w ognisku, ale nas, kobiet jest przytłaczająca większość i o typowej zabawie mowy nie ma. On na to, że podrzuci mi jakąś fajną lekturę, coś z tego co lubi. Potem mi tłumaczy, że człowieka można poznać po tym, co lubi czytać czy oglądać. Przed południem wpada zaopatrzeniowiec i rzuca mi na biurko jakiś pakiet. Patrzę na niego zdziwiona, ale on mówi, że to telefon komórkowy i prosi o pokwitowanie odbioru. Przez ramię rzuca jeszcze, że powinnam w określony sposób uruchomić komórkę i tak naładować baterię, żeby potem telefon dobrze i długo działał. Nie namyślam się długo i idę do gabinetu Jakuba, czy mi pomoże. Owszem, ale dopiero po pracy, bo np. bateria pierwszy raz powinna być ładowana 16 godzin. Dzwonię więc do domu, że będę później i niech nie kłopoczą się z obiadem, zjem gdzieś na mieście. Po pracy jedziemy do Kuby. Jestem u niego pierwszy raz, rozglądam się ciekawie. Ma mały domek na peryferiach miasta i niewielki, kilkuarowy ogródek z równo przyciętą trawką i kilkoma drzewkami owocowymi. Wewnątrz wyposażenie może niezbyt bogate, ale za to bardzo racjonalnie, wykorzystujące niewielką przestrzeń. Odrobina nieładu w pokojach przypomina o tym, że tu mieszka samotny mężczyzna. Czytamy instrukcję obsługi, potem punkt po punkcie realizujemy ustawienia telefonu. W końcu

Kuba podłącza telefon do zasilacza i odkłada na półkę, po czym stwierdza, że po pierwsze ta komórka zostanie tu do jutra, bo bateria posiada tzw. efekt pamięci i jeśli teraz przerwiemy ładowanie to nie skonfiguruje się prawidłowo. Po drugie, ten telefon bardzo ułatwi nam kontakt, co go bardzo cieszy. Podchodzi do regału z książkami i zdejmuje jedną z książek: „Skiroławki" Nienackiego. Nie czytałam, choć słyszałam bardzo odmienne od siebie opinie na temat tej książki. Kuba mówi, że tej książki nie da się normalnie czytać, że ona przypomina keks, który jest sam w sobie bardzo smaczny, ale można też z niego wydłubać smakowite kąski. Prawdę powiedziawszy, pobudził moją wyobraźnię do tego stopnia, że postanowiłam poczytać już dziś wieczór. Potem pojechaliśmy jeszcze na pizzę – zajadam ze smakiem, bo zdążyłam już zgłodnieć – i do domu. Szykuję rzeczy na jutrzejszy wyjazd, potem biorę książkę i zaczynam czytać. Pierwsze strony odbieram z mieszanymi uczuciami, ale już po chwili treść wciąga mnie do tego stopnia, że kładę się spać dopiero koło północy.

17 sierpnia, czwartek

O dziesiątej zbiórka przed wejściem do zakładu. Kilka minut przed odjazdem wpada zdyszany Kuba z telefonem. W przelocie zdążył mi tylko powiedzieć, że wieczorem zadzwoni, żebym tylko nie wyłączała telefonu. Droga zajmuje nam jakieś pół godziny, po czym wysiadamy w pobliżu hotelu, urządzonego po jakimś ośrodku wczasowym. W pobliżu ładnie położone jeziorko, po którym pływa kilka kajaków. Przy kwaterowaniu załatwiam sobie dodatkowy nocleg z piątku na sobotę, nawet nie muszę wiele dopłacać. Jeszcze przed obiadem przychodzi koordynator szkolenia i czyta nam program zajęć. Zaczynamy dziś po obiedzie i tak ma być do wieczora, potem krótka przerwa i ognisko z pieczeniem kiełbasek. Jadźka wyskakuje z pytaniem, czy o coś do picia mamy się starać we własnym zakresie, czy też ktoś o tym pomyślał z organizatorów. I otrzymuje odpowiedź, że jeśli ktoś chce zachować umiar w spożywaniu tego czegoś do picia, to na pewno wystarczy dla wszystkich, ale pod warunkiem, że lubi piwo lub wino. Zajęcia zaczynają się od wypisania swoich imion na identyfikatorach, bo większość z nas się nie zna. Na kilkadziesiąt osób zaledwie sześciu czy siedmiu mężczyzn, reszta to istny babiniec. Warsztaty są ciekawe, widać, że prowadzący znają swoją robotę. Po zajęciach przebieramy się i idziemy niedaleko jeziora, gdzie już płonie dość pokaźny stos. Z dużej balii bierzemy po kawałku kiełbasy i nadziewamy na przygotowane wcześniej patyki. Trochę niezdarnie mi to wychodzi, podchodzi chłopak o niespotykanym imieniu Idzi, który w czasie warsztatów siedział koło mnie i pokazuje, najpierw, jak nadziać kiełbaskę, by nie spadła, potem uprzedza, że aby nie spiec jej na węgiel, trzeba ją trzymać nie w płomieniach, tylko obok nich lub w pobliżu żaru. No popatrz, człowiek tyle lat żyje, a o takich prostych rzeczach nie wiedział. Po chwili Idzi przynosi dwie puszki piwa, otwiera i jedną z nich daje mi. Zajadamy kiełbasę, popijamy piwem, powoli zaczyna się ściemniać. Pojawia się zespół muzyczny, podjeżdża furmanka zaprzężona w dwa konie. Chętni mogą skorzystać z przejażdżki. Robi się wesoło, atmosfera mięknie. Podchodzi trochę już podchmielona Jadźka i wyraźnie zaczyna wdzięczyć się do Idziego. On, mimo że już jest po kilku piwach jakoś nie odpowiada na jej sygnały. Ja, trochę rozbawiona, przyglądam się tym tokom. W końcu Jadźka zniechęcona odchodzi. Idzi siada blisko mnie i chwyta mnie za dłoń. Język już mu odrobinę się plącze, mówi coś nieskładnie o tym, że życie nie zasługuje na to, żeby traktować je tak bardzo poważnie. Że trzeba korzystać z każdej chwili. O ile z grubsza zgadzam się z tym co mówi, o tyle mam odmienne zdanie na temat tego, jak należy z tego życia korzystać, i kiedy pochyla się, żeby mnie pocałować, odchylam się. On jest wyraźnie zdezorientowany: jak to, cały wieczór mi poświęcił, i nic? W końcu rozeźlony wstaje i zaczyna wodzić oczami wokół jakby kogoś szukał, a mi się chce śmiać. Dopijam piwo i kiedy wracam do swojego pokoju, trochę mi się kręci w głowie. Cholercia, telefon zostawiłam w pokoju, a przecież Kuba miał dzwonić. Patrzę na wyświetlacz: osiem nieodebranych połączeń. Ależ go przyparło.

18 sierpnia, piątek

Od rana dzielimy się na dwie części: jedna ma trening asertywności, druga warsztaty w grupie Balinta, po obiedzie zmiana. Idzi na szczęście wylądował w tej drugiej grupie. Nie żebym się czegoś obawiała, ale chciałam się skupić na zajęciach, a nie na rozpamiętywaniu wczorajszego wieczoru. Tym bardziej że tematyka była naprawdę pasjonująca. Po siedemnastej wszyscy zbierają się i wyjeżdżają, Jadźka ze zdziwieniem patrzy, że ja nie składam rzeczy, więc mówię jej, że postanowiłam zostać tu jeszcze jeden dzień. Kiwa głową, jakby coś z tego rozumiała. Pod wieczór idę na spacer brzegiem jeziora. Jest pięknie, pobliska łąka pachnie ściętą trawą. Z rosnącej przy dróżce leszczyny zrywam kilka orzechów i rozgryzam. Są prawie że dojrzałe, ale potrzebują jeszcze parę dni. Potem patrzę na wiejskie dzieciaki, kąpiące się w jeziorze i ni stąd, ni zowąd nachodzi mnie smutek. Czuję się bardzo samotna. Przypomina mi się Bartek. Nie był idealny, ba! Miał więcej wad niż zalet, ale w tym wszystkim potrafił tak maskować swoje ułomności, że do pewnego czasu dało się je nawet akceptować. Kiedy jednak dowiedziałam się, że ma zostać tatusiem, nie mogłam już mu darować.

Robi się chłodniej, wracam w kierunku przystani. Już z daleka widzę opartego o motor Jakuba, patrzącego gdzieś na jezioro. W końcu on też mnie zobaczył, podszedł nieśpiesznym krokiem. Spytałam, co tu robi, a on na to, że nie mógł sobie odmówić tej przejażdżki. Nawet wysłał smsa, ale ja telefon zostawiłam w pokoju. Tafla jeziora opustoszała, jedynie gdzieś w górze pokrzykiwały mewy. Kilka z nich siedziało na pomoście, zabawnie przekrzywiając łebki. Czuło się, że zbliża się koniec lata. Powiał wiatr, wzdrygnęłam się, a on zdjął swoją motocyklową kurtkę i założył mi na ramiona. Kurtka pachniała garbowaną skórą i jego ulubioną wodą kolońską. Stał za mną, po chwili poczułam jego dłonie jak obejmują mnie w pasie, potem jego usta dotknęły mojej szyi. Odwróciłam się i zamknęłam oczy. Nasze usta zetknęły się i dłuższą chwilę nie chciały się rozstać.

Nie wiem, dlaczego tak się stało. Nawet myślę, że gdyby okoliczności były inne, gdyby nie to że jeszcze przed paroma minutami czułam przygniatającą samotność, nie poddałabym się nastrojowi tej chwili. Ale stało się, i nie czułam się z tym źle. Patrzyłam w te jego ślepia, przymrużone kpiarsko jakby coś zbroił i zastanawiałam się, czy i w jego przypadku był to impuls, czy też może wyrafinowana, przemyślana gra. W takim razie skąd te jego zapewnienia, że przynajmniej na razie nie jest zainteresowany stałym związkiem? Gdzieś tam wewnątrz mnie wszystko wołało, żeby został, byśmy resztę tego wieczoru spędzili razem, ale usta powiedziały zupełnie coś innego. Umówiliśmy się, że będzie tu jutro o szóstej rano i dobrze byłoby gdybym już na niego czekała.

19 sierpnia, sobota

Podróż do Łodzi minęła bez przeszkód. Patrzyłam, jak Kuba zręcznie porusza się w trudnym wielkomiejskim ruchu, jak szybko przystosowuje się do reguł gry łódzkich kierowców. W Widzewie wsiadła do samochodu jego kuzynka, przedstawiłyśmy się sobie. Kiedy dojechaliśmy na miejsce, przed wejściem do budynku kłębiła się już spora gromadka ludzi, jak się okazało, głównie statystów. Po paru minutach ktoś z organizatorów wyszedł przed drzwi i zaprosił graczy wraz z osobami towarzyszącymi do środka. Weszliśmy, gdzie po spisaniu naszych danych znów nas podzielono. Kuzynkę Kuby posadzono na miejscu, gdzie stoją kamery filmujące zachowanie osób towarzyszących. Ja usiadłam w miejscu, gdzie mógł mnie widzieć grający, a równocześnie, gdzie według mnie najrzadziej sięgają obiektywy. Sala powoli zapełniała się statystami, usadzanymi według bliżej nieznanego mi wzorca. Mnie też poproszono, bym przesiadła się o parę miejsc. W końcu na okrągłą arenę wkroczyli uczestnicy i sam prowadzący teleturniej Krzysztof. Grających usadzono na specjalnie dobranych miejscach, gdzie miały się kierować kamery. W pierwszej grze odpowiadał taki przystojny dziennikarz z Radia Kraków. Szedł va banque, nie zostawiając sobie żadnej rezerwy. Przy piątym pytaniu, kiedy już miał na koncie szesnaście tysięcy, skucha. Wygrał tylko to, co miał w kopercie, niecałe półtora tysiąca. Druga tura, reflektory skupiają się na Jakubie. Patrzyłam, jak sadowi się naprzeciwko prowadzącego i aż do bólu zaciskałam kciuki. Potem już jak zahipnotyzowana patrzyłam, jak odpowiada na kolejne pytania, po czwartej, poprawnej odpowiedzi rezygnuje z gry, decydując się na dwanaście tysięcy plus koperta. Byłam tak szczęśliwa i dumna jakbym co najmniej sama wygrała.

Kiedy wróciłam do domu, mama powiedziała, że dzwoniła Basia. Wczoraj miała mały wypadek, wędrując po skałkach w wąwozie Somosierra skręciła nogę, jej kostka została tymczasowo usztywniona i musi ograniczyć forsowne marsze. Całe szczęście, że wśród wycieczkowiczów znalazł się ktoś, kto jej pomaga jak może, pomaga chodzić, przynosi śniadania do pokoju, nosi torbę. Ma na imię Jędrek, mieszka w naszym regionie i będą razem wracać pociągiem.

20 sierpnia, niedziela

Pada deszcz, jest zimno i nawet nie chce wychodzić się z domu. Dzwoni moja służbowa komórka, Kuba chce mnie gdzieś zabrać, jak zwykle nie mówi gdzie, tylko żebym zabrała strój kąpielowy. Jedziemy do parku wodnego. Tam trochę szalejemy, wypróbowując różne zjeżdżalnie. W pewny momencie on wskakuje do potężnego leja w kształcie cebuli i wykonuje pełny krąg, uderzając nogą we wlot, aż zadudniło. Przestraszyłam się, że mogło mu się coś stać i zbiegłam szybko na dół. Patrzę, a on siedzi na brzegu zbiornika i trzyma się za nogę. Podbiegam zaniepokojona, a on patrzy na mnie i parska śmiechem. Ożesz ty, wpycham go nogą do basenu, on mnie łapie za łydkę i razem wpadamy do wody. Wynurzamy się pod sztucznym wodospadem, nasze twarze są znów tak blisko, że nie sposób oprzeć się pocałunkowi. Nasze ciała przyklejają się do siebie, po chwili on bierze mnie na ręce i zanosi do jacuzzi, gdzie pod bulgocącą wodą drażnimy się nawzajem stopami. Potem prysznic, wycieramy ciała i do sauny. Piętnaście minut wystarczy, by ciała ocieкały potem. Powoli ubieram się, suszę włosy i nawet nie chcę myśleć, co zrobić z popołudniem. Czuję się trochę nieswojo, bo już od kilku dni wszystko jest na głowie mamy; Jakub mówi, że ma jakieś tam jeszcze plany, ale ja chcę wrócić do domu, trochę pomóc mamuśce. Poza tym tych kilka dni było tak szalonych, że chcę mieć chwilę dla siebie, poczytać, posprzątać, poprać rzeczy.

21 sierpnia, poniedziałek

Chyba jest bardzo niskie ciśnienie, pada deszcz i pobolewa mnie głowa. Wypiłam już dwie kawy, ale dalej czuję się jak z krzyża zdjęta. Wpada Kuba, ale w pokoju jest Gośka, dlatego nasze rozmowy krążą gdzieś daleko od tego, co nas naprawdę interesuje. Chciałabym porozmawiać z nim o najbliższej przyszłości, bo przecież już za tydzień wraca moja siostra. I coś trzeba z tym zrobić. Tylko że w pracy taka rozmowa jest raczej niemożliwa, może spotkamy się po pracy. W domu pomagam mamie robić ruskie pierogi – ulubione danie taty. Kiedy już się zbieram, mamuśka woła mnie do kuchni i pyta, co się ze mną dzieje, gdzie tak ostatnio znikam i czy to coś ma wspólnego z Jakubem. Nie byłam przygotowana na te pytania i moje odpowiedzi są trochę pokrętne. Mama przygląda mi się uważnie, potem mówi, że swojego szczęścia na cudzych łzach nie zbuduję. Wychodzę, Kuba już czeka. Mówię byśmy jechali tam, gdzie można swobodnie i szczerze porozmawiać. Czyli najlepiej do niego. Siadamy w saloniku, on parzy kawę (która to już dzisiaj?) i mówię. Przypominam mu jego deklarację sprzed dwóch tygodni i pytam, jak to się ma do tego, co robimy teraz? Czy to tylko taka letnia przygoda, czy coś więcej? Za tydzień wraca moja siostra i to też trzeba jakoś rozwiązać. Milknę. Chwilę się zastanawia i zaczyna mówić.

Kiedy dwa tygodnie temu powiedział, że na razie nie interesują go trwałe związki, naprawdę tak myślał, ale teraz już nie jest tego taki pewien. Kiedy zaczynał spotykać się z moją siostrą, rozpaczliwie potrzebował kogoś bliskiego, ale nigdy nawet nie przypuszczał, że te ich spotkania pójdą w takim kierunku. Przecież mówił jej od samego początku, że jest po rozwodzie, że rozstał się z osobą której kiedyś zadedykował swoje życie, a ona podeptała to okrutnie i bezwzględnie. Znajomość z moją siostrą miała być swoistym antidotum na jego uprzedzenia w stosunku do kobiet. Myślał, że ona to dokładnie rozumie, tym bardziej że wobec niej nigdy nie wykonał żadnego gestu, który wskazywałby na chęć przekroczenia pewnej granicy. Wydawało mu się, że gra zupełnie fair – on stara się w miarę swoich możliwości zapewnić jej atrakcyjne spędzanie czasu, ona daje mu w zamian swoje towarzystwo. Tylko że jej zagrała wyobraźnia, być może pomyślała, że jego deklaracje nie są tak do końca prawdziwe, że to taka męska kokieteria. To prawda, że spędzali ze sobą dużo czasu, ale czy zawsze ma to oznaczać, że kiedy mężczyzna i kobieta dużo ze sobą przebywają to musi skończyć się w łóżku lub jakimś stałym związkiem? Jeśli tak miałoby być, to on zupełnie tego świata nie rozumie i nie zgadza się z nim. Jego jedną z głównych zasad życiowych jest, by nikt z jego powodu nigdy nie płakał, chyba że ze śmiechu. Kiedy spotkał mnie, świat zakręcił mu się w głowie. Zawsze wydawało mu się, że tak dokładnie panuje nad swoimi uczuciami, że potrafi je z aptekarską dokładnością odmierzać i trzymać na wodzy, jeśli uzna za stosowne. Ale każda chwila spędzana ze mną obalała kolejny kawał jego pewności. Kiedy wyjechałam do Zalesia, nie mógł wytrzymać, choć już następnego dnia z rana mieliśmy się spotkać, wsiadł na motor i pojechał. Kiedy wracał do siebie, czuł jak wiatr suszy mu łzy radości, spływające po policzkach. Teraz już wie, że zrobi wszystko, by nie zmarnować szansy, jaką dało mu to niezbyt dotychczas łaskawe życie.

Teraz z kolei ja poczułam ucisk w gardle. Chwilę walczyłam z tym, by w końcu poczuć wilgoć na policzkach. Kuba usiadł blisko mnie, objął i tak siedzieliśmy długo w milczeniu. W końcu poprosiłam go, żeby zrobić za wszelką cenę tak, żeby Baśka jak najmniej odczuwała konsekwencje swojej pomyłki. Nie chciałam, by cierpiała, choć teraz już wiedziałam, że trochę sama sobie jest winna. Jest na tyle dojrzałą kobietą, że powinna odróżniać swoje marzenia od rzeczywistości a przyjaźń od miłości. Choć tak naprawdę, Kubuś jest tak ciepły, ujmujący i wewnętrznie atrakcyjny, że każdej kobiecie która go głębiej pozna, wydać się musi idealnym partnerem na zestarzenie się razem.

22 sierpnia, wtorek

Kiedy wsiadam do auta, pytam gdzie dziś się wybieramy, ale Kuba się tylko tajemniczo uśmiecha. Myślę, że znów zawiezie mnie w jedno z tych swoich urokliwych zakątków i rzeczywiście, zjeżdżamy z głównej drogi, pokonujemy spory odcinek leśną, wyboistą drogą. W końcu wyjeżdżamy na otwartą przestrzeń, gdzie nad małym jeziorkiem usadowiło się kilka domów. Ku mojemu jednak zaskoczeniu wjeżdżamy na podwórze jednego z nich, gdzie w piasku bawi się kilkoro dzieci. Kiedy zobaczyły renówkę, poderwały się i podbiegły do nas z krzykiem: wujek, wujek do nas przyjechał. Jakub ze skrytki wyciągnął garść lizaków i obdarował nimi dzieci. Potem otworzył bagażnik i chwycił sporą skrzynkę. W tym samym czasie na ganek starego poniemieckiego domu wyszła kobieta, wyglądająca gdzieś na pięćdziesiąt lat, choć mogłam się mylić, bo praca na roli szybciej postarza ludzi. Wraz z nią wyszło dwoje nastolatków, dziewczyna i chłopak; oni też szybko podeszli, by się przywitać. Kuba dał im skrzynkę, by zanieśli ją do domu. My też weszliśmy do środka, a za nami dzieci z podwórka. Podczas gdy dzieci z radosnymi okrzykami rozpakowywały pakunki, Kuba wypytywał kobietę o zdrowie, potrzeby, co można by kupić dla tych, co chodzą do szkoły. Patrzyłam i powoli docierało do mnie co tu się dzieje i znów płakać mi się chciało. W domu było czyściutko, schludnie, tylko że widać było jak bieda wyziera z kątów. Razem z tymi starszymi naliczyłam łącznie sześcioro dzieci. Wypiliśmy herbatę i zaczęliśmy się zbierać do odjazdu, żegnając się z gospodynią Jakub sięgnął do kieszeni, coś z niej wyciągnął i jej dał, ona zaś prędko chwyciła jego dłoń i zrobiła taki ruch, jakby chciała ją pocałować. Szybko cofnął rękę i zaczerwienił się. Wracaliśmy w milczeniu, dopiero wjeżdżając za rogatki spytałam, co z ojcem tych dzieci. Odparł, że mąż gospodyni pracował w dużej chlewni. Kilka lat temu wszedł do studzienki kanalizacyjnej, po dnie której płynęła gnojowica. Stężenie siarkowodoru wewnątrz było tak duże, że zabiło go prawie natychmiast. Jakub był w drużynie wezwanej do wydobycia zwłok z kanału. Kiedy już spoczywały w czarnym worku, czekając na transport do kostnicy, na motorze podjechał chłopak z kobietą w zaawansowanej ciąży. Wiedziała już co się stało, stała jak skamieniała nad tym czarnym workiem, a z oczu ciekły jej strugi łez. Chłopak też płakał i tylko powtarzał, co z nimi teraz będzie. Kuba był na pogrzebie, widział gromadkę dzieci, niektóre z nich jeszcze nie bardzo rozumiały, co się wokół nich dzieje. Wtedy postanowił, że im pomoże. Wśród kolegów zrobił zbiórkę pieniędzy, potem już sam jeździł, kupował żywność, ubrania i buty, stał się tym wujkiem, bardzo lubianym i oczekiwanym, o czym mogłam się naocznie przekonać.

Zastanawiałam się, czym ten człowiek mnie jeszcze zaskoczy. Bardzo starałam się znaleźć w nim coś negatywnego, co przybrudziłoby ten nieskazitelny wizerunek. W końcu wprost zapytałam, co z nim jest nie tak. Odpowiedział, że nie rozumie. No, co w tobie jest nie tak, przecież każdy z nas ma jakieś wady, ciemne strony, coś czego musi się wstydzić. Zaśmiał się tylko, po czym stwierdził, że idę na łatwiznę. Nie po to tak stara się mnie oczarować, by nagle zacząć obnażać swoje wady, którymi jest nadziany jak pieczona kaczka. Mam się trochę sama wysilić.

23 sierpnia, środa

W pracy Gośka bierze mnie na spytki. Już dwa razy widziała mnie w samochodzie z Kubą i wręcz żąda wyjaśnień. A cóż ja mam jej odpowiedzieć? Przecież sama jestem zakręcona jak motek włóczki, nie wiem jak to się potoczy, nie wiem co będzie z Basią, jak się dowie o tym, co zaszło podczas jej nieobecności i prawdę powiedziawszy, nie bardzo chcę o tym myśleć. Po prostu się boję. Wczoraj wieczorem mama powiedziała, że ona nie będzie się w nic wtrącać. Obie jesteśmy dorosłe i wiemy co robimy ze swoim życiem. Ona nie chce brać w tym udziału i nie będzie nas oceniać. Trochę mi po tej rozmowie ulżyło, bo wiem przynajmniej, że mnie nie potępia, tylko obserwuje co się dzieje. Ha, mama, tu cię mam. Wiesz, że masz dwie córki i jeśli choć jednej z nich się powiedzie to i tak będzie dobrze. A to, że akurat młodszej... I tak w życiu bywa.

Po południu z Jakubem rozmawiam o tym, jak wybrnąć z sytuacji. On sobie układa coś w rodzaju planu: po powrocie Basi znacznie ograniczy kontakty z nami, z moją siostrą na dobre, ze mną na ten czas, dopóki się jako tako nie wygładzi. No, trzeba trochę pospiskować, jeśli się chce uniknąć uczuciowej szarpaniny. Co prawda ja nigdy nie przepadałam za sytuacjami niejasnymi, zagmatwanymi, ale czasem życie tak zaplącze nasze ścieżki, że wyjść z tego bez kombinowania nijak.

Wieczorem dzwoni Basia, z nogą już prawie w porządku, upały nie mijają, nawet się opaliła. Pyta o pogodę u nas, czy widuję się z Jakubem, ja na to, że owszem, w pracy tak, że po pracy też, jeśli mam jakiś interes. Jaki interes? Na przykład pożyczyć książkę albo uruchomić telefon komórkowy. Aha. Mieli wracać w poniedziałek, ale o jeden dzień przyśpieszyli powrót, bo coś tam z przelotem są jakieś powikłania. Mam o tym powiedzieć Kubie, jak będzie chciał, to niech czeka na dworcu, ja oczywiście też.

Znów czytam o Skiroławkach, ta książka wciągnęła mnie do cna. Zastanawiam się, czy pod postacią doktora Nienacki nie podkłada siebie, takim, jakim chciałby być widziany. Bo na pewno nie pod postacią pisarza, z którego lekko kpi. Niektóre fragmenty czytam po kilka razy, tak jak wcześniej mówił Kuba, są jak bakalie w cieście.

24 sierpnia, czwartek

Cały dzień leje, czubka nosa nie można wystawić poza parasol. A ja, jak na złość muszę lecieć do urzędu miasta, żeby zdać sprawozdanie za drugi kwartał. Niby niedaleko, piętnaście minut w jedną stronę, ale kiedy wracam, nogi mam całkiem przemoczone. Dzwoni Kuba, mówię mu o powrocie Basi, czuję, że się waha, potem w końcu decyduje, że na dworzec nie wyjdzie i musi coś wymyślić, dlaczego nie może. Po jakiejś godzinie dzwoni drugi raz i prosi, żeby przekazać, że musiał wyjechać do rodziny i wraca dopiero w poniedziałek nad ranem. Co nie jest tak zupełnie nieprawdą, bo rzeczywiście w niedzielę jedzie do znajomych co prowadzą gospodarkę agroturystyczną. Chciał mnie zabrać, ale w tej sytuacji chyba nie byłby to najlepszy pomysł. Ale gdyby była ładna pogoda, to chętnie zobaczyłby się ze mną w sobotę, może wybralibyśmy się nad Tyrskie. Ok.

26 sierpnia, sobota

Z rana jest trochę pochmurno i chłodno, ale przed południem zaczyna się rozpogadzać, umawiam się z Kubą, żeby był po mnie gdzieś koło drugiej. Pomagam mamie gotować obiad, potem pakuję manatki i fru nad jezioro. Robi się gorąco, siadamy w cieniu brzozy rosnącej przy brzegu. Stromy brzeg jeziora obsiadło sporo ludzi, w pobliżu nas odpoczywa rodzinka z dwojgiem dzieci, wyglądających na bliźniaki. Przyglądam się rodzince, są tacy naturalni i tacy fajni w tej normalności. Potem jeszcze trzy młode dziewczyny rozkładają koc, dwie z nich szybko ściągają szmatki i hop do kąpieli, trzecia mimo skwaru siedzi ubrana. Dopiero kiedy ludzie się rozchodzą, ściąga bluzkę i spodnie i już rozumiem. Cała prawa noga od zewnątrz poorana bliznami pooparzeniowymi. Jakub też zwrócił na to uwagę. Kiedy dziewczyna idzie się kąpać, on gryząc trawkę pyta, czy wiem co zrobić w razie oparzenia; ja odpowiadam, że chyba trzeba zanurzyć w chłodnej wodzie. Potakuje, ale dodaje, że w tej wodzie trzeba trzymać oparzone miejsce przez kilkanaście minut. Kiedyś, kiedy był u tej rodziny znad jeziorka, jedna z dziewczynek oblała stopę wrzątkiem, nikt nie wiedział, co robić. On się zerwał, chwycił małą pod pachę i pobiegł do studni, zanurzył jej nóżkę w wiadrze z wodą i tak trzymał przez dłuższy czas. Potem oczywiście zawiózł ją na pogotowie, żeby założyć prawidłowy opatrunek. Po trzech tygodniach dziewczynka miała już nową skórę, teraz już nawet śladu nie ma. Szkoda, że ludzie takich rzeczy nie wiedzą, albo za krótko w wodzie trzymają, albo kombinują z tłuszczami czy białkiem jajka, a tu przecież każda sekunda jest cenna.

27 sierpnia, niedziela

Na dworzec wjeżdża pociąg z Warszawy, szukam w tłoku wysiadających ludzi mojej siostry. Jest! Jakiś facet pomaga jej ściągnąć walizkę na peron, całuje w policzek i wsiada ponownie. Jeszcze chwilę rozmawiają przez okno, po czym Basia kieruje się w moją stronę. Rozgląda się dokoła, ale mówię jej, że Jakuba nie będzie, wyjechał do rodziny. Bierzemy taksówkę i jedziemy do domu. Poszliśmy do pokoju taty, on prosi byśmy usiadły. Przyglądam się jej, jest świetnie opalona, jej blond włosy jeszcze bardziej się rozjaśniły. Cały czas trajkocze o tym, gdzie była, co zwiedziła, mówi o swoich wrażeniach. W locie powrotnym ich samolot wpadł w turbulencje, ohydne wrażenie. Dzieci płaczą, prawie wszyscy wymiotują, na twarzach widać lęk. Można się zrazić do latania. Największe wrażenie? Chyba Sagrada Familia w Barcelonie, ale wszystko było fascynujące, ciekawe, nowe.

Rozpakowujemy jej rzeczy, ciuchy od razu wrzucamy do pralki. Z wnętrza walizy wyciąga przepiękny, widać, że ręcznie haftowany wachlarz i daje go mi, mówiąc, że takich właśnie używają tancerki flamenco. Potem na chwilę milknie, przygląda mi się uważnie i pyta, co u Jakuba. No cóż, pracuje, czasem przychodzi do mojego pokoju, czasem jak wychodzimy równocześnie, podwozi mnie do domu; w sumie nic wielkiego. Basia mówi, że był z nimi na wycieczce ten facet, co go widziałam w pociągu, trochę ją adorował, a jak skręciła kostkę, to wnosił ją po schodach, jak winda nawaliła. Parę razy pocałowali się. Ona jednak ma mieszane uczucia, co prawda nalegał na utrzymanie kontaktu, ale ona nie wie czy mu wierzyć – że jest w separacji ze swoją żoną czy to tylko takie jego gadki. Mieszka w Jezioranach – mieście odległym od nas czterdzieści kilometrów. Kiedy siostrzyczka to mówi, czuję jak przyśpiesza mi serce. Jak bardzo bym chciała, żeby coś z tego wyszło! Wygląda to tak, jakby Kuba jej trochę wywietrzał. W końcu prawie trzy tygodnie niewidzenia się, kiedy być może domyślała się, że z tej mąki chleba nie będzie, to czas wystarczający do zdystansowania się. Jest mi lżej, jakoś jaśniej niż parę dni temu to wszystko widzę.

28 sierpnia, poniedziałek

Budzę się wyspana i wypoczęta. Śniło mi się, że stoję gdzieś na wysokim brzegu jeziora, a silny wiatr rozwiewa mi włosy. Gośka od dziś jest na urlopie, wpada Kuba i mamy chwilę czasu na pogaduszki. Chyba w najbliższym czasie te pracowe spotkania muszą nam wystarczyć. Mówię mu o swoich przemyśleniach, on mówi, że fajnie by było, gdyby to była prawda. W pewnym momencie siada blisko mnie i chwyta moją dłoń, ale proszę go, by się odsunął. Ale i ta krótka chwila, kiedy poczułam jego ciepłe dłonie, była miła. Wychodząc, muska ustami mój policzek. Sekundę później otwierają się drzwi i staje w nich Jadźka i patrzy na nas. Czuję, że się czerwienię, Jakub wychodzi, a ona przysuwa krzesło do mojego biurka i pyta, czy coś nas łączy. Mówię jej, żeby dała spokój, komu jak komu, ale jej nie będę o niczym mówiła, zaraz całe biuro by o wszystkim wiedziało. Po pracy widzę, że Kuba już czeka na mnie. Proszę go, żeby w pracy zachować się jakby nic nas nie łączyło, on przeprasza i mówi, że to było silniejsze od niego. To pracuj człowieku nad sobą, by impulsy nie rządziły tobą! Potem ta historia, jak z brazylijskich seriali. Wychodzimy ze sklepu obuwniczego, patrzymy, że zbiera się na deszcz i wiatr hula po chodnikach, zamiatając liście i kurz. On przytula mnie i całuje w policzek, a ja z przerażeniem widzę moją siostrę kilka metrów od nas. Nie wiem, czy nas widziała, wiatr sypnął prosto na nią obłokiem kurzu i odwróciła głowę, by nie zaprószyło jej oczu. Proszę Kubę, by szybko odwiózł mnie do domu, w razie czego pójdę w zaparte, że to nie ja tam byłam. On stał tyłem do niej, więc go mogła nie widzieć. Czuję się idiotycznie, dwie takie wtopy jednego dnia. W domu dzwoni telefon, podnoszę słuchawkę i słyszę męski, przyjemny głos; pyta o Basię, proszę, by zadzwonił za jakąś godzinę, ona powinna być już w domu. Kiedy dzwoni drugi raz, moja siostrzyczka jest już na miejscu, nic nie wskazuje na to, żeby nas tam na mieście widziała. Długo rozmawia z tym facetem, chcę trochę popodsłuchiwać, ale ona nie dość, że mówi bardzo cicho, to jeszcze drzwi przymyka. Potem odkłada słuchawkę i chwilę się namyśla. Mówi do mnie, że on prosi o spotkanie, chce przyjechać do naszego miasta w sobotę lub niedzielę, ale ona się zastanawia, nie jest pewna, czy on jest zainteresowany czymś więcej niż romans. Przecież nie musisz siostrzyczko zaraz kłaść się z nim do łóżka, nie jesteś małoletnią dzierlatką, wiesz co robić. Zawsze w takich sytuacjach ponosi się jakieś ryzyko, obie mamy już na tyle doświadczenia życiowego, że nie musimy na ślepo pakować się w jakieś niewydarzone historie. Poza tym miasto, w którym on mieszka nie jest duże, a w takich miejscach wszyscy się znają.

Może uda się znaleźć kogoś kto jest stamtąd albo kogoś tam ma, można byłoby dowiedzieć się, jak sytuacja wygląda naprawdę. Obiecuję, że się rozpytam wśród znajomych.

30 sierpnia, środa
Mam mnóstwo pracy, sprawozdanie, które miałam wykonać do końca miesiąca wróciło upstrzone uwagami szefowej na marginesie i teraz szukam, skąd wziąć dane do uzupełnienia. Wpada Kuba, chwilę rozmawiamy, pytam go, czy nie zna kogoś z Jezioran, mówię mu o co chodzi. Tak, zna kogoś i postara się do końca tygodnia skontaktować z tym kimś. Przepraszam go i mówię, że mam pilną robotę. Jest jakby trochę zawiedziony, bąka coś pod nosem, że rzadko się widujemy. Śmieję się, że to rzadko oznacza, że nie widzimy się codziennie tylko co drugi dzień, on na to, że dla niego to i tak za mało. I nawet gdybyśmy byli dwadzieścia cztery godziny na dobę ze sobą to i tak za mało, by nadrobić stracony czas. Słucham tego i czuję jakby gdzieś w wewnątrz mnie motylki latały i delikatnie łaskotały skrzydełkami. Jak to wszystko fajnie się układa! Kuba chce bym na piątek i niedzielę zarezerwowała dla niego popołudnie. W niedzielę idziemy na urodziny do jego znajomego, a co będziemy robić w piątek, to na razie tajemnica.

Tato jest chory, mówi, że przewiało go jak zasnął przy otwartym oknie i się spocił. Drzwi się uchyliły, zrobił się przeciąg i przeziębienie gotowe. Teraz z nosa leci mu jak z kranu i pokasłuje tak jakoś chrapliwie. Strasznie mi żal tego mojego tatuśka, czasem sobie mówię, że boże wyroki są dla nas, ludzi, wielką niewiadomą. Dlaczego czasem tak jest, że ktoś dobry musi cierpieć, a jakieś chamidło co krzywdzi innych, żyje w zdrowiu i dostatku? Trzeba mocno wierzyć w sprawiedliwość po śmierci, żeby w tym nie zwariować.

1 września, piątek
Kiedy wychodzę z pracy, Kuba już czeka. Ciekawe, co na dziś wymyślił. Myślałam, że mnie już niczym nie zaskoczy, ale znów mu się udało: zawiózł mnie na lotnisko, wyciągnął komórkę i gdzieś zadzw-

onił. Po paru minutach z hangaru nieopodal wyszedł jakiś człowiek, przywitał się z nami i poprowadził na skraj lotniska, gdzie stało kilka samolotów. Tam podszedł do nas jeszcze ktoś z obsługi i powiedział, że wszystko gotowe. Wsiedliśmy w trójkę do kabiny małego, ale zgrabnego samolociku (Kuba powiedział mi, że nazywa się Wilga), świsnął rozrusznik i wystartowaliśmy. Widok był wspaniały, nawet nie wiedziałam, że w moim mieście jest aż tak dużo zieleni. No, już nie tylko zieleni, bo zbliżająca się jesień zażółciła wiele drzew. I te plamy jezior, wijąca się w dole nitka rzeki. Lataliśmy tak chyba z pół godziny, potem wylądowaliśmy. Pojechaliśmy do domu Jakuba, spytał, czy mam ochotę na piwo. Kiedy kiwnęłam głową, z lodówki wyciągnął dwie puszki, zerknęłam i zaczęłam chichotać, bo to było to samo piwo co piliśmy w Zalesiu, a mnie przypomniał się Idzi i te jego końskie zaloty. Opowiedziałam Kubie tę historię, a on też się roześmiał, potem powiedział, że według niego ten świat w jakim żyjemy, bywa zabawny. No tak, zgoda, ale przecież nie dla wszystkich życie układa się jak z płatka, ludzie walczą z ułomnościami, bezrobociem, niedostatkiem. A co by on powiedział, gdyby miał ukochane dziecko, a ono by ciężko zachorowało? Czy nadal na świat patrzyłby z przymrużeniem oka? Westchnął jakoś tak ciężko i powiedział, że przecież on też był na najlepszej drodze, by zostać kaleką i tylko swojemu uporowi i ciężkiej pracy zawdzięcza to, że jest w tym miejscu, w którym jest. Popatrzył mi głęboko w oczy, tak trochę smutno się uśmiechnął i stwierdził, że nigdy nie wiemy, co stanie się następnego dnia. Dlatego należy żyć chwilą. Czy to moja wyobraźnia zagrała czy to coś innego, poczułam że sztywnieją mi sutki. On też to zauważył, rozpiął dwa guziczki mojej bluzki i wsunął dłoń pod miseczkę stanika. Czułam jak gorąco wypływa mi gdzieś z szyi na policzki, po chwili delikatnych pieszczot odsunął się, ale widziałam, że trochę go to kosztuje. Mnie zresztą też. Po chwili powiedział, że tego co najlepsze, trzeba próbować po kąsku, wtedy na dłużej zostaje.

Kiedy mnie odwoził do domu, powiedział, że zasięgnął informacji na temat tego gościa co to do Basi cholewki smali. Rzeczywiście, małżeństwo tego faceta się sypie, ale powody są niejasne. W tak niewielkich miejscowościach wszyscy przeważnie znają nawzajem swoje rodzinne sekrety, natomiast życie tamtej rodziny jest tajemnicą nawet dla najbliższych sąsiadów. Sprowadzili się do miasteczka jakieś pięć lat temu, on jest byłym wojskowym, po odejściu na emeryturę dostał się do pracy w zarządzie jakiejś większej firmy. Przedsiębiorstwo to zaczęło chylić się ku upadkowi i były podejrzenia, że zarząd celowo tak robi, żeby za bezcen sprzedać atrakcyjne działki podstawionym osobom, a potem pchnąć je na rynek, by zarobić na tej transakcji duże pieniądze. Ten proceder został przerwany, ale część działek udało się już spieniężyć, a kasa rozpłynęła się jak mgła. Członkowie zarządu trafili do sądu: wobec naszego delikwenta orzeczono rok w zawieszeniu i zakaz pełnienia funkcji publicznych na dwa lata. Kiedy pojawił się w Jezioranach, za gotówkę kupił zupełnie niezły domek i założył firmę usług bhp. Zaraz zaczął walczyć o zlecenia, nawet dumpingując ceny. Nie bardzo się to podobało konkurencji. Gdzieś tam powierzono mu przeprowadzenie szkolenia, niby je przeprowadził, ale w sali nie było kilku osób wpisanych na listę obecności. Mimo to zaświadczenia zostały wystawione dla wszystkich. Traf chciał, że jeden z tych nieobecnych miał miesiąc później ciężki wypadek – inspekcja pracy doszukała się potwierdzenia nieprawdy i wysłała sprawę do prokuratury. No i teraz gość znów ma kłopoty, jeśli sąd uzna, że ta sprawka i tamta poprzednia są pokrewne, może odwiesić tamten wyrok, coś dodać od siebie i on założy gustowny więzienny mundurek z czapeczką bez daszka. Kuba nie zdziwiłby się, gdyby właśnie ta sprawa była przyczyną rozpadu rodziny. Do domu dotarłam koło północy, Basia już spała. Powiem jej jutro.

2 września, sobota

Rano mówię Basi o odkryciach Jakuba. Jest zdruzgotana. Co prawda w Hiszpanii wspominał jej o jakichś tam perturbacjach z prawem, ale zrzucał wszystko na konkurencję, że to oni mu robią koło pióra. Ale ona spotka się z nim i sama spyta, czy to prawda, czy tylko tak jest widziane cudzymi oczami. Ma dziś po południu przyjechać, to pogadają. Chciałabym siostrzyczko, żeby to wszystko było nieprawdą albo przynajmniej niecałą prawdą, bo któż wiąże się z kimś, na kim wiszą wyroki? Chociaż, z tymi wyrokami też różnie bywa. Gośka w pracy opowiadała mi o tym, że spotkała jakiś czas temu kolegę, jeszcze ze szkolnej ławy. Zwróciła uwagę na jego ciepłą odzież, gdy z nieba lał się żar. Powiedział jej, że wyszedł po półrocznym pobycie z więzienia, gdzie pomogła mu wydatnie wylądować jego była żona za niepłacenie alimentów. Kiedy się rozwodził, miał niezłe dochody, bo pracował na budowie prowadzonej przez zachodniego inwestora. Potem budowa się skończyła, a wysokie alimenty zostały. Zanim się zorientował zadłużenie urosło, jesień i zima nie są najlepszą porą dla budowlańców. Skończyło się wakacjami w celi. Ale czy można tego biedaka nazwać kryminalistą, mimo odsiadki?

Po południu Baśka wychodzi, chwilę po jej wyjściu dzwonek do furtki. Wyglądam przez okno, wpuszczam Zosię, mieszkającą w sąsiednim domu. Płacze, pewnie znów mąż ją pobił. Ale okazuje się, że jest dokładnie odwrotnie. Tadek już od dwóch tygodni jej nie uderzył, pewnie ma kogoś innego. Zatkało mnie, nie wiem co odpowiedzieć, jak bije – niedobrze, jak nie bije, też niedobrze.

Basia wraca późno i jeszcze się dobrze nie rozebrała, gdy powiedziała, że pewne rzeczy wyglądają inaczej, jeśli się na nie patrzy pod innym kątem. Jędrek wyjaśnił jej wszystko i oczywiście jest zupełnie inaczej niż w Jakubowej opowieści. W tamtym przedsiębiorstwie nie był w zarządzie tylko w komisji rewizyjnej i przed sądem odpowiadał nie za korzyści majątkowe, tylko za zaniedbania w kontroli działań zarządu. A jak mógł kontrolować, jeśli dla niego wszystko było nowe i nieznane? Z tym nieszczęsnym szkoleniem też było tak że jedni pracownicy wchodzili w trakcie, inni wychodzili, trudno było objąć kto jest, a kogo nie ma. A przecież on jako szkolący nie ma nawet prawa do sprawdzania tożsamości kogokolwiek. Jeśli zgadza się liczba podpisów na liście z ilością kartek z egzaminu, wykładowca domyśla się, że wszystko jest w porządku. Jego żona rozwodzi się z nim, bo znalazła sobie bogatszego od niego kochanka, ona lubi luksus, którego on nie może jej zapewnić. No jeśli tak to wygląda, to chyba nie jest zupełnie tak zupełnie źle, poczekajmy z ocenami.

Od kiedy Kuba pojawił się w moim życiu przechodzę istną huśtawkę nastrojów, w porównaniu do tego co było jeszcze miesiąc temu; muszę się borykać z własnymi odczuciami, sumieniem, poczuciem odpowiedzialności nie tylko za siebie, ale i za rodzinę. Przedtem było monotonnie, dzień za dniem upływał; byłam wyciszona i spokojna. Wydarzenia ostatnich tygodni, zwłaszcza ta niepewność, co dalej, trochę mnie wyczerpuje. Mam jeszcze niewykorzystany tydzień urlopu, może by wziąć go i sobie odpocząć? No, muszę to przemyśleć.

3 września, niedziela

Wylegiwałam się w wyrku aż do dziesiątej, mama z Basią poszły do kościoła. Wzięłam prysznic, po wytarciu się ręcznikiem zbadałam piersi. Ok., żadnych podejrzanych guzków. Przyjrzałam się dokładnie sobie. Tak na oko to jest nie najgorzej, szczupłe nogi, niezła sylwetka, buzia w porządku, biust mógłby być trochę większy, ale nic nie poradzę. Pocieszam się, że za to nie obwiśnie szybko, a jak będę chciała wyeksponować rowek między piersiami to założę plunga lub push-upa. Zastanawiam się, czy coś pokombinować z czupryną. Gdzieś rok temu zrobiłam sobie pierwszy raz pasemka i już trochę mi spowszedniały. Gośka namawia mnie bym sobie zrobiła jakiś agresywny balejaż, ale chyba się nie zdecyduję. Jestem zdecydowaną przeciwniczką drastycznych zmian w wyglądzie, poza tym mam ładne i zadbane własne włosy. Może zdecyduję się na inny kolor pasemek. Jadźka jakiś czas temu zrobiła sobie piercing, zakolczykowała sobie ucho i dolną wargę. Nie bardzo mi się to podoba, mam nawet taką własną teorię, że ciało w ten raczej wątpliwy sposób zdobią ci, którzy nie mogą osiągnąć równowagi w życiu, przeciw czemuś lub komuś się buntują. Ona może zresztą się dowolnie kolczykować, niewiele ma do czynienia z klientami. Nam na szkoleniu w Zalesiu mówili, byśmy się do pracy nie ubierały zbyt wyzywająco, nie przesadzać z makijażem, biżuterię też należałoby ograniczyć do minimum. Padła sugestia, by unikać także kolczyków, z wyjątkiem uszu oczywiście. Czyli zgodnie z moimi upodobaniami.

Robię obiad dla całej rodziny. Już wczoraj postanowiłam, że zrobię żeberka duszone w warzywach, przepis pomysłu własnego. Najpierw dość drobno posiekałam włoszczyznę uważając, żeby nie przesadzić z marchewką, wrzuciłam na patelnię i zaczęłam dusić. Potem cebulkę zeszkliłam na osobnej patelni, zrobiłam jasną zasmażkę i jak już włoszczyzna zaczynała mięknąć, zmieszałam wszystko razem. Dodałam pasemka żeberek, po połowie surowych i wędzonych i potem już tylko dusiłam pod przykryciem do miękkiego mięsa. Tato i Basia uwielbiają z tego dania żeberka, natomiast mama i ja – warzywa. Trochę pracochłonne, ale efekt wyśmienity, bo każdy z nas coś z tego lubi. Po obiedzie wzięłam się za przygotowania do wyjazdu na urodziny. Wybrałam czarne legginsy i w miarę obcisłą, też czarną tunikę z grubego dżerseju. Do tego czerwone, grube korale i tego samego koloru koturny. Chwilę się zastanawiałam nad torebką, w końcu zdecydowałam się na zamszową kopertówkę, tylko nieznacznie różniącą się odcieniem od butów. Myślę, że tylko wprawne oko zauważyłoby różnicę. Kiedy już byłam gotowa, zadzwoniłam po taksówkę. Kuba już czekał przed swoim domem, kiedy wsiadał, spojrzał na mnie i z uznaniem pokiwał głową, po czym podał kierowcy nazwę ulicy. Po drodze szepnął mi, że mam tak zgrabne nogi, że nie muszę ich modelować legginsami, ale tak ogólnie to jest super. Miłe to było, nie powiem. On wie, jak kobiecie poprawić humor. Na imprezie lekkie zaskoczenie. Wśród gości spotkałam Karolinę, koleżankę z podstawówki, innych ludzi nie znałam. Ona przyjrzała mi się uważnie, potem tak trochę z przekąsem, że mnie ząbek czasu nie chce nadszarpywać. Ona, po dwójce dzieci niestety straciła dawny wygląd, ale nie narzeka. Ma fajnego męża, sama pracuje w Urzędzie Marszałkowskim, jakoś im się wiedzie. Pyta, czy nie przeszkadza mi różnica wieku, w końcu Jakub jest kilkanaście lat ode mnie starszy. Ze zdumieniem zdaję sobie sprawę, że praktycznie nigdy się nad tym nie zastanawiałam. Nasz związek, tak, teraz mogę powiedzieć – nasz związek, ewoluował na tyle płynnie, że mi to nawet na myśl nie przyszło.

Czas zleciał szybko, jak to bywa na takich imprezach i trzeba było się zbierać do domku. Kiedy cicho, żeby nie budzić nikogo, weszłam do naszego pokoiku, w pierwszej chwili wydawało się, że Basia śpi, ale kiedy już się ulokowałam w łóżku, wsłuchałam się w jej oddech. Był za szybki i zbyt nieregularny jak na śpiącą spokojnie osobę. Ale nie odzywałam się.

4 września, poniedziałek

Dziś w pracy mniej zajęć, mam trochę czasu na własne przemyślenia. Zastanawiam się, czy Basia domyśla się z kim spotykam się popołudniami. O nic nie pyta, myślę, że boi się tego, co mogłaby usłyszeć. Ja też nie śpieszę się ze swoimi relacjami. Tym bardziej że z punktu widzenia mojej rodziny nic się nie zmieniło. Wcześniej też tak dość często wychodziłam sobie na miasto i wracałam wieczorem, czasem późnym. Tylko że wtedy ten czas spędzałam z wieloma przyjaciółmi, teraz głównie z jedną osobą. Ta właśnie osoba wchodzi do mojego pokoju i wita mnie, całując w policzek. Chwilę rozmawiamy, potem Kuba na chwilę milknie, po czym tak jakoś z trudem zaczyna bąkać, że za jakiś czas będzie musiał na cztery tygodnie wyjechać do Warszawy, do szkoły dla specjalistów ochrony przeciwpożarowej, jeśli chce dalej pracować w tym zawodzie. Pod koniec roku kończą mu się uprawnienia, a co pięć lat trzeba je uzupełniać. Nauka jest niestety stacjonarna, tylko weekendy mają wolne i wtedy będzie przyjeżdżał. Kiedy konkretnie wyjazd? Za trzy tygodnie, pod koniec września. No trudno, trzeba się z tym pogodzić, w końcu to tylko miesiąc, potem znów będziemy mogli się widywać codziennie. Zresztą, mamy telefony komórkowe, internet, jakoś damy sobie radę. Póki co, trzeba się cieszyć z każdego dnia spędzonego razem. No właśnie, czy dziś coś robimy? Kuba jak zwykle robi tajemniczą minę, ale potem z kieszeni marynarki wyciąga dwa bilety do kina. Kiwa nimi w powietrzu, potem chowa, nie mówiąc co to ma być za film. Rany, jaki on tajemniczy! Zawsze ukrywa te swoje zamiary aż do końca, z jednej strony to fajne, bo mam same niespodzianki, z drugiej – czasem trudno mi tak przeskoczyć z jednej sytuacji do drugiej. Pół biedy, jeśli on zapowie, że np. mam zabrać strój kąpielowy, to wtedy wiem, że kombinuje jakiś basen czy kąpielisko. Ale na przykład z tym samolotem to mnie zastrzelił. Poleciałam tylko dlatego że mnie zaskoczył, z natury jestem bojaźliwa i gdyby zaproponował mi lot wcześniej, to chyba bym się nie zdecydowała. Człowiek w powietrzu czuje się taki bezbronny, w razie jakiejś nieprzewidzianej sytuacji jego szanse na uratowanie są bliskie zeru. No niby wiem, że statystycznie rzecz biorąc, dużo łatwiej zginąć na ziemi, ale tu się przynajmniej czuje ją pod stopami, w powietrzu natomiast trzeba liczyć wyłącznie na umiejętności i doświadczenie pilota. Albo to, co Basia opowiadała o turbulencjach, paskudne przeżycie.

Z domu wychodzę krótko przed osiemnastą, Jakub czeka koło stacji benzynowej, rozglądam się gdzie samochód, a on bierze mnie pod rękę i prowadzi do niedalekiego domu kultury i dopiero wtedy mówi, że idziemy na film wyświetlany w ramach dyskusyjnego klubu filmowego, dziś rzecz o Nikiforze, tym malarzu prymitywiście z Krynicy, po seansie będzie dyskusja w barze filmowym. Film jest piękny, znam wprawdzie historię i malarstwo Nikifora, ale wizja jego twórców przelana na ekran, świetna rola Krystyny Feldman wywarły na mnie duże wrażenie. Potem dyskusja w barku, widać, że to ludzie otrzaskani w sztuce, nie tylko filmowej. Ogólnie rzecz biorąc, ludzie odnieśli podobne do moich wrażenia, tylko Jakub oponował, wskazując na słabe – według niego – momenty filmu. Mam wrażenie, że robił to specjalnie, żeby sprowokować innych. Został oczywiście zakrzyczany przez pozostałych, ogłoszony pesymistą, czarnowidzem i filmowym analfabetą. To wszystko naturalnie w żartobliwej atmosferze, podsycanej dobrze schłodzonym piwem. W tym luzackim nastroju siedzimy do dziesiątej, niektórym tak się tu podoba, że barman musi ścierką wypędzać ostatnich opornych. Wieczór jest ciepły, nawet żałuję że mieszkam tak blisko. Ale jutro też jest dzień.

5 września, wtorek

O ile wczoraj w pracy miałam trochę luzu, o tyle dziś harówa od samego rana, w dodatku muszę robić nie tylko to co zazwyczaj, ale też zastąpić Gośkę. Tak jakoś się składa, że jakby na złość zwaliły się w tym jednym dniu wszystkie możliwe sprawy, w dodatku do zrobienia na wczoraj. Kiedy dzwoni Kuba i proponuje dziś spotkanie, odmawiam. Z pracy wychodzę zmęczona, z ciężką głową. Jadę do domu i tam kładę się na półgodzinną drzemkę. Kiedy z mamą pijemy kawę w kuchni, wchodzi Basia, jakaś taka nieswoja, zamyślona. Próbujemy wycisnąć z niej, o co chodzi, ale ona jakoś nie jest specjalnie rozmowna. Mówię jej, że chcę wyskoczyć do jakiejś hurtowni odzieżowej kupić bluzkę do pracy, ona chętnie zgadza się na wspólną wyprawę. Po drodze mówi mi, że na pojutrze Jędrek ma wezwanie do prokuratury i prawdopodobnie ta rozmowa zadecyduje, czy sprawa zostanie skierowana do sądu, czy też umorzona. Oczywiście bierze ze sobą adwokata, sprawa jest zbyt ważna, by ryzykować. A ona bardzo to przeżywa, w końcu w jakiś sposób i jej to dotyczy. W hurtowni przymierzamy bluzki, trochę śmiechu jest, kiedy jak zwykle okazuje się, że eska esce nierówna, chyba mają inne manekiny w różnych zakładach. W końcu ja kupuję dwie, siostrzyczka też decyduje się na jedną. Potem w dziale obuwniczym oglądamy zgrabne szpilki, tak na oko obcas na dziesięć centymetrów. Baśka mi opowiada o koleżance z pracy, która bardzo lubiła chodzić na wysokim obcasie, ale w końcu porobiły jej się halluksy i poszła do szpitala na zabieg ich usunięcia. Miało to trwać tydzień, ale coś sknocili i pobyt w szpitalu wydłużył się do półtora miesiąca. Masakryczna historia. Do domu wracamy w zupełnie dobrym nastroju.

6 września, środa
Harówki część dalsza, Gośka wiedziała kiedy wziąć urlop; ona się teraz wyleguje gdzieś na Lazurowym Wybrzeżu, a ja zapieprzam. W dodatku w ostatnim sprawozdaniu (chyba myślami za bardzo była już na urlopie) narobiła sporo byków i muszę teraz je poprawiać. Kiedy tak siedzę, zanurzona w papierzyskach, ktoś wchodzi do pokoju. Podnoszę wzrok i widzę... Bartka. Zamurowało mnie. Widzę, że i on jest bardzo zaskoczony. Mówi, że z sekretariatu skierowano go – i tu pada nazwisko Gosi. Niestety, sprawa wykracza poza mój zakres wiedzy i musi się zgłosić za półtora tygodnia. No dobra, co tam u niego? Aaaa, nic szczególnego, zwykłe życie, ma córeczkę i jego żona

znów jest w ciąży. A u mnie? Też nic nadzwyczajnego, póki co, jak widać za mąż nie wyszłam. W tym momencie wpada Jadźka, ta to ma talent do wkręcania się w najmniej odpowiednim momencie. Nie wiedzieć dlaczego wpatruje się w Bartka, jakby chciała go prześwietlić. Ale w końcu widzi obrączkę na palcu i zaczyna referować z czym przyszła. W tym czasie mój były bełkoce pod nosem jakieś „do widzenia" i ulatnia się. Szkoda, bo chciałam z nim jeszcze pogadać. Może za półtora tygodnia, jak jeszcze raz się zgłosi, będzie okazja. Tuż przed trzecią wpada Kuba i od progu woła, że dziś to już nie odpuści, że musimy się koniecznie dziś spotkać. Dobra, ale po szóstej. Muszę tak jak wczoraj zdrzemnąć się po obiedzie, zregenerować siły.

Jedziemy do jego znajomych, prowadzą pod miastem gospodarstwo agroturystyczne. Na tarasie dużego domu siedzi kilka osób, podchodzimy, witamy się. Wśród nich rozpoznaję parę, którą kilka dni temu poznałam na urodzinach. W rogu podwórza stoi duży trójnóg, podwieszone na łańcuchach palenisko, nad nim na ruszcie pieką się kawałki czerwonego mięsa, podobnego do wołowiny. Gospodarz, Bazyl, co parę minut podchodzi do grilla, przekłada szpikulcem mięso, w pewnym momencie kiwa na mnie, kiedy podchodzę odkraja kawałeczek i daje mi do spróbowania. Żuję przez chwilę, smakuje trochę jak polędwica wołowa, ale jest jakby bardziej soczysta i krucha. Chyba nie zgadnę. Podchodzi Kuba i z uśmiechem mówi, że chyba strusiego mięsa jeszcze nie jadłam. Potem pijemy piwo domowej produkcji, podjadamy strusinę i idziemy do zagrody z tymi wielkimi ptakami. Córka Bazyla, oprowadzając nas, bardzo ciekawie opowiada o zwyczajach strusi – że potrafią biec nawet sześćdziesiąt kilometrów na godzinę i że doskonale chowają się, nawet w naszych warunkach klimatycznych. Kiedy pytam, czy to prawda, że chowają głowę w piasek, dziewczynka śmieje się, potem odpowiada, że nigdy takiego czegoś nie widziała. Z żalem żegnamy się z towarzystwem, Bazyl, widać, że szczerze, zaprasza nas do częstszych wizyt. Jakub w powrotnej drodze pyta mnie o wrażenia, kiedy mówię mu, że bardzo mi się podobało, proponuje byśmy w piątek przyjechali tu znów, tym razem z noclegiem. Oczywiście śpimy w osobnych pokojach. No nie wiem, żeby to „oczywiście" tak mnie ucieszyło. Od odejścia Bartka nie byłam z żadnym mężczyzną i trochę już mi brak prawdziwych, męskich pieszczot.

8 września, piątek

Dziś w pracy nareszcie trochę lżejszy dzień, uporałam się wcześniej z robotą, potem trochę bezmyślnie gapię się w okno, za którym strugi deszczu zalewają uliczny asfalt. Myślę o dzisiejszym wyjeździe do gospodarstwa Bazyla i czy coś z tego będzie przy tej pogodzie. Jakby na zawołanie dzwoni Kuba i kiedy mu mówię o swoich obiekcjach stwierdza, że nawet przy takiej pogodzie może tam być całkiem przyjemnie. Umawiamy się, że przyjedzie po mnie gdzieś koło piątej.

Jakby niebiosa usłyszały moje wątpliwości, bo już pod koniec pracy deszcz przestał padać, a kiedy wracałam do domu, wyjrzało słonko, zrobiło się nawet względnie ciepło. Mimo to na wyjazd ubrałam się dość ciepło i na wszelki wypadek wzięłam kurtkę. Kiedy już zajechaliśmy na miejsce, Agata – żona Bazyla, dała Jakubowi rynienkę z pokrajaną kiełbasą i zabrała nas na spacer polną dróżką. Szliśmy tak parę dobrych minut, kiedy osiągnęliśmy szczyt wzgórza, zobaczyliśmy sielski obrazek. Kilka osób zbierało w lesie drewno, Bazyl siekierą ciapał grubsze kawałki i układał w stosik koło przygotowanego już ogniska. Kilkadziesiąt metrów od tego miejsca stały dwa osiodłane konie, przywiązane do niskiej poprzeczki. Kuba od razu zagłębił się w gąszcz leszczyn wycinać patyki do pieczenia kiełbasy, ja zaczęłam pomagać Agacie nacinać kiełbaski i przyprawiać je, kroić chleb. Zaczęła mi opowiadać, jak kiedyś, jeszcze jako licealistka, podkochiwała się w Kubie. W jej szkole zrobili próbną ewakuację, przyjechała straż pożarna, były pokazy gaszenia jakiegoś płynu zapalanego w dużej kadzi, strażacy w swoich strojach wyglądali imponująco. Potem wszyscy rozeszli się do swoich sal, zabierając ze sobą kilku z nich na wykład, co trzeba robić w przypadku pożaru. Do klasy Agaty trafił właśnie Kuba. Z łatwością porwał lwią część dziewczęcych serc, opowiadając o swojej pracy. Ona zaś zdała sobie sprawę, że go zna z widzenia, bo mieszkają niedaleko siebie i widuje go w sklepie czy na ulicy. Kiedy już kończył, spytał, czy wszystko to, co mówił jest zrozumiałe, jakieś kwestie, zapytania. Kiedy Aśka, klasowa uwodzicielka wstała i spytała Jakuba, czy jest kawalerem, on trochę się zmieszał, ale potwierdził. Agata widywała go dość często, mówiła mu nawet dzień dobry, ale jak to w życiu najczęściej bywa, on nie zwracał na nią większej uwagi. Potem poszła na studia, gdzie poznała Bazyla, zakochali się w sobie i pobrali. Spytała, czy umiem jeździć na koniu. Tak, kiedyś jeździłam i to sporo, ale już dobrych parę lat nie robiłam tego, nie wiem, czy jeszcze potrafię. Agata się roześmiała i powiedziała, że tego się nie zapomina, tak jak jazdy na rowerze i jeśli będę miała ochotę, to mogę sobie zrobić małą przejażdżkę. Chłopaki rozpalili już ogień i podchodzili do nas z gotowymi kijkami, brali kiełbaski i nadziewali. Któryś z chłopaków wyciągnął z pokrowca gitarę i zaczął śpiewać. Agata poprowadziła mnie do koni i pomogła wsiąść na siwą klacz, według jej zapewnień, zupełnie łagodną. Pokazała, gdzie można jeździć, chwilę jechałam stępa, kiedy już poczułam, że panuję nad koniem, przyśpieszyłam do lekkiego kłusa. Jazda sprawiała mi niesamowitą frajdę, przypomniały mi się studenckie czasy, kiedy to jeździłam w akademickim klubie. W lesie już zaczęło się lekko ściemniać, trzeba wracać. Wtedy usłyszałam tętent, ciekawa kto to jedzie, zwolniłam. No jasne, Kuba, pyta dlaczego na niego nie czekałam. Odparłam, że czekałam, i to dość długo. Chyba zrozumiał, bo pokiwał głową. Wróciliśmy do ogniska. Piliśmy piwo, jedliśmy kiełbasę i pieczone ziemniaki. Wzięłam do ręki gitarę i zaśpiewałam *Oh, Champs-Élysées*, a Kubusiowi oczy błyszczały jak dwie gwiazdki, już nie wiem, czy alkohol to sprawił, czy coś innego. Ognisko już dogasało, chłopaki poprosili nas, byśmy się odwróciły, bo będzie męski prysznic na dogasające węgle. Wróciliśmy do gospodarstwa, Bazyl pokazał nam nasze pokoje. Umyłam się, wdziałam satynową piżamkę, włączyłam radio i poszukałam jakiejś spokojnej muzyki. Po kilku minutach usłyszałam ciche pukanie, drzwi otworzyły się i wszedł Kuba – na tacy niósł dzban z piwem i dwie wysokie szklanki. Spytałam, gdzie ma kolekcję motyli albo przynajmniej klaser ze znaczkami. Zbaraniał, a ja z powagą objaśniłam, że jak dżentelmen odwiedza damę późną porą, to musi mieć do tego jakiś stosowny pretekst, a on pakuje się z piwskiem i myśli, że wszystko jest ok. Rechotaliśmy oboje, jakbyśmy dobry dowcip usłyszeli. Potem piliśmy piwo, mówiliśmy o wielu rzeczach, ważnych i nieważnych. Nocna lampka nastrojowo podkreślała niektóre fragmenty pokoju, muzyka niezauważalnie sączyła się do uszu, nie zwracając naszej uwagi. Do czasu. Już pierwsze takty kanonu Pachelbela w wersji gitarowo-smyczkowej, o większej niż w oryginale dynamice wprowadziły moje uda i kolana w drżenie. Kiedy wiolonczela wchodziła w niskie tony, czułam jakby drugi komplet strun rezonował gdzieś w moich lędźwiach, od tej cholernie nastrojowej muzyki gdzieś wewnątrz mnie zrobiło się mokro. Kuba musiał to wyczuć, dotknął mojego kolana i jego palce zaczęły swoją wędrówkę, przez cieniutką warstewkę satyny czułam jego opuszki prawie tak, jakby dotykał nagiej skóry. Ściągnęłam bluzkę, on dosłownie zszarpał swoją koszulę i rzucił ją na podłogę. Ustami dotarł do moich nabrzmiałych sutków i zaczął je pieścić. Muzyka rozbrzmiewała coraz szybciej i głośniej, zrzuciliśmy resztę odzienia. I stało się to, czego tak bardzo pragnęłam, dopiero teraz zdałam sobie sprawę, jak bardzo. Jęczałam z rozkoszy, nie bacząc na to, że okno jest otwarte, miałam wrażenie, że moja dusza oddzieliła się od ciała i błąka się gdzieś we wszechświecie. To cudowne wrażenie trwało i trwało, nasze spocone ciała łączyły się w jakiejś miłosnej sambie, raz po razie zaczynaliśmy na nowo, nienasyceni i spragnieni siebie. Nie wiem, ile czasu ta nasza szalona eskapada mogła trwać, w końcu jednak legliśmy obok siebie, spełnieni po brzegi. Dopiero w tym momencie zdałam sobie sprawę z tego, jak bardzo spontanicznie zaczęliśmy się kochać, praktycznie bez żadnych zabezpieczeń. Kuba jednak zapewnił mnie, bym była spokojna, on nad wszystkim panuje, jest za bardzo doświadczony, by takie sprawy zostawić samym sobie. Uspokojona zasnęłam.

9 września, sobota

Obudziłam się, kiedy pierwsze promyki słońca rozświetliły kwadrat okna. Patrzyłam na lekko siwiejące skronie Kubusia i w tym momencie bardzo zapragnęłam, byśmy już zawsze byli razem, kiedy szron już na dobre będzie bielił nasze głowy. Delikatnie, by go nie obudzić, poprawiłam jakiś niesforny kosmyk włosów. Pod powiekami wyświetlił się obrazek: dwoje staruszków drepce gdzieś w dal, trzymając się pod ręce. Tak mnie to wzruszyło, że poczułam napływające do oczu łzy. Potem znów zasnęłam. Kiedy ponownie otworzyłam oczy, byłam sama. Leżałam sobie taka rozleniwiona, kiedy drzwi otworzyły się i wszedł Kuba z tacą. Przyniósł kawę i bułeczki, na talerzykach była jajecznica, wędliny i warzywa. Postawił tacę na szafce nocnej, zrobił swoją ulubioną minkę i stwierdził, że musi dbać o mnie, zwłaszcza po takiej gorącej nocy. Podniosłam kapeć i rzuciłam w niego – masz draniu zawsze o mnie tak dbać, a nie tylko po nocnych igraszkach! On za to mi pokazał język. Zjedliśmy śniadanie, potem spacer po lesie, gdzie liście na drzewach zaczynały żółknąć i brązowieć. Do domu wróciłam wczesnym popołudniem i zaraz poszłam do tatuśka. On zobaczył moją rozpromienioną twarz i powiedział, że widzi, że jestem szczęśliwa. Potwierdziłam. Potem z siostrzyczką smażymy racuchy. Mówi mi, że w jej pracy będą zwolnienia i kadrowa siedzi cały czas u dyrektora, szukając kandydatów do odstrzału. Póki co, jeszcze nie wiadomo kto, ile osób i kiedy, ale atmosfera w pracy tak skwaśniała, że wszyscy patrzą na siebie wilkiem. Pytam, czy coś wiadomo jak tam ze sprawami Jędrka, ona na to, że na razie nic pewnego, ale albo on jest dobrej myśli, albo tak tylko robi dobrą minę do złej gry. Potem Basia siada i patrząc mi prosto w oczy pyta, czy ja jestem z NIM? Wiem, o kogo jej chodzi i potakuję. Na chwilę zapada zupełna cisza, dopiero po paru sekundach ona prosi, żebyśmy przynajmniej na razie nie pokazywali się jej razem. Musi sobie dać z tym radę, a to wymaga czasu. Oczywiście obiecuję jej to. Przed pójściem spać biorę prysznic, czuję jeszcze w podbrzuszu resztki szaleństw ubiegłej nocy. I kiedy przypominam sobie te chwile rozkoszy, aż ściska mnie w dołku, chętnie bym tak jak stoję wybiegła spod prysznica i pobiegła do niego, by znów czuć jego zapach i dotyk rąk, ocieranie się całego ciała, aż w końcu...

10 września, niedziela

Jesteśmy u niego w domku, Jakub przynosi mi kilka kluczy na bre-
loku i prosi, bym jak on wyjedzie zachodziła tu i doglądała, by nikt się
nie zorientował, że właściciel wyjechał na dłużej. Co prawda on w domu nie przechowuje żadnych cennych rzeczy, ale jak to się mówi –
strzeżonego Pan Bóg strzeże. No dobrze, ale przecież wyjazd dopiero
za dwa tygodnie, skąd ten pośpiech? No niby tak, ale stało się coś, co
wszystko zmieniło, Kuba nie chce, by nadal istniała taka bariera między nami – tu się kończy twoje, tu zaczyna moje. Chciałby, żebym
poczuła się trochę jak u siebie, to kiedy on wyjedzie to bym sypiała,
kiedy tylko zechcę, tu w domku. Ja teraz jeszcze nie wiem, czy nie ba-
łabym się tak sama, ale nic o tym na razie nie mówię. On jakby wyczuł
moje obawy, spod łóżka wyjmuje niewielką walizeczkę i otwiera. Na
podkładce z gąbki widzę pistolet, Kuba daje mi go do ręki mówiąc,
bym się nie bała, bo to pistolet pneumatyczny, potem trochę go rozkłada i ładuje, najpierw nabój identyczny jak te, które kiedyś wkłada-
ło się do autosyfonów, potem do magazynka pakuje amunicję. Wychodzimy na zewnątrz, on na składziku do drewna wiesza małą tarczę i odmierza kilka kroków. Najpierw on strzela, potem ja. Już kiedyś
strzelałam z wiatrówki, tylko że nie z pistoletu, ale celuje się podobnie. Wychodzi mi nieźle. Zmiana amunicji, teraz każde uderzenie śru-
tu o przeszkodę powoduje huk i błysk, dla kogoś kto nie wie, że to
wiatrówka, może wyglądać dość groźnie i odstraszająco. Jako stra-
szak spokojnie może służyć, ale on pokazuje mi coś jeszcze ekstra –
pistolet strzelający amunicją sportową. Co prawda to broń wyłącznie
do ćwiczeń, ale w sytuacjach zagrożenia życia bronimy się tym, co
posiadamy. Ale żebym pozbyła się całkiem obaw, to właściwie on nie
ma wrogów i nigdy jeszcze nikt nie próbował się włamywać do jego
domu czy choćby wkraść się na teren posesji. Według niego mogę
czuć się tu całkiem bezpieczna. Nie powiem, by te jego przekonywa-
nia nie odniosły jakiegoś skutku, w końcu w rodzinnym domku też
sypiałam samotnie i nie bałam się, tylko że czymś innym jest miejsce
w którym się wychowałam, a czymś innym coś nowego, gdzie nikogo
nie znam.

Deszcz zagnał nas do wnętrza domku. Siedzimy w saloniku tuż obok siebie, pociemniało, ale nie zapalamy światła. Przytulam się do Kubusia, jest tak cicho, że słyszę bicie jego serca: bumbum, bumbum. Atmosfera znów robi się gęsta, jak przedwczoraj. Znów znajome ściskanie w dołku, wręcz fizycznie czuję jak wilgotnieją mi majtki. On też to czuje, bierze mnie na ręce i zanosi do sypialni.

Kiedy już nasyciliśmy się sobą, leżymy obok siebie, przykryci do pasa prześcieradłem. On patrzy na moje piersi i delikatnie je pieści. Mówi, że są piękne, a ponieważ nie są duże, to długo zachowają swój kształt. Potem opowiada o tym, jak on postrzega kobiety. Myśli, że nas – te cudeńka Bóg wymyślił specjalnie, by każdy mężczyzna mógł mieć takie dzieło sztuki gdzieś blisko siebie, na wyciągnięcie ręki. Jego była żona też była bardzo ładnie zbudowana, ale nienawidziła, kiedy on oglądał się za innymi. Potrafiła zbesztać go na ulicy za spojrzenie w kierunku minispódniczki. Była chorobliwie zazdrosna, sama zaś flirtowała przy każdej okazji. Póki to było tylko flirtowanie, przymykał oczy, ale już przed samym wypadkiem poszła po bandzie. Przerwali współżycie, stali się sobie obcy. Gdyby po wypadku nie odeszła, prawdopodobnie on sam by wystąpił z propozycją rozstania. Przecież żaden człowiek nie jest samotną wyspą, każdy z nas potrzebuje bliskości kogoś drugiego. A teraz czuje się jakby zawitał do pięknego snu i boi się, żeby się nie obudzić...

18 września, poniedziałek

Dziś Gośka wróciła do pracy, nareszcie! Z ulgą przekazuję jej to, czym zajmowałam się na zastępstwie. Ona pięknie opalona, rozszczebiotana, opowiada o pobycie na Lazurowym Wybrzeżu, o tym jak poznała tam nauczyciela z Lyonu, Michela, o wspólnej z nim wyprawie do Paryża, o tym i tamtym. Słucham tego, co mówi i zastanawiam się, jak bardzo jesteśmy inne w relacjach damsko-męskich. Ona nawet jakiegoś tam Francuzika wyrwała podczas wakacji i bez żenady opowiada, jak skrzypiało łóżko, kiedy się kochali w dwugwiazdkowym hoteliku na Montmartrze. Dla mnie tego typu przeżycia są zbyt głęboko intymne, by gadać komuś o nich, nawet najlepszej koleżance.

I moje myśli zawędrowały do Jakubowej alkowy, gdzie wczoraj znów mogłam sobie przypomnieć, co się czuje podczas orgazmu. Z tego rozanielenia Gośka wyrwała mnie pytaniem, czy spotykam się z Kubą i na jakim etapie jesteśmy. Rozbrajająca jest z tą swoją szczerością, a zarazem ciekawością aż do bólu. Bąknęłam że tak, spotykamy się, ale nie bardzo chciałam wchodzić w szczegóły. I tak jakby na zawołanie drzwi otwierają się i staje w nich Bartek. Z jednej strony jego obecność wybawiła mnie, przynajmniej na chwilę z obowiązku spowiadania się, z drugiej poczułam się zakłopotana, powiedziałam tylko Małgosi, że to do niej ten klient, wzięłam jakiś dokument i wyszłam na korytarz. Zamknęłam za sobą drzwi, nie wiadomo dlaczego zakręciło mi się w głowie, oparłam się o ścianę i wzięłam głęboki oddech. Poszłam do gabinetu Kuby, powinien już być. Uśmiechnął się, kiedy weszłam, pocałował mnie w policzek. Zauważył moje zmieszanie i spytał, czy chcę coś mu powiedzieć. Sama byłam zdziwiona tą swoją reakcją na widok Bartka, w końcu parę dni temu też go widziałam i obyło się bez żadnych sensacji, ale to może ta gadanina Gosi na mnie tak wpłynęła. Kuba spytał, czy wybierzemy się dziś do pewnego lokaliku gdzie grają fajną muzę, czy wolę posiedzieć u niego. Wybrałam tę pierwszą opcję. Spytałam go jeszcze, czy w tej drugiej pracy widuje Basię i ewentualnie, jak reagują na siebie, on zaś odparł, że parę dni temu przeniesiono jego biuro do innego budynku i praktycznie się nie widują. Może to i lepiej.

Pod wieczór idziemy na stare miasto do małej knajpki, urządzonej po irlandzku. Pijemy guinnessa, gdzieś po godzinie na maleńkiej scence zajmują miejsce dwie dziewczyny i chłopak, z futerałów wyjmują instrumenty i zaczynają grać. Najpierw słodko brzmiących kilka kawałków przypominających repertuar Enyi, potem przyśpieszają i czuję, że nogi same wybijają skoczny takt, a ciało rwie się do tańca. Chłopak świetnie czuje rytm, wybijając go pałeczką w kształcie kości na płaskim bodhranie, jedna z dziewcząt gra cały czas na skrzypcach, druga raz na flecie, raz na sześciokątnej maleńkiej harmonii. Jestem zafascynowana tym, co słyszę, próbuję sobie wyobrazić, jak dziewiętnastowieczni Irlandczycy zbierali się gdzieś w pustej szopie i tańczyli w rytm tej porywającej muzyki. Kuba też żywiołowo reaguje na muzykę, kiedy kończą kolejny kawałek, głośno bije brawa. Kiedy kończą, dochodzi jedenasta. Jakub odwozi mnie taksówką, jak wchodzę już do domu, w głowie mam ten lekki piwny szumek, a dźwięki muzyki jeszcze kręcą się gdzieś w zakątkach uszu. Basia śpi, cichutko rozbieram się i kładę spać.

23 września, sobota

Budzi mnie śpiew ptaków dobiegających przez wpółotwarte okno, jak na końcówkę września, pogoda jest piękna, słoneczna. Kuba jeszcze śpi, cicho pochrapując. Kołdra trochę się zsunęła, ukazując lekko owłosiony tors. Delikatnie, by go nie obudzić wysuwam się z łóżka i założywszy podomkę, wychodzę na taras, z którego widać trawiastą łączkę między dwoma ścianami lasu. W pobliżu jest sportowe lotnisko i chwilami słychać samoloty, holujące szybowce w górę. Przysiadam na foteliku i moje myśli zaczynają swój chocholi taniec. Natarczywie nasuwa się zwłaszcza jedna z nich: on już jutro wyjeżdża i to na prawie miesiąc. Obiecał co prawda, że na weekendy będzie wracał, ale to i tak ciężkie dla mnie przeżycie. A pomyśleć, że jeszcze tak niedawno znałam go tylko z oszczędnych relacji Basi! Ten czas, te dwa miesiące rozpędziły się i rozwałkowały mnie jak ciasto na pierogi. Gdzie się podziały te niezłomne zasady, te myśli strzeliste. Nie dość, że w pewnym sensie odbiłam faceta siostrze, to jeszcze daję się Jakubowi prowadzać jak koń na lonży. Zawsze myślałam, że to ja jestem ta silniejsza w związku, że to ja decyduję, co kiedy i jak. Ale to moje poddanie jest tak naturalne, nie wyobrażam sobie, jak ja miałabym wymyślać sposoby wypełniania wolnego czasu. On robi to tak spontanicznie, z takim wdziękiem, że aż trudno wyobrazić sobie, że mogłoby być inaczej. Wczoraj byliśmy znów u tej rodziny, której on pomaga, pojechał ich uprzedzić, że przez najbliższy miesiąc go nie będzie. Oni wszyscy wpatrują się w niego, jak w ikonę, dzieciaki siadają mu na kolana i tylko wujku, wujku. I nie sądzę, żeby to tylko z tego powodu, że im pomaga materialnie i czasem finansowo. On po prostu taki jest, że wszyscy go lubią. Nie sposób go nie akceptować. Przy tym ma coś takiego, że kiedy się jest przy nim, czuje się jego wewnętrzną siłę. Nie wiem, czy wielu ludzi po takim wypadku, jak jego, stanęłoby z powrotem na nogi. Mój dziadek po złamaniu kości udowej jak się położył do łóżka, to już z niego przestał wstawać, mimo że już po kilku tygodniach prześwietlenie wykazało, że kość się zrosła. Po prostu zabrakło mu motywacji.

Kiedy tak zagłębiam się we własne myśli, słyszę skrzyp deski za sobą i czyjeś dłonie zasłaniają mi od tyłu oczy: zgadnij, kto? James Bond, Pudzian, Serena Williams? Nie zgadłam, poddaję się. Ach to ty, nigdy bym się tu ciebie nie spodziewała. Uśmiechamy się, ale gdzieś pod skórą czuć napięcie, wynikające z jego jutrzejszego wyjazdu. Jedzie swoim samochodem po obiedzie, ale przecież w piątek wieczorem będzie znów, na cały weekend i znów będziemy razem całe dwie doby. Mam się nic a nic nie martwić, te parę tygodni zleci jak z bicza strzelił, potem znów będziemy się widywać jak dotychczas. Poza tym, od czego jest internet i telefony? Wracam do domu, Baśka maluje się i stroi, ale z ciekawością patrzy na mnie, pewnie chciałaby coś tam się dowiedzieć. Już wcześniej mówiłam jej o wyjeździe Kuby do szkoły pożarniczej. Wygląda na to, że już przyzwyczaiła się do tego, że z nim jestem. W dodatku z Jędrkiem, jak mówi, jest coraz lepiej, prokuratura przymierza się do umorzenia sprawy. I choć znam go tylko z tego, co zechce mi powiedzieć moja kochana siostrzyczka, to życzę im, by tak stało się w rzeczywistości.

25 września, poniedziałek

W pracy szykują się trudne dwa tygodnie. Jakiś czas temu zrobiono tzw. przegląd kadrowy i część osób, które spełniały warunki do otrzymania emerytury, zachęcono do zwolnienia się, dając im solidne odprawy. W ich miejsce nie zatrudniono nikogo nowego, ich obowiązkami obciążono nas. Dostałam do poprawienia projekt, zrobiony właśnie przez którąś z tych osób i widzę, że, delikatnie mówiąc, został niedopracowany, a ma być poprawiony i przekazany do centrali w pierwszej dekadzie października. Kiedy wczytałam się w treść dokumentu, zaczęłam się zastanawiać, jak ktoś tak doświadczony mógł tyle głupstw powypisywać. Nieco mi się rozjaśniło, kiedy sprawdziłam; autorka tej radosnej twórczości szerokim łukiem obchodziła komputer i stan jej wiedzy pozostawiał wiele do życzenia. Trochę wściekła, bo przecież ktoś wziął pieniądze, a taką fuchę odstawił, odsunęłam swoją robotę i wzięłam się do poprawiania. Gośka też w nienajlepszym humorze, bo i jej trochę dosypano. Padnięta przychodzę do domu, mama widzi jaka jestem zmęczona i nawet nie prosi mnie o pomoc przy domowych porządkach. Ja tylko co nieco zakąszam, biorę trochę swoich rzeczy i jadę do domu Kuby. Snuję się po pustych kątach i nie mogę sobie miejsca znaleźć. Z biblioteczki biorę na chybił trafił jakąś książkę i zaczynam czytać. Treść nieoczekiwanie zaczyna mnie wciągać, patrzę na okładkę: *Konopielka* Redlińskiego. Choć oglądałam już kiedyś film nakręcony na podstawie tej książki, to i tak czyta się niesamowicie, podziwiając jędrny, dosadny język powieści. Tak się zatopiłam w tym zapomnianym przez Boga świecie, że nawet nie zauważyłam, kiedy zapadła noc i trzeba było położyć się spać.

29 września, piątek

W pracy cały czas harówa, nie mam czasu nawet zjeść kanapki, którą przyniosłam ze sobą. Gośka siedzi jakaś poruszona, coś tam liczy sobie, potem się zwierza, że już trzeci dzień po terminie nie ma miesiączki i boi się co z tego może wyniknąć. I teraz się martwi, bo w razie czego, to nawet nie wiedziałaby, gdzie tego Michela szukać. Ja na to, że u mnie takie spóźnienia to normalka i się tym nie przejmuję, bo kiedyś, kiedy byłam jeszcze z Bartkiem to raz w ogóle nie miałam miesiączki, nawet myślałam, że to ciąża, ale nie. Ale te jej gadki i we mnie wzbudziły niepokój. Jakoś od tygodnia tak dziwnie się czuję. Wszystko mnie drażni, pobolewa mnie głowa, staniki stały się jakby mniej wygodne. Co prawda Kuba zapewniał mnie, że panuje nad wszystkim, ale w tym całym miłosnym zapamiętaniu jakoś nie zauważyłam, by się zabezpieczał. Chciałam o tym porozmawiać z nim, ale przed południem zadzwonił i powiedział, że niestety, w tym tygodniu nie może przyjechać, bo dostali do wyboru: albo w ten weekend napiszą jakąś tam instrukcję przeciwpożarową, i za to skrócą im pobyt o tydzień, albo będą ją pisali razem, ale wrócą w ustalonym wcześniej terminie. Dobre choć to, ale i tak jestem niepocieszona, na osłodę na dziś wieczór umawiamy się na rozmowę przez internet. Kiedy w drodze do domu na małym sklepiku przed naszym domem widzę reklamę słodyczy, nagle napada mnie niepohamowana ochota na coś zimnego, kupuję sobie loda. Przed szóstą odpalam laptopa i starając się zachować dobre samopoczucie, czekam na kontakt. Wreszcie jest. Widzę w okienku tę jego ukochaną twarz i zaczynamy rozmowę. Mówię mu o nawale roboty i o tym, że jestem przemęczona i smutna. O swoich obawach na razie nie wspominam. On też tęskni, ale obiecano im, że następny weekend będą mieli na sto procent wolny. Trochę się frustruje, że musi tam siedzieć, bo większość informacji im przekazywanych jest mu znana, ale nie ma wyboru: albo skończy szkolenie i zachowa prawo do pracy, albo z końcem listopada utraci uprawnienia. Rozmawiamy tak z pół godziny, potem kończymy, a ja idę do pokoju taty. Trochę zaskoczona, widzę w jego ręku podręcznik do fizyki, śmieję się, czy on z powrotem do szkoły się wybiera. On na to, zupełnie poważnie, że jak tak długo leży w łóżku, to mu świta pomysł na zrobienie czegoś w rodzaju perpetum mobile i musi to tylko potwierdzić, czy fizyka na to pozwoli. I prosi mnie, bym wypożyczyła z biblioteki jakieś książki z mechaniki i kinematyki. Potem pyta, co u mnie. Mówię mu o swojej tęsknocie, on tylko kiwa głową ze zrozumieniem.

Wieczorem znów jestem u Kuby, biorę do ręki pistolet i idę na dwór sobie postrzelać. I mam pewną satysfakcję, kiedy widzę, jak kolejne pociski strzępią małą tarczę. Potem coś czytam i kładę się spać. Kiedy przytulam głowę do poduszki, wyczuwam dobywający się gdzieś z wewnątrz niej nikły zapach jego potu. Wtulam twarz w tę niteczkę aromatu, a z oczu lecą łzy. Czuję się tak strasznie samotna, jak nigdy. Nawet jak Bartek odchodził, to czułam się bardziej wściekła niż opuszczona. Nie mogę zasnąć, cały czas moje myśli krążą dookoła tych obaw, które wzbudziła dziś u mnie Gośka. Z jednej strony to rzeczywiście zawsze miałam problemy z regularnością miesiączko-

wania, z drugiej pojawiają się jakieś dziwne, niespotykane u mnie dotychczas dziwactwa. Ja póki co tłumaczę je sobie przemęczeniem
w pracy i stresem, w końcu dawno nie korzystałam z urlopu. Postanawiam, że jeśli do poniedziałku nie będę miała okresu, kupię w aptece i zrobię sobie test ciążowy.

2 października, poniedziałek

Gośka rozpromieniona, ledwie się drzwi za nią zamknęły wrzesz-
czy; dostałam, dostałam. Potem pyta, czemu się tak dziwnie gapię na
nią. A ja widząc tę jej radość, zastanawiam się, czy ja bardziej bym się
cieszyła z miesiączki czy też z jej braku. W końcu na chwilę wychodzę
do pobliskiej apteki i kupuję test. Siedzę w pracy jak na węglach, ale
postanowiłam, że próbę zrobię dopiero wieczorem, u Kuby w domu.
Kiedy Gośki nie ma w pokoju, czytam ulotkę i jestem trochę rozczarowana, bo jest w niej informacja, że jest być może jeszcze trochę za
wcześnie na miarodajny wynik. W dodatku przy moich nieregular-
nych miesiączkach trudno trafić, kiedy przypada ten właściwy termin. Mimo to zrobię próbę. Po pracy jadę do domu, trochę rozmawiam z Basią; ona opowiada, że już w zasadzie te kłopoty Jędrka
przeszły bokiem, tylko że znów jego żona robi jakieś podchody, że
chciałaby wrócić do niego, on zaś miota się pomiędzy własnymi myślami co ma z tym zrobić. O żesz ty w mordę jeża! To jak pojawiają się
kłopoty, to mężuś na boczek, a jak mijają to z powrotem wracamy?
No te baby to są przewrotne! Parskamy śmiechem, przecież my też
przecież tej samej płci. Po kolacji jadę do domu Kuby. Ręce mi się
lekko trzęsą, kiedy rozpakowuję test i idę z nim do łazienki. Potem
w napięciu patrzę w okienko i widzę pojawiającą się jedną kreskę
i nic więcej. Nic? W świetle lampy rzeczywiście nic więcej nie widać.
Nie wiem, czy cieszyć się czy martwić. Choć z jednej strony odczu-
wam ulgę, bo zawsze marzyłam o tym, żeby ciąża była zaplanowana
i świadoma, a nie przypadkowa. Póki co, jakby nie patrzeć, jestem
panną. Jak zareagowałby Kuba na taką wiadomość? Nigdy nie rozmawialiśmy o dzieciach. O przepraszam, o swoich dzieciach. Chwilo-

wo jestem trochę uspokojona, ale jeśli miesiączka nadal będzie się spóźniać, to w czwartek rano powtórzę próbę.

4 października, środa

Kuba dzwoni z rana, że przyjedzie w piątek późnym popołudniem i prosi, bym czekała u niego w domu. Ja trochę się przekomarzam, że inaczej sobie zaplanowałam piątkowy wieczór, ale jeśli tak bardzo nalega, to niech mu będzie. Ale za to ma tak przemyśleć weekend, bym ani chwili się nie nudziła. Obiecuję, że nie będę ziewała. O swoich obawach nic mu nie mówię. Gośka cała w skowronkach, pokazuje pierścionek, który kupił jej ten gość co z nim była u mnie na urodzinach. Ja tylko kręcę głową, nie będę udawała, że mi się to podoba. Chyba nigdy nie zrozumiem, co dzieje się w głowach kobiet jej pokroju. Ona mi tłumaczyła kiedyś, że na dzieci i małżeństwo zawsze ma czas, a póki co z życia trzeba korzystać. Tylko że latka lecą, a faceci przychodzą i odchodzą. I tylko kolejne pierścionki zostają. A ja za biżuterią nie przepadam.

Idąc do domu oglądam kolorowe liście, zaściełające coraz bardziej chodnik. Wybieram kilka najładniejszych, zrobię Kubie jesienny stroik. Wieczorem w aptece znów kupuję test i zaczynam się trochę denerwować. Najchętniej zrobiłabym go już dziś, ale w ulotce piszą, że najlepiej go robić na czczo, rankiem; ponoć wynik jest wtedy najbardziej miarodajny.

5 października, czwartek

Jezu, jestem w ciąży!!! Wstałam raniutko i pobiegłam do łazienki. Po chwili oczekiwania w okienku pokazują się dwie grube krechy! Z emocji zakręciło mi się w głowie, mało nie upadłam. Więc jednak. Przez chwilę chciałam zadzwonić do pracy i wziąć wolne na żądanie, ale się rozmyśliłam. Co ja bym tu tak sama robiła, z tym młynem w głowie. Pójdę do pracy, ale Gośce na razie nic nie powiem, to tak samo jakbym stanęła na korytarzu i zaczęła wrzeszczeć, że jestem w ciąży. Ale ona i tak zauważyła, że jestem strasznie zmieszana i zaczęła dopytywać, czy w końcu dostałam miesiączkę. Powiedziałam, że nie, ale przecież w poniedziałek robiłam próbę i była negatywna. Ona z niedowierzaniem kiwa głową. Ale idę w zaparte, przecież nie chcę na razie robić sensacji. Muszę najpierw sama uporządkować swój świat i myśli, a dopiero potem wieszczyć światu radosną wieść, że gdzieś w drodze jest kolejny obywatel. Boję się, co będzie z Kubą, co on powie, jak zareaguje. Adrenalina we mnie aż kipi, ciężko się skupić na pracy. Dobrze, że dziś mamy nieco mniej pracy, najgorsza harówa już za nami. Jakby na zamówienie pojawiają się mdłości, ale na szczęście lekkie, do opanowania. Jak Gośka gdzieś wychodzi, z torebki wyciągam test i przyglądam się mu. W tym momencie wpada Jadźka, w popłochu chowam próbę, ale czuję, że się czerwienię. Jadźka przygląda mi się uważnie i pyta co schowałam. Z torebki wyciągam pendrive'a (całe szczęście, że też biały) i mówię, że chciałam oglądać zdjęcia z wycieczki Baśki, ale żeby nikomu o tym nie mówiła. Łyknęła to i z powagą mówi, że nie powie, teraz to nie ma czasu, ale później muszę jej pokazać te zdjęcia. Mało nie parsknęłam jej śmiechem w twarz. Ale tak naprawdę to nie jest mi za bardzo do śmiechu. Nie dość, że muszę sobie dać radę z natłokiem własnych myśli, to jeszcze mam coraz większe obawy co do reakcji Kuby. Tyle czasu razem spędziliśmy, tyle rozmawialiśmy, ale nie przypominam sobie byśmy kiedykolwiek rozwinęli temat rodzicielstwa. Ba! Im więcej myślę o tym, to uzmysławiam sobie, że on starannie omijał tego typu zagadnienia. Z drugiej strony, jak jeździliśmy na wieś, do rodziny którą się opiekuje, to widziałam jakimi roziskrzonymi oczami patrzył na dziatwę. Sama nie wiem, co o tym myśleć. I cieszę się, i równocześnie trochę boję jutrzejszego dnia. Wieczorem rozbieram się do naga i staję przed lustrem. Uważnie obserwuję swoje ciało i zdaje mi się, że sutki jakby lekko nabrzmiały i pociemniały, a od pępka w dół pojawiła się ciemniejsza linia. Sama zresztą nie wiem, czy te zmiany pojawiły się faktycznie, czy tylko sugeruję się porannym odkryciem. Długo nie mogę zasnąć, przewracam się na boki, kiedy w końcu udaje mi się zasnąć, męczą mnie jakieś przykre sny.

6 października, piątek

Wstaję zmęczona, jakbym w ogóle nie spała. Jak w letargu siedzę w pracy, niezdolna skupić się na tym co robię. Gośka obserwuje mnie uważnie, ale nic nie komentuje. Z ulgą stwierdzam, że minęła piętnasta i wychodzę z pracy. W domu coś tam przełykam w locie i jadę do domku Kuby, by czekać aż on się zjawi. Jakież ciężkie są te chwile oczekiwania, nie dość, że nie widziałam go dwa tygodnie, to jeszcze zupełnie nie mogę przewidzieć jego reakcji na moje rewelacje. Chodzę z kąta w kąt, każda minuta niemiłosiernie się wydłuża. Próbuję coś czytać, ale po chwili odkładam książkę – nie dam rady skupić się na treści. W końcu słyszę skrzypienie furtki i zgrzyt klucza w zamku. Staję na końcu korytarza i widzę, jak wchodzi. Nawet nie zdejmuje kurtki tylko podbiega do mnie i bierze mnie w ramiona, szepcąc coś o tęsknocie i miłości, całuje i tak mocno ściska, że przez chwilę brakuje mi oddechu. To nasze przywitanie trwa dobrą chwilę, w końcu Kuba zdejmuje buty i kurtkę, przechodzimy do saloniku, ja idę do kuchni, robię kawę i jakieś kanapki. Serce mi cały czas bije tak, jakby się z piersi chciało wyrwać. W końcu wnoszę tacę do saloniku i stawiam na stole, ale czuję jak ręce mi drżą. On zauważa w końcu moje napięcie i z takim niepewnym uśmiechem pyta, czy coś się stało. No nic, nie będę dalej już nic ukrywać. Sięgam do torebki i wyciągam próbę, kładę przed nim. On tylko rzuca krótkie spojrzenie i patrzy na mnie. Ale to nie jest już mój Kuba, taki słodki i opiekuńczy. To jakiś inny facet, jego usta ściągnięte w cienką kreskę, a oczy jak dwa sztylety chcą mnie przeszyć na wylot. Widać w nich mieszaninę niedowierzania, wściekłości i rozpaczy, w końcu podniesionym głosem pyta, co to wszystko ma znaczyć, w co ja chcę go wrobić, krzyczy, że on już tyle się w życiu nacierpiał, dlaczego ja to mu robię. Ja czuję, że jestem bliska zemdlenia, ale staram się spokojnie mówić, że jestem z nim w ciąży i że takie rzeczy przecież się zdarzają. On chowa twarz w dłoniach, widzę jak jego plecy drżą i wstrząsają. W końcu odejmuje dłonie i chrapliwym głosem mówi, że on nie może mieć dzieci. Mając siedemnaście lat zachorował na świnkę i dostał zapalenia jąder, które zakończyło się niepłodnością. Robił nawet kiedyś badania nasienia

i one potwierdziły diagnozę – jego plemniki są zbyt słabe, by doprowadzić do zapłodnienia. Potem, już z żoną nawet się nie zabezpiecza-
li, bo wiedzieli, że nic z tego nie będzie. I teraz nic z tego nie rozumie,
strasznie na mnie się zawiódł, zaczął już nawet robić plany na nasze
dalsze życie, ale teraz wszystkie te jego marzenia w jednej chwili
zniszczyłam. Wybucham płaczem, przez łzy próbuję wyjaśnić, że ja
od kilku lat tylko z nim byłam, ale on już nie zwraca na to uwagi, za-
kłada kurtkę i wychodzi. Rzucam się na łóżko i długo łkam, sama nie
bardzo rozumiem, jak to się stało. Zamawiam taksówkę i jadę do domu. Basia od razu widzi moją rozpacz i chce bym wszystko jej powiedziała. Przez strumienie łez mówię jej, co zaszło. Ona na to, że to
przecież niemożliwe: albo ja nie jestem w ciąży, albo on jednak może
mieć dzieci. No przecież dla mnie też jest to oczywiste, ale test chyba
nie kłamie, o rany, zostawiłam go na stole. Ale widziałam przecież te
dwie wyraźne kreski. I czuję, tak, już czuję, że tam gdzieś w środku
zagnieździła się ta drobinka i że już czuję się matką. Czy Jakub ze mną
będzie czy nie, urodzę i wychowam.

8 października, niedziela

Niezupełnie wiem, co się dookoła mnie dzieje. Mama i Baśka coś
tam mówią do mnie, ale dociera to do mnie jak przez mgłę. Kuba się
nie odzywa, ja też nie chcę jeździć do niego po tym, co mi wykrzyczał.
Cały dzień siedzę w koszuli nocnej, jestem odrętwiała i nic nie robię.

Dopiero wieczorem zadzwonił do mnie Bazyl i pytał, co się dzieje,
bo przez dwa dni siedział u niego Jakub i pił do nieprzytomności,
bełkotał tylko o tym, że nikomu nie można wierzyć, że wbito mu nóż
w plecy, w dodatku zrobił to ktoś, komu tak wierzył, z kim wiązał
swoją przyszłość. Płacząc, mówię mu co się stało. On przekazuje słuchawkę Agacie, ona słyszała o problemie Kuby i to, że ja zaszłam
w ciążę jest również dla nich ogromną niespodzianką, ale przecież
w życiu zdarzają się czasem cuda. Muszę tylko na sto procent to potwierdzić.

9 października, poniedziałek

Z rana dzwonię do kadr, że chcę wziąć tydzień urlopu, personalna mówi, żebym tylko wpadła wypełnić wniosek. Na dziesiątą jestem umówiona u ginekologa. Krótkie badanie i pewna diagnoza: czwarty tydzień ciąży. Na pewno pani niepotrzebne zaświadczenie o ciąży? Na razie nie, w pracy wypełniam tylko wniosek urlopowy i szybko zmykam do domu. Basi nie ma, nagle wyjechała na jakieś szkolenie z pracy. Ale ja jestem w takim stanie, że już nic nie jest w stanie mnie zdziwić. Chcę zaszyć się w jak najdalszym kąciku, z nikim nie rozmawiać o niczym. Mama przynosi tylko jedzenie i picie, mówi, że w moim stanie nie mogę tak zupełnie nic nie brać do ust. Wciskam na siłę parę kęsów, popijam łykiem herbaty, kładę się na łóżku, zwijam jak embrion i przykrywam kocem. Z tego odrętwienia budzi mnie delikatne głaskanie. Oglądam się za siebie i widzę bladą, wychudłą rękę taty. Jezu, on wyszedł ze swojego łóżka i przyjechał do mnie na wózku inwalidzkim, musiał zrobić nieludzki wysiłek, żeby tu dotrzeć. Mówi, że wie co się stało i że wierzy w szczęśliwe zakończenie tej całej historii. Bo jeśli Kuba jest rozumnym i wartościowym człowiekiem, jeśli naprawdę mnie kocha, to zrobi wszystko, by dotrzeć do prawdy. A ta prawda może być tylko jedna. Ale jeśli nie podejmie takiej próby, jeśli zadowoli się tylko domysłami, to znaczy, że nie był mnie wart.

12 października, czwartek

Baśka namawia mnie na chwilę spaceru, akurat po kilku dniach siąpawki zrobiło się pogodnie, wyjrzało słońce. Spacerujemy wolno po parku, niewiele do siebie mówiąc, nogami rozgarniamy kolorowe liście. Przypomniało mi się, jak robiłam z nich stroik dla Jakuba. Kiedy to było? Tydzień temu? A mnie się wydaje, że wiek upłynął. Tak bardzo tęsknię za Jakubem, za tymi chwilami, kiedy siedzieliśmy przytuleni do siebie, kiedy kochaliśmy się i kiedy leniwi i nasyceni sobą leżeliśmy w łóżku. Czy już tego ma nie być więcej? Powoli zaczyna do mnie docierać, że jest to możliwe. Ale bez względu na to, czy on jeszcze kiedykolwiek pojawi się w moim życiu, urodzę i wychowam moje dziecko, jak najlepiej będę potrafiła. Z czułością myślę o tej drobinie, może właśnie w tej chwili zaczyna bić we mnie to maleńkie, drugie serduszko. Trzeba żyć, mimo wszystko, nawet z piętnem panny z dzieckiem. Unoszę twarz do jesiennych promieni słońca i dziś, po raz pierwszy od jakiegoś czasu, na moje usta zabłąkał się półuśmiech. Basia widzi to i obejmuje mnie tak serdecznie, a spod powieki wymyka jej się łezka. Ociera ją wierzchem dłoni, mówi, że co prawda wierzy, że Kuba wróci, ale jeśli będzie trzeba, to razem wychowamy naszą, tak, naszą dziecinkę.

14 października, sobota

Pięknie świeci słońce, chcę wykorzystać pogodę na spacer, ale Baśka marudzi, że musi zrobić obiad, że przejdziemy się razem po obiedzie. Coś mi się tu nie podoba, ale nic nie mówię. Dokładnie w południe, kiedy słyszę dzwony kościelne, przez ich dźwięk przebija coraz głośniejszy, dziwnie znajomy odgłos silnika motocyklowego, serce zaczyna mi bić mocno i kiedy turkot cichnie, jak szalona wybiegam przed dom, a tu Kuba parkuje motor i chwyta mnie w objęcia. Wyciąga z kieszeni jakieś zaświadczenie i krzyczy mi do ucha: tak, zostanie ojcem, będziemy już zawsze razem, już nigdy nas nie opuści, kocha jak szalony mnie i nasze dziecko. Długo stoimy objęci, jestem tak oszołomiona i szczęśliwa, że nawet nie zwracam uwagi, jak w oknie naszego małego domku moja siostra i mamuśka mrugają do siebie porozumiewawczo i mocno ściskają sobie dłonie.

Ten jeden dzień

Pikaczu już prawie wrzeszczał swoje „łejkap, łejkap", kiedy Marta wreszcie otworzyła oczy. Nacisnęła guzik alarmu i odsunęła budzik na środek szafki nocnej, żeby przypadkiem nie spadł jak dwa tygodnie wcześniej i obudowa całkiem się już nie rozsypała. Wtedy skleiła pęknięcie taśmą klejącą, ale każdy następny upadek byłby wyrokiem śmierci dla plastikowej obudowy. Misiek by jej tego nic podarował. Dostała budzik od niego w prezencie, kiedy wyjeżdżała do Miasta.

Z wyraźnym trudem opuściła nogi na dywanik, wcisnęła kapcie i wyjrzała na korytarz, czy ktoś korzysta z łazienki. Założyła szlafrok, wzięła szampon i mydło i począłapała na drugi koniec korytarzyka. Porozchlapywana na posadzce woda świadczyła o tym, że już ktoś wcześniej się tu mył. Dotknęła swojego ręcznika i skrzywiła się. Ręcznik był wilgotny, ktoś nim się wcześniej wycierał. Po raz enty poprzysięgła sobie, że nie będzie zostawiała swoich rzeczy w łazience. Z niechęcią pomyślała o współlokatorach. Niektórzy to dosłownie wszystko traktują jak swoje, jeszcze trochę i jej szczoteczką będą myli zęby. Tylko że na razie nie miała wielkiego wyboru. Stancja była stosunkowo tania, a że mieszkanie tu wymagało pewnych wyrzeczeń?

Zrzuciła szlafrok i weszła pod prysznic. Powoli rozcierała mydło po swoim ciele, gdzieś jej przeleciała myśl, że wiele by dała, aby Misiek tu był i umył jej plecy. Przy tak dużych dłoniach, ich dotyk był nadspodziewanie delikatny. Potem wytarła się brzeżkiem ręcznika i wróciła do pokoju. Chwilę stała przy otwartej szafie i zastanawiała się, co włożyć na siebie. Z tym zawsze miała problem, potrafiła kilka razy założyć jakiś ciuch, by go zamienić na inny, a potem znów wrócić do tego co go przymierzała jako pierwszy. Już obuwała stopy, kiedy zauważyła, że jeden z butów jest przykurzony. Z szuflady wyciągnęła szczotkę i wyczyściła adidasy, wsunęła je na stopy. Spojrzała w lustro, poprawiła włosy i wyszła z domu.

Autobus nie dość, że był spóźniony, to tak wewnątrz śmierdział, jakby chwilę przedtem siedziało w nim stado kloszardów. Mimo że kilka miejsc było wolnych, stanęła naprzeciwko środkowego wejścia i chwyciła za poręcz w miejscu, gdzie dotyka jej jak najmniej ludzi. Całe szczęście, że było dużo miejsca, nienawidziła tłoku i ocierania się ludzi o siebie.

Marszobiegiem pokonała odcinek pomiędzy przystankiem a swoim miejscem pracy. Koło drzwi już stał samochód z piekarni, a koło niego palił papierosa kierowca – smagły, szczupły chłopak, który nawet chwilami jej się podobał. Ale dziś nic nie wskazywało na przyjazną atmosferę. Co ty sobie wyobrażasz, spóźnialska pindo, że ja mam czas przy każdej budzie po piętnaście minut czekać, szef nas dżipiesem śledzi i za spóźnienia wali po premii. Jego nie obchodzi, że jakaś panienka szlafroczek sobie przycięła drzwiami. Marcie łzy stanęły w oczach, przecież nie będzie się tłumaczyć, że autobusy czasem się spóźniają, że na tej linii poza szczytem rzadko jeżdżą, a na taksówkę póki co jej nie stać. Bąknęła tylko coś na przeprosiny i zaczęła przyjmować pieczywo. Dostawczak odjechał z piskiem opon. Jeszcze nie ochłonęła, kiedy zadzwoniła komórka. Kaja będzie dopiero koło dwunastej, bo musi iść do dermatologa – na nogach pojawiły się jakieś dziwne plamy, a lekarz przyjmuje tylko do południa. Cholera, znów cały ranek sama, roboty kupa, zaraz otwierać trzeba, a szef jeszcze surówek nie dowiózł. Wrzuciła bryłę łoju do frytownicy i zaczęła przekrajać bułki. Z zamrażarki wyjęła hamburgery i postawiła, by się rozmroziły. Przyjechał szef, jakiś naburmuszony, w dodatku jak mu powiedziała o Kai, jeszcze bardziej się wkurzył. Zaczął się odgrażać, że jak coś to zwinie interes i wszystkich pozwalnia, bo niby roboty kupa, a zysku tyle, co kot napłakał. Kiedy odjechał, Marta przysiadła na chwilę i pomyślała, co by z nią było, gdyby szef naprawdę swoje pogróżki wykonał.

Przecież na wieś nie wróci, do tej rudery, gdzie jej matka walczy o każdy kolejny dzień przetrwania dla całej rodziny. Skąd z takim trudem udało jej się wydostać. Mama chciała, żeby została, żeby jako najstarsza z rodzeństwa pomagała jej przy gospodarce. I tylko taki argument, że od czasu do czasu Marta parę groszy do domu podeśle, podziałał na tyle skutecznie, że pozwoliła. Ale tu na miejscu okazało się, że wcale nie jest tak łatwo i z pracą, i ze stancją, i z utrzymaniem. Roboty jest mało, a chętnych wielu, w dodatku ona jest spoza powiatu i nie ma co liczyć na zatrudniak. Ale w końcu się udało. Praca ciężka i niewdzięczna, ale praca.

Tuż przed dziesiątą pozdejmowała blaszane osłony z okien i otworzyła drzwi. Po chwili zaczęli pojawiać się pierwsi klienci. Tak jak zazwyczaj, większość z nich to byli handlarze z pobliskiego rynku, ale dziś jakby się zmówili, żeby przyjść w tym samym czasie. Ustawiła się kolejka, ci z końca nawet robili uwagi, że coś długo dziś trwa obsługa. Marta uwijała się jak w ukropie, ale i tak nie wszystko wychodziło jak trzeba. Trochę za długo przytrzymała pieczywo do hot doga na podgrzewaczu i kiedy klient ugryzł kęsa, gorący keczup trysnął mu do ust z wnętrza bułki. Wrzasnął, że napisze skargę do federacji konsumentów i sanepidu, że tu nie są przestrzegane odpowiednie parametry żywienia i powinni dobrze skontrolować co tu się wyrabia. W końcu wyszedł, a Marta chwilę stała zaczerwieniona, z opuszczonymi rękami. Gdzieś przed jedenastą trochę się rozluźniło, pojawiła się w końcu Kaja. Nareszcie! Teraz praca nabrała już odpowiedniego rytmu, nawet miały trochę czasu na to, żeby pogadać. Kiedy Kaja powiedziała o swoich planach, aby pójść do zaocznego liceum, Marta zaczęła się zastanawiać, czy i jej nie przydałaby się matura. Tylko chyba nie ogólniak, może jakieś technikum gastronomiczne. No nic, problem do przemyślenia.

Dochodziła druga, kiedy jedna z klientek wyciągnęła legitymację, że jest z sanepidu i chce sprawdzić stan sanitarny, a potem chętnie porozmawiałaby z szefem. O Jezu, na zapleczu pełny rozgardiasz, bo zaczyna się pora obiadowa, a tu kontrola, czyżby ten klient z rana zdążył się poskarżyć? Ale o dziwo, kobieta nie przesadzała z uwagami, coś tam tylko notowała w małym zeszyciku. Jedynie w chwili, kiedy na jej pytanie, gdzie dziewczyny załatwiają swoje potrzeby fizjologiczne Kaja powiedziała, że w pobliskiej restauracji, pokręciła głową z niedowierzaniem. Przyjechał szef i dość długo rozmawiał z panią z sanepidu, w końcu ona odeszła, a on wrócił, niezadowolony. Znów mruczał pod nosem, że nie stać go żeby kibel stawiać dla dwóch sprzedawczyń albo na wynajem tojtoja. Kiedy okazało się, że to była rutynowa kontrola, Marta trochę odetchnęła, ale już nie wspomniała o porannej awanturze z hot dogiem. Po trzeciej znów ruch, wiadomo – piątek, wszyscy wychodzą z pracy i część z nich pędzi na dworzec i jedzie do domu, przed wsiadką do pociągu przydałoby się coś przegryźć. Niektórzy – stali klienci – zajadali swoje hamburgery i pomiędzy kęsami próbowali coś tam zagadywać. Tylko Marta już była tak skatowana, że odpowiadała tylko półsłówkami albo w ogóle nic nie mówiła. Ale ożywiła się, kiedy przyszedł pan Waldek, co pracuje w ratuszu. Lubiła jak do niej mówił, bo brzmiało to tak jakoś mądrze, poukładanie, kiedyś mu nawet powiedziała, że lubi to jego gadanie. Chyba wolny, bo jeśli miałby żonę, to ona gotowałaby mu obiady, a nie pozwalała na odżywianie się w fastfudach. Szkoda tylko że starszy od niej tak dużo, bo kiedyś jej powiedział, że ma 35 lat, ona 19, to chyba trochę nie do przeskoczenia. Chociaż... Gdyby nie wiedziała, że on ma tyle lat, nigdy by mu tyle nie dała. No, może ze dwadzieścia osiem. Dziś jej powiedział, że przez cały weekend będzie do gazety krzyżówki układał. Marta aż pisnęła z zachwytu, ajjjj, to pan krzyżówki do gazet układa? A do jakich? Do „Dziennika"? Ojej, to moje ulubione panoramy. Pokaże mi pan kiedyś, jak się je układa? Kiedy pan Waldek wyszedł, ożywienie minęło, a zmęczenie zwaliło się na nią podwójnie. Zadzwoniła do szefa, czy może dziś szybciej wyjść, bo pada z nóg. Szef pozwolił, ale jak zwykle komentarza nie odpuścił. Kiedy dochodziła do stancji, marzyła tylko o tym, żeby zdrzemnąć się z godzinkę, ale zadzwoniła Kaja i powiedziała, że któraś z nich przyjęła fałszywą pięćdziesiątkę i szef powiedział, że odliczy im od pensji po 25 złotych. Ale nie odliczy, bo ona wzięła tę pięćdziesiątkę, poszła na rynek i wcisnęła jakiejś handlarze ze wscho-

du. Kaja, wstydu nie masz! Ja bym chyba tak nie zrobiła, odżałowała-
bym te dwie dychy. Nie dwie tylko dwie i pół, a poza tym jak ktoś ma
miękkie serce, to dupę musi mieć twardą. Potem jeszcze spytała Mar-
tę, czy ma jakieś plany na wieczór, bo ze swoim Robciem jadą na dyskotekę do KrejzyHorsa i jak chce, może się z nimi zabrać. Odparła, że
na razie nic nie planuje, ale przemyśli i oddzwoni. Położyła się i przysnęła.

Obudził ją trzask drzwi na korytarzu, a potem usłyszała pijacki
bełkot tego studencika z ostatniego pokoju. Nie lubiła go, był jakiś
taki arogancki, na wszystkich co nie mieli wyższego wykształcenia,
patrzył z góry. Ponoć go z akademika wywalili, bo nie potrafił się
przystosować. Paniczyk taki, a słoma z butów wystaje. Ciekawe, czy
to nie on się jej ręcznikiem wyciera. Jak się gdzieś wybiera, to butelkę
wody kolońskiej na siebie wylewa, potem na korytarzu śmierdzi tak,
że na wymioty się zbiera. Żeby to jeszcze jakaś porządna woda była,
gdzie tam, jakiś badziew za parę groszy. Za to pan Waldek zawsze tak
przyjemnie pachnie, kiedyś jej mówił, że ta woda jakoś tak jop czy jup
się nazywa. O, właśnie, jak to on dziś powiedział? Że coś tam, coś tam
to dla niego adiafora. Sięgnęła po słownik. Adiafora – rzecz lub sprawa moralnie obojętna ani dobra, ani zła, dobrze sobie zapamiętać.
Zadzwonił telefon, Kaja. Jezu, miałam oddzwonić. I co, idziesz? No,
jeszcze nie zdecydowałam się. Marta, nie bądź głupia, znów w tych
książkach zatoniesz? Wiem, że lubisz czytać, ale przecież jesteś młoda, musisz się trochę wyszaleć, co na starość będziesz chodzić na
dyskoteki? Albo jak wyjdziesz za mąż? Zobaczysz, twój Misiek obrzu-
ci cię dziećmi i tyle tego świata użyjesz. Aha, wiesz, że dziś dziewczyny mają bezpłatny wstęp? No dobra, przyjedziecie po mnie? O której?

Otworzyła szafę i zaczęła się zastanawiać co włożyć. Odwieczny
problem. I tak co by nie włożyła, Kaja pewnie ją skrytykuje. A właśnie
że nie, dziś zaskoczy wszystkich. Nawet siebie samą. Włożyła kaba-
retki, co je dopiero raz na sobie miała, szorty do pół uda i tę granato-
wą bluzkę, co sobie za pierwszą wypłatę kupiła. Jeszcze w takim ze-
stawie nie występowała. Leciutko wypięła tyłeczek i popatrzyła
w lustro. Jak na nią, bardzo śmiałe ubranko, bo tak naprawdę to całe

życie mogłaby przechodzić w dżinsach. Nie lubi się afiszować, pan Waldek też kiedyś powiedział, patrząc na taką Barbi, że prawdziwemu mężczyźnie powinna się podobać nie barwna kiecka, tylko to, co w środku człowieka siedzi. No dobra, ale co na nogi założyć, przecież nie pasują do tego adidasy! Już miała się rozebrać, kiedy ktoś cichutko zapukał i nie pytając, otworzył drzwi. Anka, sąsiadka. Marta, jak ty kapitalnie wyglądasz, nigdy cię jeszcze taką nie widziałam. Ale jaja, no, no, niby taki brzydki kaczak, a tu piękny łabądek za ścianą wyrasta. Muszę mojego Mareczka przed tobą ukrywać, bo jeszcze mi go odbijesz. No, żartowałam. A w czym problem? Buty? Poczekaj. Po chwili wraca i takie fajne, matowo lśniące granatowe czółenka trzyma w ręce. Spróbuj. Pasują? Jak ulał! No bierz, nie krępuj się. Jak ci się podobają to mogę ci je odsprzedać, skóry nie zedrę. I tak w nich nie chodzę, bo jakby za ciasne się na mnie zrobiły, odkąd przytyłam. Przyszłam, bo chciałam coś do czytania pożyczyć, masz takie fajne książki.

Przed ósmą zajechał stary golf Roberta. Kaja tylko z aprobatą pokiwała głową i pojechali. Większość miejsc już było zajętych, ale znaleźli stoliczek na antresoli, skąd dobrze było widać cały parkiet. Didżej miotał się za swoim pulpitem usiłując rozruszać towarzystwo, ale widać było, że jeszcze za wcześnie. Po parkiecie snuło się parę osób, większość popijało drinki i piwo czekając aż rauszyk ich pogna do tańca. Sącząc piwo Marta pomyślała, że dobrze byłoby, gdyby był tu Misiek, a nie tak czekać, aż ktoś do tańca poprosi. Tym bardziej że to wieczór muzyki z lat osiemdziesiątych, pewnie będzie sporo wolnych tańców, a ona nie cierpi tych podchmielonych, spoconych lowelasów klejących się do niej jak mokry podkoszulek do ciała. Nawet zaczęła już żałować, że dała się wyciągnąć, ale Kaja pokazała jej brodą na wejście. Weszła gustownie ubrana blondynka, a za nią no jakże – pan Waldek. Marta przyjrzała się dziewczynie i jakby szpileczka zazdrości ukłuła ją gdzieś koło serca. Była trochę rozczarowana. To z tego Waldusia taki ścichapęk, tu miłe każdej dziewczynie słówka gada, ale jak co do czego to występuje w towarzystwie takiej laski, że ona sama poczuła się przez chwilę – no, może nie jak brzydkie kacątko, ale jej ego dostało lekkiego klapsa. Dopiła duszkiem, czekała, kiedy jej coś tam lekko w głowie zaszumi. Chłopak Kai doniósł trzy nowe kubki z piwem, tak siedzieli i popijali, w końcu didżej zagrał coś fajnego i jak na komendę ludzie ruszyli na parkiet. Zrobiło się trochę tłoczno i aby uniknąć deptania po stopach ich trójka skierowała się na brzeg parkietu, gdzie było nieco luźniej. Jakoś tak przypadkiem trafili blisko pana Waldka i jego partnerki. Widać było, że taniec sprawia tej parze niezłą frajdę, wirowali tak, jakby byli partnerami od lat. Marta zupełnie nie mogła sobie wytłumaczyć, dlaczego czuje się zawiedziona. Przecież miała swojego Miśka, co prawda on daleko – na wsi, ona tu, w Mieście, ale w razie czego mogła zawsze na niego liczyć. A może Misiek to nie to, o czym marzyła? Próbowała ode-pchnąć od siebie tę myśl, ale gdzieś tam, w środku, jej wyobraźnia już zaczęła walkę sama z sobą podsuwając natrętne porównania. Zawsze miała za wybujałą wyobraźnię. Sama już nie wiedziała, dlaczego ten Waldek tak namieszał jej w myślach. Lubiła go, ale tylko lubiła, prze-cież nie mogła z nim wiązać jakichkolwiek nadziei. Nie ten poziom bytu, ta różnica wieku... A zwłaszcza teraz, kiedy już wiedziała, że on kogoś ma. Może to to piwsko tak jej nakręciło myśli, jutro, jak już będzie zupełnie trzeźwa, pewnie znów wróci zdrowy rozsądek. Pa-trzyła na jego niezbyt wielkie dłonie obejmujące kibić blondynki i próbowała wyobrazić sobie, jakby odczuła ich dotyk. Nawet nieko-niecznie tu i teraz, w tańcu, ale na przykład na plaży, kiedy smaro-wałby ją kremem do opalania. Albo... Nie, tak nie można – to jakaś paranoja, jak te myśli mogą nakręcać człowieka. Wróciła do stolika i dopiła piwo. Obserwowała parkiet, a jej wzrok jakoś dziwnie krążył blisko tej pary. Dobrą chwilę siedziała sama, póki ktoś delikatnie nie dotknął jej ramienia. Obejrzała się i trochę spłoszyła – to chłopak który rano tak na nią nakrzyczał za spóźnienie. Dobrze, że cię widzę, Marta, przepraszam za rano – byłem zdenerwowany, bo wtedy wszystko mi się sypało, potem ochłonąłem i nawet chciałem wrócić przeprosić, ale nie było jak. A tak w ogóle to czadersko wyglądasz. Zatańczysz ze mną? Ale nie teraz, bo jestem z dziewczyną, a ona wy-szła poprawić tapetę i zaraz muszę wracać do stolika, wiesz, jest bardzo zazdrosna. Marta nawet nie zdążyła odpowiedzieć i już go przy niej nie było. Zaczęła czuć, że piwo robi swoje. Kiedy wróciła z ubikacji, zobaczyła że Kaja i Robert wrócili, a na jej miejscu usiadł jakiś ich kumpel, nawet chyba znała go z widzenia. Poderwał się z miejsca, widząc, że ona wraca i nawet niezgrabnie podsuwał jej krzesło. Igor jestem, podał rękę. Okazało się, że pracuje niedaleko nich, w markecie, jako ochroniarz. Mogę postawić wam piwo, to takie trochę wkupne. Przyszedłem ze znajomymi, ale są beznadziejni. Gadają takie głupoty, że słuchać się nie chce. Cały czas o tuningu tych rzęchów co z Holandii posprowadzali. Chwilę posiedzieli jeszcze przy stoliku, a potem znów na parkiet. Marta tańczyła z Igorem, w pierwszej chwili nie mogli złapać rytmu, ale po chwili zaczęło im wychodzić. Próbowała skupić się na radości z tańca, ale co jakiś czas zerkała tam, gdzie Waldek tańczył ze swoją blond pięknością. Czuła się zaskoczona tym, z jaką intensywnością przeżywała swoje myśli, ale zrzucała to trochę na piwo, a trochę na to, że on nigdy nie wspominał o jakichkolwiek kobietach w swoim życiu, nigdy go z żadną nie widziała. Igor się trochę spocił, czuła od niego ten zapach i nie potrafiła już określić czy jest przykry, czy też obojętny.

W czasie przerwy poszła tym razem ona do baru po piwo. Kiedy zobaczyła tam pana Waldka, chciała się cofnąć, ale on ją już zauważył i uśmiechnął się. Podeszła bliżej. Dobry wieczór, pani Marto, nawet pani nie wie, jak się cieszę, że panią widzę. Świetnie pani wygląda, z przyjemnością oglądam pani pląsy na parkiecie. Czy mogę sam się zapisać do pani karneciku? Marta poczuła, że się czerwieni. Panie Waldku, ale czy pańska partnerka nie będzie zazdrosna? Ach, Jola, nie nie, nie będzie zazdrosna. To moja siostra, co prawda przyrodnia, ale... Mieszka na stałe w Niemczech, przedwczoraj przyjechała z mężem, on pojechał do stolicy w interesach, a ona dziurę mi wierciła, żebyśmy poszli gdzieś potańczyć. I tak się tu znaleźliśmy. A tak na przyszłość, to czy nie wygodniej byłoby mówić sobie po imieniu, kielichy jakby na życzenie trzymamy w dłoniach. Marta zerknęła na plastikowy kubek w dłoni i parsknęła śmiechem. Skrzyżowali zgięte ręce i upili po łyczku piwa, pocałowali się. Mimo tych kilku godzin w tańcu, Waldek był świeży i pachnący, jakby dopiero co wyszedł z łazienki po goleniu. Rozeszli się na swoje miejsca.

Marta czuła mętlik w głowie, ale spod mnóstwa myśli wysuwała się na plan pierwszy jedna – to jego siostra. Tylko siostra czy aż siostra, wszystko jedno. Miały kwadranse, ale Waldek nie przychodził. Przetańczyła już tyle z Igorem, z Robertem, nawet ten co na nią nakrzyczał rano, urwał się spod troskliwej opieki swojej partnerki i chwilę się pobawili. Powoli traciła nadzieję na ten taniec z Waldkiem. Jego wzmiankę o karneciku zrozumiała tak, że będzie chciał z nią zatańczyć, czyżby się pomyliła? Widocznie nie tak odczytała jego intencje, on zawsze w swoich słowach ukrywał jakieś zagadki, kalambury, tylko że dotychczas nie miała problemów z ich odgadnięciem. Powoli zbliżał się koniec imprezy i kiedy już traciła nadzieję podszedł, prosząc nachylił się do jej ucha i szepnął: Poprosiłem didżeja żeby zagrał coś ekstra, coś co bardzo lubię. Specjalnie dla nas. Na specjalne życzenie: sanszajnregge. Popłynęły dźwięki, a ona poczuła się, jakby znaleźli się w innym świecie. Marta jeszcze nigdy nie spotkała kogoś kto tak cudownie może ją poprowadzić, rozumieli się dosłownie w każdym dźwięku, w każdym, choćby najdrobniejszym geście. Chciała, żeby czas rozciągnął się jak guma do żucia, chciała by ten moment trwał wiecznie. I kiedy tak wirowali ze sobą, patrząc tylko na siebie, nie zauważyli, że parkiet jest prawie pusty, a wszyscy pozostali w dyskotece obserwują tylko ich.

Kiedy wraz z Kają i jej chłopakiem wychodzili na zewnątrz, Marta popatrzyła w górę. Gwiazdy były tak blisko, że wydawało się, że wystarczy wyciągnąć dłoń, by złapać którąś z nich. Chciało jej się krzyczeć i skakać z radości. Ale zamiast tego, po jej policzkach pociekły łzy. A usta wyszeptały, nie wiadomo do kogo: dziękuję.

Filozofia miłości

Szykował się już do wyjścia, kiedy na jego biurku zadzwonił telefon. Popatrzył, westchnął i podniósł słuchawkę.

– Dobosz, słucham – rzucił do mikrofonu.

– Albert, dobrze, że jesteś jeszcze – rozpoznał głos dziekana swojego wydziału. – Możesz na chwilę wpaść do mnie? Nic ważnego, zajmie tylko chwilkę.

Spakował resztę rzeczy do teczki, zerknął na zegarek i wyszedł. Ze zdziwieniem zauważył siedzącą jeszcze w pracy sekretarkę, wklepującą do komputera jakiś dokument.

– Dzień dobry, pani Kasiu – przywitał się. – Widzę, że przerzuca się pani na wieczorną zmianę. Mogę? – pokazał obite skórą drzwi.

– Dzień dobry, panie profesorze – uśmiechnęła się. – Mam pilną pracę, muszę to jeszcze dziś przepisać – pokazała jakieś rękopisy. – W dodatku, wie pan jak pisze szef, takie bardziej lekarskie ma pismo. Tak, czeka.

– Pozwoliłem sobie poprosić cię, choć myślę, że bardziej dla formalności – dziekan wskazał na fotel. – Zadzwonił do mnie dziś Józek Krawczyk, no wiesz, rektor z Lacka. Zosia Kownacka od października nie będzie mogła prowadzić zajęć z propedeutyki filozofii na jego uczelni. Ponoć ma poważne kłopoty z kolanami – jedzie najpierw do sanatorium, potem będzie miała długą rehabilitację. Zawsze jej mówiłem, że za dużo chodzi podczas zajęć. Ale do rzeczy: Józek szuka kogoś na jej miejsce na dwa semestry. Pomyślałem o tobie, ale nie wiem, czy się zgodzisz, i tak masz sporo zajęć. W dodatku te wyjazdy... – zawiesił głos.

– Dużo godzin? – spytał Albert. – Bo wiesz, dla dwóch czy czterech godzin nie opłaci mi się na weekend jechać ponad sto kilometrów.

– Są tam trzy grupy po około trzydziestu studentów i Józek postara się tak planować zajęcia, byś miał po sześć – osiem godzin zajęć, w soboty i niedziele, raz w miesiącu.

– Wiesz, zastanowię się jeszcze i dam ci znać – odparł wykładowca. – Chyba się zgodzę, ale muszę to jeszcze przegadać z Mariolą.

– Cieszę się, że cię to zaciekawiło, ale proszę byś szybko dał mi znać, zwłaszcza gdyby odpowiedź miała być odmowna, bo rozumiesz, musiałbym kogoś innego poszukać. Co tam u ciebie?

– Gdybyś powiedział mi o tym rok temu, pewnie bym się nie zgodził, ale teraz, kiedy Ania wyjechała z mężem do Krakowa, mam dla siebie mnóstwo czasu. Pieniądze – żachnął się. – Wiesz, że nie chodzi mi o pieniądze. Co prawda zastanawiam się nad kupnem nowego samochodu, bo mój poczciwy osiołek zaczyna kaprysić, ale przecież i bez tych dodatkowych zajęć dałbym sobie radę.

Wstał, pożegnał się z dziekanem i wyszedł. Uruchamiając silnik swojego leciwego nissana, myślał o propozycji. Odkąd córka wyszła za mąż i wyjechała na południe Polski, dotkliwie odczuwał jej brak. O ile w dni powszednie to jeszcze przygotowania do zajęć i samo ich prowadzenie zajmowało mu dużo czasu, to w weekendy nie wiedział, co ma ze sobą zrobić.

Dojechał do domu, wstawił samochód do garażu, idąc do siebie na górę, zajrzał do pokoju żony. Leżała jak zwykle na kanapie i czytała jakieś babskie czasopismo.

– Cześć, Mariola – przywitał się. – Chcę chwilę z tobą porozmawiać.

– Dzień dobry – odpowiedziała. – Siadaj. Coś ważnego?

– Bo ja wiem? Dostałem propozycję, by poprowadzić zajęcia w Lacku, raz lub dwa razy w miesiącu, w weekendy. Finanse jak tu, plus delegacje.

– I co, chcesz tam jeździć?

– Jeszcze tak na sto procent to nie wiem, ale odkąd Ania wyjechała, to w te wolne dni strasznie się nudzę. Myślałem o tym byśmy kupili sobie jakiś domek letniskowy za miastem, ale jesienią czy zimą i tak nie miałbym tam nic do roboty.

– Słuchaj, Bercik, jeśli chcesz wziąć te zajęcia to bierz, ja sobie radę tu dam – przerwała na chwilę, by odkaszlnąć. – Co prawda finansowo to nie mamy aż takich potrzeb, żebyś musiał się zapracowywać, ale jeśli ma ci to wypełnić wolny czas, to nie mam nic przeciwko temu.

Popatrzył na żonę. Już prawie ćwierć wieku byli ze sobą. Poznali się na ostatnim roku studiów, choć byli na zupełnie innych wydziałach: on na filozofii, ona na rybactwie śródlądowym. Mieli zupełnie inne charaktery, zupełnie innymi oczami patrzyli na świat – on z głową wiecznie w chmurach, ona odwrotnie – mocno tkwiła w rzeczywistości. Mimo to ich związek wydawał się bardzo harmonijny. Potem urodziła się Ania i tak jakoś szybko te lata pracy i wychowywania córki szybko im przeciekły między palcami. Ta dawniej piękna, powabna dziewczyna postarzała się, jej sylwetka się skurczyła, policzki jakby obwisły, oczy straciły dawny blask. Póki córka była w domu, nigdy nie przyglądał się w ten sposób żonie, teraz łapał się na myślach, że ta dawna, płomienna miłość minęła bezpowrotnie, w jej miejsce weszło jakieś przywiązanie, przyzwyczajenie do siebie, do swoich walorów i wad. Od dłuższego czasu sypiali oddzielnie. Zdawał też sobie sprawę z tego, że i on nie jest tak atrakcyjny fizycznie jak kiedyś. Brak ruchu, jeżdżenie samochodem nawet jeśli pieszo dotarłby w jakieś miejsce w kwadrans. Choć od lat miał mniej więcej tę samą wagę, to i tak nad paskiem dawało się zauważyć wyraźne zaokrąglenie, zwane przez niektórych mięśniem piwnym. Co jakiś czas postanawiał, że zmieni tryb życia: kupił rower i jeździł całe lato po parku, ale przyszła jesień i trzeba było odstawić sprzęt do garażu. Zaczął chodzić na basen, ale po kilku miesiącach intensywnego pływania zaczęły go boleć stawy w ramionach, a na skórze stóp zauważył swędzące zmiany. U dermatologa dowiedział się, że to grzybica, dość pospolita u ludzi korzystających często z basenu. Myślał o siłowni, ale chciał w pierwszym rzędzie zmniejszyć oponkę koło pępka, a dopiero potem pojawić się wśród ćwiczących. I tak ten czas bezpowrotnie upływał.

Poszedł do swojego pokoju i od razu odpalił laptopa. W wyszukiwarce wrzucił hasło: „Lack hotel" i po chwili wyświetliło się kilka propozycji. Wybrał jedną, która najbardziej przypadła mu do gustu. Znalazł – jak mu się wydawało – to czego szukał: niewielki hotel poza centrum miasta. Od razu wysłał maila z zapytaniem, czy będzie mógł tam gościć od czasu do czasu. Jeszcze tego samego wieczora otrzymał odpowiedź: „serdecznie zapraszamy, prosimy tylko o wcześniejszą rezerwację pokoju".

Zapadał już zmierzch, kiedy Albert wjeżdżał na hotelowy parking, z bagażnika samochodu wyciągnął torbę z rzeczami i wszedł do niewielkiego holu. W recepcji zauważył mężczyznę mniej więcej w swoim wieku, przywitał się i przedstawił.

– Aaa, to pan przysłał tego maila z zapytaniem o możliwość wynajmowania pokoju – uśmiechnął się tamten. – Jestem właścicielem tego hotelu, bardzo się cieszę, że będę pana gościł. Mam dla pana specjalną ofertę, na poddaszu jest sympatyczny pokoik, trochę oddzielony od innych, by goście panu nie przeszkadzali. Rozumie pan – czasem nocują tu goście weselni, ale i turyści też potrafią sobie popić i bywają hałaśliwi. Żaden luksus, ale za to jest spokojnie. Czy życzy pan sobie jakieś posiłki?

– Kolacje i śniadania, a co do pokoju to faktycznie, lubię jak jest cicho. Wie pan, muszę się przygotowywać do zajęć, to wymaga skupienia. Poza tym mam lekki sen i każdy hałas mnie wybudza.

– Czy będę niedyskretny, jeśli spytam, co pan będzie wykładał? – spytał właściciel. – Moja młodsza córka studiuje ekonomię. Muszę przyznać, że jestem z niej bardzo dumny, jest jedną z najlepszych na roku.

– Filozofię, a właściwie wprowadzenie do filozofii – odpowiedział Albert. – Wielu ludzi uważa ten kierunek za fantasmagorię, jakiś wymysł nudzących się inteligencików. Ale tak naprawdę to z filozofii wywodzi się kilka dziedzin. Logika, czyli nauka o formach prawidłowego rozumowania to też część filozofii. Ja teraz nie mam wiele czasu, ale kiedyś spróbuję panu objaśnić, z czym się wiąże ten negowany przez niektórych dział nauki.

– Z przyjemnością posłucham. – Hotelarz wyciągnął rękę z kluczem do pokoju. – Przepraszam pana, rozumiem, że dziś także chce pan zjeść kolację, pójdę przekażę w kuchni, że jeszcze jedna osoba nam na dziś doszła. Póki co zapraszam do pokoju, niech się pan rozgości. I za jakieś pół godziny zapraszam na dół, do baru.

Albert obejrzał pokoik. Był niewielki, ale racjonalnie urządzony, tylko najpotrzebniejsze sprzęty, w łazience kabina z prysznicem. Z okna widać było kilka domów, za nimi zaś rozciągały się pola, z prawej pobłyskiwała tafla jeziora. Część rzeczy przełożył do szafy, torbę z pozostałymi wsunął pod łóżko. Założył świeżą koszulę i zszedł na dół. W barze było tylko kilka osób, jakieś małżeństwo z dzieckiem, kilku turystów popijało piwo przy dwóch stolikach w kącie. Zauważył, że tuż przy barku, na stolikach, ułożone są sztućce i talerzyki, przysiadł się w tym miejscu. Po chwili pojawiła się przy nim młoda blondynka; z tacy zdjęła i rozłożyła przed nim przygotowane dania, było tego sporo.

– Dziękuję, ale dość dużo tego, a ja nie lubię się na noc najadać – popatrzył dziewczynie w oczy. – Potem źle śpię.

– Przecież nie musi pan tego wszystkiego jeść – wzruszyła lekko ramionami. – Dla nas lepiej, jeśli ktoś coś zostawi niż jak wychodzi stąd głodny.

– Racja, racja, ja tylko tak sobie gderam – uśmiechnął się do niej. – Jak to faceci w moim wieku lubią.

– No proszę z tym wiekiem nie przesadzać – odparła. – Ja to gderanie kojarzę z moim dziadkiem, a panu jeszcze sporo do niego brakuje. Proszę jeszcze mi powiedzieć, co pan sobie życzy do śniadania: kawę czy herbatę. A jeśli kawę to sypaną czy z ekspresu? I na którą godzinę?

– Kawę z ekspresu, na siódmą trzydzieści. I dziękuję za te pokrzepiające słowa, które zabrzmiały jak komplement. Wbrew pozorom to nie tylko kobiety lubią jak ktoś im coś miłego powie.

Dziewczyna uśmiechnęła się lekko i odeszła do kuchni. On zjadł kolację, podszedł jeszcze do baru, kupił dwa piwa i poszedł na górę. Miał jeszcze trochę materiału do przejrzenia i posegregowania, zastanowił się jak zacząć jutrzejsze zajęcia.

– Na początku naszych zajęć chciałbym państwu wyrazić swe uznanie. – Albert spacerował w luce pomiędzy stołami ustawionymi w podkowę. – Sam fakt że znaleźliście się tu, bardzo dobrze o was świadczy. Filozofia bowiem nie jest nauką łatwą i wymaga ogromnego zaangażowania, również emocjonalnego. Oczywiście, jeśli chcecie państwo wiedzieć cokolwiek poza najważniejszymi przedstawicielami i ich osiągnięciami. Żadna inna nauka nie jest tak wszechstronna, nie wymaga znajomości tak wielu spektrów wiedzy od swoich miłośników, jak właśnie przedmiot, do którego mam przyjemność państwa wprowadzać.

Studenci wpatrywali się w niego uważnie, on zaś chodził pomiędzy nimi i omiatał wzrokiem, krótko łapiąc kontakt wzrokowy z każdym z nich. Lubił być tak blisko słuchaczy, stąd też darzył niechęcią ogromne audytoria, gdzie sam czuł się jakby na dnie leja, zaś twarze były tak odległe, że pozostawały dla niego anonimowe. Grupa składała się z mniej więcej po równo z mężczyzn i kobiet, w większości młodych. Płeć studentów nigdy nie decydowała o jego stosunku do nich, starał się sprawiedliwie ich traktować i nie kierować urodą czy ubiorem. Nawet żartowali sobie z kolegami z uczelni z jednego profesora, że z jego przedmiotu oceny wpisywane do indeksów studentek są wprost proporcjonalne do głębokości dekoltu i odwrotnie proporcjonalne do długości ich spódniczek. Dla niego zaś liczyła się tylko wiedza i to jak ktoś tą wiedzą potrafi się dzielić.

– Początki filozofii nikną w mrokach dziejów – kontynuował. – Możemy przypuszczać, że w zasadzie już w momencie, kiedy homo sapiens zszedł z drzewa na ziemię, zaczynał myśleć w sposób abstrakcyjny. I choć trudno doszukiwać się w tym myśleniu tego, co dziś rozumiemy pod mianem: „filozofia", to nie możemy wykluczyć, że pojedyncze osobniki poza codziennym trudem walki o byt nie pobujały sobie trochę w obłokach. A z tego bujania czasem wychodziły i wychodzą zupełnie fajne rzeczy.

Studenci popatrzyli po sobie i zaczęli się śmiać. Albert też się uśmiechnął i pomyślał, że prawdopodobnie każdy z nich po tej frazie coś tam sobie skojarzył i stąd ta reakcja. Zresztą, lubił prowadzić zajęcia tak, by coś się na nich działo. Co jakiś czas, zwłaszcza na którejś tam już godzinie zajęć, słuchacze byli już zmęczeni i przekaz informacji szedł oporniej, próbował trochę rozruszać towarzystwo, czy to dowcipną konstatacją, czy anegdotką wplecioną w treść wykładu.

– Jeśli zaczynamy zastanawiać się, po co potrzebna jest człowiekowi filozofia, w pierwszym momencie trudno jest znaleźć jakąś rozsądną odpowiedź. Ale każdy z nas, bez względu na to, czy robi to świadomie, czy nie, myśli mniej lub więcej o problemach natury świata i człowieka, i te jego dywagacje niekoniecznie związane są z aspektami walki o przetrwanie. A wtedy śmiało jego rozważania możemy zaliczyć do tej dziedziny którą tu i teraz omawiamy. Wszak każdy z nas roztrząsa kwestię istnienia człowieka, moralność i dyktowane nią wybory, szuka swego miejsca w społeczeństwie. Do tego nie trzeba być filozofem, powiem więcej – takie myśli miewa każdy z nas, nawet ktoś o niezbyt wysokich walorach intelektualnych. Im jednak ktoś ma szersze horyzonty myślowe, tym częściej do tych kwestii powraca, a ich analiza jest znacznie głębsza.

Przerwał na chwilę, popatrzył znad szkieł na zwrócone w jego stronę twarze. Niektórzy notowali, jedna z dziewcząt postawiła przed sobą dyktafon. Uśmiechnął się do siebie, widząc to.

– I właśnie ci ostatni zajmują się już filozofowaniem, mniej lub bardziej uświadomionym. Początki takiej świadomej nauki zauważamy u starożytnych Greków, gdzie nastąpił szczególny wysyp wybitnych przedstawicieli miłośników mądrego myślenia. Nasi południowi bracia w rozumie mieli szerokie pole do popisu, gdyż działali na szczerej, nieuprawianej wcześniej niwie. Kiedyś Tales, spacerując obserwował niebo i z tego też powodu nie zauważył dziury w ziemi. Kiedy do niej wpadł, jego służąca zaśmiała się z tego i złośliwie skomentowała, że filozof, nie widząc tego co na ziemi chciałby poznać co jest na niebie. Wiele lat później historię tę skomentował Heidegger: „filozofia to takie myślenie, które niczemu nie służy i z którego to śmieją się służące". Teraz trudniej być filozofem, bowiem starożytni wymyślili już prawie wszystko co było do wymyślenia i jeśli ktoś wpadnie na znakomitą jakąś koncepcję, to zazwyczaj z żalem z dzieł klasyków dowie się, że problem już wieki temu został przepracowany. Jeśli w dialektyce przyrody Marksa odnajdujemy prawo przechodzenia ilości w jakość i odwrotnie, to okazuje się, że prochu on nie wymyślił; przed nim rozmyślał nad tą kwestią Hegel, a dużo wcześniej – Arystoteles.

Po skończonych wykładach trochę już zmęczony Albert wrócił do hotelu, zmienił marynarkę na sportową bluzę i poszedł w kierunku centrum. Kiedy jeszcze był dzieckiem, bywał w tym mieście, ale od tego czasu zaszły znaczne zmiany. Z trudem odnajdywał miejsca w których bywał. Rynek zachował kształt prostokąta, ale kamieniczki wokół niego, wyraźnie odnowione, zachęcały różnorodnością sklepów, punktów usługowych czy gastronomicznych. W rogu rynku znalazł niewielki bar, po wejściu do niego zauważył kilka zaledwie stolików zrobionych z litego drewna. Przy jednym z nich siedziało kilka młodych kobiet, pewnie też studiujących, bo wymieniały właśnie opinie o wykładowcach. Albert uśmiechnął się do siebie, podszedł do baru i zamówił smażoną wątróbkę drobiową, do tego ziemniaki i surówkę. Usiadł przy stoliku i czekając, aż przygotują zamówione danie, obserwował obecnych w barze ludzi. To miejsce podobało mu się, pomyślał, że będzie tu przychodził na obiady. Po chwili barmanka przyniosła mu sztućce i dwa talerze ze smakowicie pachnącym jedzeniem. Dziewczęta z sąsiedniego stoliczka chyba zwróciły na niego uwagę, bo trochę przycichły i zmieniły temat. W takich niewielkich miastach ludzie znali się i żadna obca twarz poza sezonem nie umknie uwadze miejscowych.

Po obiedzie Albert przeszedł się po mieście, ale niewiele było w nim do zwiedzania. Gdyby to było lato, mógłby przejść się na plażę, ale teraz zmrok zapadał szybko i robiło się coraz zimniej. Pomyślał sobie, czy dobrze zrobił, że przyjechał już w piątek i że chyba lepiej będzie, jeśli dotrze tu rankiem, przed wykładami. Poprosi w sekretariacie, by planowano mu lekcje od trzeciej godziny zajęć, zapewne zdoła do tego czasu dojechać. Tylko ten jego samochód... Czasem to nawet bał się, że gdzieś na trasie jego poczciwy, wysłużony osiołek odmówi posłuszeństwa, i co wtedy? Czas chyba pomyśleć o nowym autku. Tak rozmawiając sam ze sobą, dotarł do swojego pokoju, zdjął buty i usiadł na szerokim łóżku, opierając plecy o ścianę. Włączył telewizor, z braku czegoś ciekawszego podziwiał perypetie rodziny Kiepskich. Serial nie rościł sobie pretensji do wyrafinowanej rozrywki, ale jemu też od czasu do czasu potrzeba było czegoś nieskomplikowanego, by pozwolić umysłowi odpocząć trochę. Długo nie wytrzymał, z torby wyciągnął pisemko dla szaradzistów i zagłębił się w świat krzyżówek i szyfrogramów.

Dochodziła siódma, kiedy oderwał wzrok od diagramów. Odłożył długopis, założył marynarkę i zszedł na dół. Tak jak wczoraj, usiadł przy stoliczku opodal barku, gdzie zauważył tylko jedno nakrycie. Usiadł i chwilę poczekał. Z zaplecza jak duch wyszła dziewczyna niosąca wędliny, ser i pieczywo.

– Ooooo, pan profesor – wyglądała na zaskoczoną. – To nasz hotelik pan wybrał? Tylko na ten weekend, czy będzie pan u nas częściej gościł?

– Chyba będę tu bywał, ale nie często. – W dziewczynie rozpoznał jedną ze słuchaczek porannego wykładu. – Zajęcia z wami będę miał średnio raz w miesiącu. To pani tu pracuje?

– I tak, i nie – odparła. – Mój wujek jest właścicielem hotelu i pomagam mu, jeśli taka jest potrzeba. Co prawda rodzice mają niezłe dochody, ale pozwalają mi tu pracować, żebym mogła mieć trochę pieniędzy, nie licząc tylko na ich portmonetki. Teraz, po sezonie jest mniejszy ruch i wuj wysłał na urlop dwie dziewczyny. A mnie na kosmetyki czy tam takie drobne potrzeby zawsze starczy.

– Racja, racja. Trzeba być w życiu trochę samodzielnym, by potem, kiedy pępowina zostanie odcięta definitywnie, nie być zaskoczonym. Proszę przypomnieć mi swoje imię...

– Tak naprawdę to na pierwsze mam Helena, ale nie lubię zdrobnienia Hela. Dlatego używam drugiego imienia – Iza. Przepraszam panie profesorze, ale słyszę że czajnik gwiżdże, muszę zrobić dla pana coś do picia; kawę, herbatę?

– Na kawę dla mnie już za późno, pani Izo, miałbym problem z zaśnięciem. Poproszę o herbatę.

Dziewczyna na chwilę znikła na zapleczu, po chwili pojawiła się z tacą, na której parowała herbata.

– Proszę bardzo. – Zdjęła szklankę z tacki i postawiła obok talerzyka z wędlinami. – Nie mamy dziś więcej chętnych na kolację, to i wujek wybył. Jest paru gości weselnych, ale oni wiadomo, wrócą nad ranem. Przepraszam, ale mam jeszcze parę rzeczy do zrobienia w kuchni. Smacznego.

Ponownie znikła na zapleczu. Albert zajadał kolację trochę roztargniony, myślał o jutrzejszych zajęciach. Kiedy dziewczyna przyszła z wilgotną ścierką, by przetrzeć stoliki, z przyjemnością przyglądał się jej młodej sylwetce, zgrabnym nogom i biodrom kryjącym się pod obcisłymi spodniami. Jej twarz na pierwszy rzut oka nie była jakaś wybitnie urodziwa, ale było w niej coś pociągającego. Albert pomyślał sobie, że właśnie ten typ kobiety nie powinien mieć problemów ze znalezieniem partnera na stałe, w odróżnieniu od kobiet bardzo pięknych bądź bardzo brzydkich.

– Poproszę jeszcze dwa piwa puszkowe. – Podszedł do barku, kiedy zobaczył, że ona się tam krząta. – Tylko żeby nie były zbyt chłodne. To taki mój usypiacz.

– Ma pan problemy z zasypianiem? – Postawiła na barze puszki. – Ja tam nigdy z tym nie mam kłopotów.

– Pani jest taka młoda – uśmiechnął się. – Ja w pani wieku też nie miałem problemów z zasypianiem. No chyba że miałem akurat u siebie gościa płci pięknej...

Iza oparła się łokciami o brzeg lady, jakby po to, by wzrok Alberta mógł musnąć rowek między jej piersiami. Już posprzątała, miała teraz trochę czasu wolnego.

– Fajnie pan prowadzi wykłady – powiedziała. – Dobrze się tego słucha, i mówi pan jakoś tak obrazowo, kolorowo. Pani, która przedtem prowadziła te zajęcia, ponoć nie robiła tego tak ciekawie jak pan. Tak mówili koledzy ze starszych semestrów.

– Bardzo mi przyjemnie, że pani tak to odbiera. Nie mam nikogo konkretnego na myśli, ale każdy, nawet najciekawszy temat czy przedmiot można tak skopać, że po piętnastu minutach połowa słuchaczy śpi, a druga połowa ziewa. Tym bardziej jestem wdzięczny za uwagi, zawsze to dla mnie sygnał zwrotny. Ale długie lata doświadczenia też swoje robią.

– Nie zawsze – pokręciła głową. – Do tego trzeba mieć choć odrobinę charyzmy. U nas zbyt często zdarza się, że do szkół czy na uczelnie trafiają ludzie, dla których nauczanie jest wyłącznie sposobem na zarabianie, nie czują tego, co robią. Efekty? Dzieci czy młodzież wychodzą znudzeni z zajęć, bez emocji. Z kolei ci pedagodzy czy wykładowcy najbardziej zaangażowani wypalają się szybko, dla nich urlop dla poratowania zdrowia to jak dar niebios.

– Nigdy nie brałem urlopu dla poratowania zdrowia. – Albert popatrzył uważnie jej w oczy. – U was też zajęcia wziąłem nie dla pieniędzy. Po prostu córka wyszła za mąż i teraz mam mnóstwo wolnego czasu. A ja nie lubię siedzieć w domu i gapić się w telewizor. Choć czasem znajdzie się jakiś ciekawy program, to wtedy tak. Widzę, że pani dobrze się orientuje w problemach oświaty.

– Moja mama była nauczycielką, doradcą metodycznym, w końcu wicedyrektorem w szkole. Można powiedzieć, że korytarze szkolne wycierałam podwójnie. A wracając do pasji – widocznie taka właśnie kariera zawodowa była pańskim strzałem w dziesiątkę. Ja jeszcze nie wiem, co będę w życiu robiła. Widzi pan, tu pracy jest mało, zwłaszcza poza sezonem, a wyrwać się z prowincji jest bardzo trudno. Za studia wzięłam się trochę z nudów, tu dorabiam też trochę dlatego że w domu nic nie mam do roboty. Tylko że...– zawahała się chwilę – tylko że nie wiem, czy te studia coś mi dadzą prócz papieru, że posiadam takie to a takie kwalifikacje. Ludzi też w zasadzie nowych nie poznałam. Prawie wszyscy – w mniejszym lub większym stopniu –

znaliśmy się wcześniej. Chłopaki u nas takie, że tylko popić wieczorem, pójść na dyskotekę, jakąś babkę wyrwać bez zobowiązań, czasem pobiją się ze sobą. Ale żeby pogadać o czymś poważnym, jakiś problem uważniej roztrząsać, to dla nich za trudne. Bywają i tu oczywiście jakieś chłopaki do rzeczy, ale albo akurat w związku, albo wybywają gdzieś do dużego miasta. Ja też bym chętnie poobracała się w szerokim świecie, a nie tkwiła tu, w tej dziurze którą w piętnaście minut można obejść wszerz i wzdłuż.

– Proszę mi wierzyć – zaoponował. – Takie miejsca mają swój urok i ja z kolei marzę o tym, by, kiedy już pójdę na emeryturę, osiąść w miasteczku takim, jak to. Gdzie wszyscy wszystkim mówią dzień dobry, a jeśli coś ktoś zbroi, to od razu wiadomo kto. Jeździłem dużo po świecie, zwiedziłem mnóstwo miejsc, parę lat wykładałem na University of Illinois. I choć proponowano mi tam stały etat, to wróciłem. Wie pani, dlaczego? Bo ja myślę po polsku. Po powrocie stamtąd jedna z warszawskich uczelni proponowała mi objęcie katedry. Ale też się nie zgodziłem. Bo Warszawa nie nęci mnie niczym, prócz może trochę większych pieniędzy niż mam w swoim mieście. Ale tam nie ma piętnastu czystych jezior, tam nie ma lasu prawie że w centrum miasta, w którym to lesie w dodatku można pobłądzić. Tam nie należesz sobie szklanki wody z kranu, którą to wodę można duszkiem wypić, bez obaw o swoje zdrowie. Niektórzy dla kariery zrobiliby wszystko, nawet nie wie pani, co człowiek jest gotów zrobić za parę groszy czy dla awansu na wyższe stanowisko. Im wyżej człowiek zabrnie, tym bardziej bezwzględny jest ten wyścig szczurów. I choć dzieje się tak prawie wszędzie, to właśnie w stolicy ten pęd do kariery i stanowisk czułem najbardziej. Mnie to nigdy nie rajcowało. A jeśli chciałem poczuć odrobinę adrenaliny, to jechałem na któryś z teleturniejów.

– O rany, to ja wiem, dlaczego pańska twarz wydała mi się znajoma – wykrzyknęła z radością. – Zaraz, zaraz, czy jakiś rok temu nie startował pan w *Najsłabszym ogniwie*? Z tego co pamiętam, wygrał pan wtedy. Zapamiętałam, bo przecież pan reprezentował nasze strony.

– Wtedy i w kilkunastu innych teleturniejach – odparł. – Tylko proszę tego nie traktować jako przechwalanie się. Ktoś kto zbiera motyle albo znaczki też lubi pochwalić się najcenniejszymi czy najrzadszymi okazami. Ja mam po prostu takie hobby. Jesienią i zimą wieczory są długie, a krew zastyga w żyłach. Dobrze ją czymś rozgrzać.

Na policzki dziewczyny wypełzł rumieniec, przestąpiła z nogi na nogę.

– Opowie mi pan kiedyś, co się odczuwa, kiedy wszystkie te obiektywy kamer koncentrują się na panu, czy nie ma pan obawy, że się potknie na jakiejś błahostce, a potem studenci będą się śmiali za plecami?

– Takie obawy zawsze istnieją. Póki co, jeszcze żadnej większej wpadki nie zaliczyłem. Mój przyjaciel, aktor, mówił mi, że on, mimo kilkudziesięciu lat na scenie, zawsze ma tremę, największą oczywiście na premierze nowej sztuki, ale i potem na kolejnych przedstawieniach też. Dla mnie każdy nowy teleturniej jest taką właśnie premierą. Ale dokładnie o to mi chodzi, o tę adrenalinę, którą czuję prawie że fizycznie. Wspomniała pani o chłopakach, którzy lubią się bić. Oni, czy ci co kupują szybkie motory i szaleją na nich, robią to właśnie dla adrenaliny. Tylko że te ich sposoby kończą się często dla nich niezbyt zachęcająco, zaś ja nie ryzykuję prawie niczym. Jakaś drobna wpadka nie zabrałaby mi przecież wszystkiego tego, co zdobyłem wcześniej.

– Zazdroszczę pańskiej żonie – w głosie dziewczyny słychać było podziw. – Życie u boku takiego mężczyzny musi być niezmiernie ciekawe.

Albert roześmiał się.

– Proszę nie przesadzać, pani Izo. Przed panią jeszcze całe życie, a tu zazdrości pani starszej kobiecie. Jeśli już jesteśmy przy tych teleturniejach, to bywałem na nich średnio co dwa lata. Oczywiście, sam moment uczestniczenia jest niezmiernie pasjonujący, ale po paru kwadransach wszystko wraca do normy. Fajnie jest później oglądać się w telewizji, karmić swoją próżność. Potem na konto wpływa jakaś tam sumka, czasem nawet niezbyt imponująca, ale liczy się fakt. Wszystko ma jednak dobre i złe strony. Abym ja mógł wygrać, ktoś musi przegrać. Kiedyś w finale jednego z teleturniejów stoczyłem pasjonujący pojedynek z młodym chłopakiem. Już po nagraniu dowiedziałem się, że on chciał wygrać po to, by kupić lepsze auto swojemu ojcu – inwalidzie, bo jego stary trabant nieustannie się psuł. Chciałem odszukać tego młodzieńca, może nawet oddać mu wygraną, ale nikt mi nie chciał czy nie mógł pomóc. Czułem się wtedy jakbym ograbił biedaka. Jakiś czas potem w innym teleturnieju widziałem jak ten chłopak wygrywa. Dopiero wtedy odczułem ulgę.

– Pan jest dobrym człowiekiem – powiedziała wolno. – Ma pan w sobie tyle empatii, tak bardzo chciałby pomóc innym ludziom.

– Tak, tak, empatii. – Albert zamyślił się. – Tylko gdybym naprawdę komuś chciał pomóc, to bym to zrobił, a nie kupował dom z wielkim ogrodem. Dla zasady nie daję datków żebrakom, bo albo zaraz trafią z tym do sklepu z alkoholem, albo żebrzą na rzecz kogoś innego, bo ich do tego zmuszono. Robię tak, bo nie lubię być oszukiwany, a niewielu z tych naprawdę potrzebujących ludzi wychodzi na ulicę, by tam szukać pomocy. No nic, pani Izo, jutro spotkamy się na zajęciach. Dobranoc.

Popatrzył w ciemność za oknami, chwycił swoje puszki i chciał odejść.

– Chyba się jutro nie zobaczymy, panie profesorze – powiedziała Iza i skupiła się na wycieraniu pulpitu, jakby zauważyła tam jakąś potworną plamę. – Dziś zostaję tu na noc i jeśli ci weselni goście będą wracali pojedynczo, to nie pośpię. W takich warunkach – rozumie pan, trudno wysiedzieć na zajęciach. Chyba że byłyby po południu. A my w planie mamy pierwsze dwie godziny...

– Szkoda, bo dobrze mi się z panią rozmawia.

– Mnie też szkoda. Dobranoc.

Rzeczywiście, następnego ranka wśród słuchaczy nie ujrzał Izy. Po skończonych zajęciach wsiadł do samochodu i ruszył w stronę swego miasta.

Siedział w swoim gabinecie, kiedy zadzwonił telefon. Rozpoznał głos dziekana:

– Cześć Albert, jak tam zajęcia w Lacku? – i nie czekając na odpowiedź, kontynuował. – Wiesz, że w ubiegłym tygodniu otworzyli wreszcie basen? Byli dziś u mnie z socjalnego i dali kilka karnetów. Szkopuł w tym, że możemy korzystać między szóstą a siódmą rano i ósmą a dziewiątą trzydzieści wieczór. Jest tam jeszcze sauna i siłownia. Reflektujesz?

– Jasne, przyda mi się trochę ruchu – szybko się zdecydował. – Ja to bym się pisał na te wieczorne godziny, ze dwa razy w tygodniu.

– Poniedziałek i czwartek na dwudziestą, pasuje? Jeśli tak to zapisuję ciebie.

Albert usłyszał trzask odkładanej słuchawki. Taki już był ten jego dziekan. Żadnych niepotrzebnych słów, zawsze skrupulatny i układny. Pomyślał, że tym razem to już będzie chodził na ten basen bez żadnych wymówek. No i nie będzie się przeciążał tak jak kiedyś, kiedy to potrafił przepłynąć czterdzieści – pięćdziesiąt długości basenu w czasie jednego seansu. Za to trochę poćwiczy w siłowni.

Kiedy w poniedziałek wieczorem pakował torbę, do pokoju weszła Mariola.

– O której będziesz z powrotem? – spytała. – Bo trochę mnie boli głowa i chyba szybciej położę się spać.

– Mną się nie kłopotaj, będę gdzieś o wpół do dziesiątej – odpowiedział. – Wiesz, jest zimno i muszę dobrze wysuszyć głowę przed wyjściem z basenu. Poza tym zajrzę do siłowni. Dziś jeszcze nie będę ćwiczyć, ale się rozejrzę jaki sprzęt mają.

Wracając z basenu, zajrzał do pokoju żony. Spała już, a kosmyki jej siwych włosów rozsypały się na poduszce.

– Dobranoc – szepnął cicho i zamknął za sobą drzwi. Potem wypłukał mocno zalatujące chlorem kąpielówki, powiesił ręcznik do wyschnięcia i położył się spać. Sen jednak nie chciał przyjść. Co jakiś czas słyszał pojedyncze kaszlnięcia z pokoju żony. Od wielu lat walczyła z astmą, raz było lepiej, raz gorzej. Jakoś tak jego myśli zawędrowały do Lacka, potem pomyślał jeszcze, że czas rozejrzeć się za jakimś nowym autem. Nie zależało mu na jakiejś uznanej marce, nie chciał też kupować dużego auta rodzinnego. I tak w większości jeździł sam. Samochód traktował jako rzecz użytkową, a nie jak niektórzy jak luksus. Przed zaśnięciem postanowił, że jeszcze w tym tygodniu rozejrzy się po salonach samochodowych, może japońskich lub koreańskich.

Nowy samochód sprawnie połykał kilometry drogi. Kiedy parkował samochód przed hotelem, wyszedł właściciel.

– Widzę, że sprawił pan sobie nowy wózek. – Poklepał auto po masce. – Witam, witam w naszych skromnych progach.

– Ano czas już był najwyższy. – Albert wyciągnął torbę turystyczną, przeszedł kilka kroków i obrócił się. – Większy mi niepotrzebny, ten mało pali, a swoją moc ma.

– Ile? – zainteresował się właściciel hotelu.

– Prawie sto koni, jak na takie niewielkie auto, naprawdę wystarczy – Albert uśmiechnął się. – Po drodze wyprzedziłem jakiegoś leciwego passata i jadę dalej. Zerkam w lusterko i widzę ten samochód, jak na granicy rozsypania się dogania mnie i chce wyprzedzić. Mogłem po prostu dodać gazu i zostawić go, ale to nie leży w moim charakterze. Zwolniłem i dałem się wyprzedzić. Wie pan, to nowe auto, szkoda zatrzeć silnik.

Zmrużył oko i wszedł do środka. W drzwiach restauracyjnych zobaczył Izę.

– Dzień dobry, pani Izo – przywitał się. – Co, znów nocka? Jak tak dalej pójdzie, to nigdy nie będę pani widział na swoich zajęciach. A ja zaliczenia nie daję na piękne oczy.

– Oj, panie profesorze, może raz pan złamie te swoje zasady i zrobi choć jeden wyjątek. – Jej usta ułożyły się w podkówkę. – Ale tak naprawdę to jestem dziś tu do dziewiątej, potem wracam do domu. A od rana – na zajęcia. Skoro nie chce pan pomóc biednej, prowincjonalnej studentce...

Iza uśmiechnęła się i cofnęła do restauracji. Wychodząc, obróciła głowę i rzuciła przez ramię:

– Kolacja będzie gotowa na dziewiętnastą. Zapraszam.

Kiedy Albert zajął miejsce przy stoliku, dziewczyna szybko przyniosła kolację, po chwili cofnęła się do kuchni i postawiła przed nim herbatę. Podniósł głowę i lekko się uśmiechnął:

– Dziękuję – powiedział. – Goszczę tu z prawdziwą przyjemnością. Jedzenie smaczne, w nocy nikt nie hałasuje, w dodatku obsługa tak urocza...

Iza zarumieniła się lekko i przechyliła głowę tak, by pukiel włosów spłynął swobodnie.

– Wie pan, panie profesorze. Klient miły to i obsługa się stara. A propos, nie mamy teraz tego piwa, które pan ostatnio zamawiał, ale wujek pojechał po zaopatrzenie, ma kupić i przywieźć. Jeśli zdąży za nim pan skończy kolację, to ok, jeśli nie to podrzucę panu do pokoju. Chyba że weźmie pan inne. Ale z tego co wiem, w tej dziedzinie wy – mężczyźni macie swoje specyficzne upodobania i nie lubicie ich zmieniać.

– Ma pani rację pani Izo. – Posłodził herbatę łyżeczką cukru. – Ja nawet herbatę słodzę cukrem trzcinowym, a co do piwa to mam dwa czy trzy ulubione gatunki i innych nie kupuję. Dlatego jak widzę w jakimś supermarkecie hostessy promujące piwo, to trochę mi ich żal, bo jednak większość osobników mojej płci faktycznie rzadko decyduje się na zmianę swoich przyzwyczajeń. Żadne to dziwactwo, po prostu tak jest.

– Rozumiem, mój tata też ma swój ulubiony gatunek i rzadko pije coś innego. Tylko że on pija tylko butelkowe, bo ktoś mu powiedział, że aluminium z puszek może szkodzić zdrowiu. A on jest na tym punkcie szczególnie wrażliwy.

W drzwiach sali pojawiło się jakieś małżeństwo z małą dziewczynką i usiedli przy sąsiednim stoliku. Iza lekko kiwnęła głową i znikła za drzwiami kuchennymi, by po chwili znów pojawić się z tacą. Dopiero kiedy dziewczyna zaczęła obsługiwać tamten stolik, Albert zwrócił uwagę na to, że dziś włożyła spódniczkę. Kiedy podziwiał jej ładnie ukształtowane łydki i kolana, zdał sobie sprawę, że zaczyna lubić tę dziewczynę. Inteligentna, zgrabna, ma swój sposób patrzenia na świat. Pomyślał sobie nawet, że gdyby miał ze trzydzieści lat mniej, to może i ich rozmowy przebiegałyby inaczej. Jakimś przebłyskiem wspomnień sięgnął do czasów, kiedy siedzieli z Mariolą w koszu na kołobrzeskiej plaży, a reflektory lotnicze rozświetlały niebo nad nimi. Z amfiteatru aż tam dobiegały dźwięki z Festiwalu Piosenki Żołnierskiej. Jego świeżo poślubiona żona była wtedy piękną dziewczyną, za którą niejeden mężczyzna oglądał się na ulicy. No cóż, czas bywa taki okrutny.

Dokończył jedzenie, wstał i rzucił okiem na bar, gdzie Iza coś pilnie wycierała. Ona też podniosła wzrok i przez mgnienie oka ich spojrzenia skrzyżowały się.

Dochodziła ósma, kiedy Albert usłyszał ciche pukanie. Wstał z łóżka i podszedł do drzwi, otworzył. Za drzwiami stała dziewczyna, w rękach trzymała dwie puszki z piwem. Zaprosił ją do wewnątrz, sięgnął po portfel i zapłacił. Ona podziękowała, stanęła w drzwiach i jakby się zawahała.

– Czy mogę o coś jeszcze zapytać?

– Ależ proszę bardzo, jeśli tylko potrafię odpowiedzieć...

– Niedawno przeczytałam książkę o psychoanalizie i nie wiem do końca, co o tym myśleć. Czy to prawda, że we wszystkim co nas otacza, w naszych myślach i zachowaniach Freud widział tylko odbicie seksualności?

– Ciekawe pytanie, tylko że nie wiem, czy pani ma czas na wysłuchanie odpowiedzi, czy nie jest pani potrzebna na dole. – Albert postawił dwie szklanki na stole i zawahał się. – Łyczek?

– Łyczek tak, ale nie więcej – przytaknęła i przysiadła na krześle. – Przyszła już koleżanka która zostaje na noc w hotelu. A tata i tak ma podjechać po mnie za jakieś pół godziny.

Nalał piwa do szklanek, chwycił swoją i zaczął wyjaśniać:

– W zasadzie to Zygmunt Freud był lekarzem i jego teoria psychoanalizy zajmuje się zagadnieniami tylko lekko zahaczającymi o naszą naukę, stąd też nie zalicza się go do klasyków filozofii. Ale część moich kolegów lubi go cytować. – Albert lekko się uśmiechnął. – Freud przesadził, twierdząc, że cała kultura ludzka stanowi sublimację, czyli przeniesienie popędów, zwłaszcza seksualnych. Owszem, zdarza się człowiekowi popatrzeć na ładną kobietę z przyjemnością, ale nie sądzę, by każdemu z nas w każdym tym momencie roiły się wizje upojnych, bezsennych nocy, choć podświadomość różne fikołki lubi wyprawiać. Na zajęciach i egzaminach mam do czynienia z wieloma kobietami, przeważnie młodymi i mającymi wiele uroku i proszę mi wierzyć, ani mi w głowie dawać jakiejś pani większe fory tylko dlatego że natura dała jej kształtną sylwetkę czy ładną buzię. Wydaje mi się, że jeśli ktoś ma uporządkowane życie seksualne, to w ładnej kobiecie widzi tylko ładną kobietę, a jeśli widzi pociąg wjeżdżający do tunelu to widzi w tym tylko pociąg, nic więcej. A to, co nasz zacny pan doktor twierdził, w końcu i tak okazało się mocno naciągane, również w jego praktyce lekarskiej, gdzie chwalił się sukcesami terapeutycznymi; po dokładnym przyjrzeniu się okazują się w gruncie rzeczy klęskami. Ale jego teorie w swoim czasie namieszały zdrowo i nie da się tego wszystkiego tak sobie wyrzucić na śmietnik historii. Do dziś spotykam w różnych pseudonaukowych dywagacjach bajania na temat, ile to razy na dobę facet myśli o seksie, śmiać mi się wtedy chce. Są oczywiście jacyś niewyżyci frustraci, którym myśli o seksie zakrywają cały świat, ale to margines. Zaś co do psychoanalizy to do dziś ma ona swych zadeklarowanych zwolenników.

– A to może coś takiego – czy wierzy pan, że między kobietą a mężczyzną może istnieć przyjaźń, ale tak kompletnie bez cienia podkładu seksualnego?

– Oczywiście, na przykład jeśli między nimi jest duża różnica wieku lub oboje są homoseksualistami.

Roześmiała się.

– Pan chce mnie zbyć. Czy to co pan powiedział, nie ma odniesienia do normalnych ludzi?

– Pani Izo, niech pani sobie wyobrazi taką sytuację: dwoje młodych ludzi, uważających się za przyjaciół idzie na plażę. Tam zdejmują spodnie, koszulki i siadają na piasku. Jest ciepło, fale pluskają dookoła, po jeziorze pływają żaglówki. Czy można w takiej sytuacji przypuszczać, że chłopak nie zauważy jej krągłości, zarysu sutków pod opiętym staniczkiem, czy dziewczyna nie zwróci uwagi na jego szerokie barki i kształtną budowę? Albo co będzie, jeśli zawędrują na plażę naturystów? Jakieś tam odniesienie do seksualności zawsze będzie, tylko że za kilka godzin ubiorą się i wrócą do swoich domów i nadal będą tylko, czy może aż przyjaciółmi. Wszystko zależy od tego, czy oni tylko deklarują przyjaźń, czy też myślą o niej poważnie. Siedzi pani tak na tym krzesełku, widzę pani ładne kolana i łydki, a przecież nie mam grzesznych myśli.

Iza zarumieniła się lekko, założyła nogę na nogę, obciągnęła spódniczkę.

– No, my nie deklarujemy przyjaźni. – Była lekko zmieszana. – Choć cieszę się, że pan właśnie tu wybrał swoje miejsce postoju. I jeśli nie będzie pan miał nic przeciwko temu, będę panu zadawała takie dziwne pytania. Wie pan, mój tata jest bardzo zajęty, zresztą z trudnością dociera do niego, że ja jestem już dorosła. Miałam, mam takiego wujka, bardzo pan mi go przypomina. W zasadzie to on mnie wychowywał. Pracował razem z moją mamą w szkole, też był nauczycielem. Kiedy mama została doradcą metodycznym, często jeździła w teren, tata najpierw był zaopatrzeniowcem w spółdzielni, potem okazyjnie kupił sporo ziemi od ludzi wyjeżdżających do Niemiec. Z musu został rolnikiem. Ja większość czasu spędzałam u wujka i on dużo mnie nauczył. Cztery lata temu wyjechał na Litwę do pracy w polskiej szkole i rzadko przyjeżdża. Bardzo mi go brakuje, bo zawsze kiedy miałam jakąś kwestię, od razu leciałam do niego. A teraz?

Albert wypił łyk z dna szklanki i otworzył drugą puszkę. Z pewnym rozbawieniem patrzył na Izę i jej zakłopotanie. Toteż wstrzymał się na chwilę z odpowiedzią.

– Ja też się cieszę, że mam choćby z kim porozmawiać. Odkąd Ania, moja córka, wyjechała na południe ze swoim mężem, bardzo mi brakuje kontaktu z nią. A z żoną, to przez tyle lat chyba wszystko co było do powiedzenia, już sobie powiedzieliśmy. Dlatego proszę bardzo: jeśli coś będzie panią trapić, chętnie posłużę pomocą. Oczywiście oboje sobie zdajemy sprawę z tego, że to, co mówię jest odbiciem mojego, bardzo subiektywnego z natury, sposobu patrzenia na świat.

Wiele lat pracowałem nad sobą, by wytworzyć w sobie dystans do rzeczywistości, by postrzegać go nie tylko jako gonitwę za pozyskaniem środków na życie. Mnie, jako filozofowi, jest trochę łatwiej, bo miałem skąd czerpać dobre przykłady. Taki Diogenes na przykład. Mieszkał w beczce na plaży, a ponoć kiedy Aleksander Wielki powiedział, że spełni każde jego życzenie, to ten poprosił, by król nieco się przesunął, bo zasłania mu słońce. Ja w beczce nie mieszkam, ale mam dość duży dom i teraz jest on pusty. Dosłownie i w przenośni.

W kieszonce bluzy dziewczyny zabrzęczał telefon. Chwilę posłuchała, po czym wstała.

– Pożegnam się, panie profesorze, na dole czeka już tata. W każdym bądź razie dziękuję, że poświęcił mi pan trochę czasu. Będę do pana miała jeszcze jedną prośbę, ale to zostawię na jutro.

– To do jutra, pani Izo. Dobranoc. I proszę pamiętać: jestem do dyspozycji.

Zajęcia rozpoczęły się normalnie. Albert tym razem na warsztat wziął metafizykę. Najpierw omówił historię, potem przeszedł do sedna, ale przyjął seminaryjną metodę prowadzenia zajęć. Chciał by udział studentów w toczących się lekcjach był jak największy. Poprosił, by spontanicznie wchodzili mu w słowa, jeśli tylko jakaś myśl im się nasunie pod wpływem jego słów. I faktycznie, wywołał minilawinę, dyskusja nabrała mocy, prawie każdy chciał zabrać głos w temacie. W końcu wykładowca usiadł przy studentach i sam niewiele już mówił, tylko co jakiś czas, kiedy czyjeś dywagacje kierowały dyskusję w niepożądanym kierunku, zabierał głos. Przyglądał się młodzieży, jak żywe reakcje wywoływały wzajemnie ich słowa i gdzieś w głębi się uśmiechał. Lubił, kiedy młodzież tak się angażowała. Chcąc nie chcąc obserwował Izę, słuchał jej krytycznych, ale wyważonych uwag i w pewnej chwili zdał sobie sprawę, jak bardzo ona przypomina mu Ankę. Fizycznie zupełnie niepodobne, tamta średniego wzrostu, lekko puszysta blondynka, ta szczupła, dość wysoka szatynka. Ale sposób wyrażania myśli, jakaś lekkość myślenia, prawie niezauważalne zacinanie się w chwilach szczególnego napięcia przypominały mu nieobecną córkę.

– Panie profesorze. – Po słowach Izy skierowanych do niego, ocknął się Albert. – Bo czy można porównywać metafizykę do religii?

– Przepraszam, zamyśliłem się na chwilę, nie słyszałem kontekstu.

– Był lekko zmieszany tym, że złapano go na nieuwadze. – Choć teoretycznie są to blisko położone zagadnienia, choć dotyczą tego samego problemu, to jednak zasadnicza różnica polega na drodze do poznania prawdy – religia opiera się na dogmatach, zaś metafizyka jest próbą możliwie jak najbardziej racjonalnego objaśnienia bytu w oparciu o posiadane dane. Niby nieco więcej niż Arystoteles wiemy o otaczającym nas świecie, ale podstawowe dla naszego bytu sprawy pozostają dla nas nadal owiane mgłą tajemnicy. Taki Kant na przykład, żyjący nie tak daleko od miejsca w którym jesteśmy, nie zaprzeczał istnieniu Boga czy duszy, ale wskazał, że nie mamy żadnych dowodów na nie; jedyne co możemy robić, to próbować rozwiązań praktycznych, opartych na nakazie moralnym.

– Aha, „niebo gwiaździste nade mną, prawo moralne we mnie" – głośno dodała Iza.

– Zgadza się. – Albert z uznaniem popatrzył na dziewczynę. – Tylko że musimy pamiętać: zasada ta miałaby obejmować tylko jednostki zdrowe w sensie psychicznym, i wolne, nieuciśnione. Ale by ów nakaz nie przeistoczył się jednostkowy egoizm, Kant dodał do tego imperatyw kategoryczny – postępuj według takich zasad, które mogłyby być uznane jako powszechne, to znaczy dotyczące wszystkich.

Kiedy po skończonych zajęciach składał swoje rzeczy, do biurka podeszła Iza. Uśmiechnął się:

– No no, pani Izo, jestem pełen podziwu dla szerokości pani horyzontów. Freud, Kant, jakież mi jeszcze niespodzianki pani sprawi?

– Dużo czytam, domowa biblioteczka jest nieźle zaopatrzona. A ja lubię tak wieczorem sięgnąć po coś nowego. I raczej nie po Harlequina.

– Imponuje mi to. Większość pani rówieśnic spędza wolny czas na dyskotece albo z chłopakiem, a pani poszerza wiedzę. Może rzeczywiście pani się marnuje w tym mieście?

Dziewczyna zarumieniła się.

– Przepraszam, panie profesorze, chciałam tylko zapytać, o której pan zazwyczaj kładzie się spać? Wiem, że to dość dziwaczne pytanie, ale mam sprawę, dla mnie ważną, dlatego chciałabym wpaść dosłownie na chwilkę wieczorem do pana. Mam dziś nockę, w hotelu będę dopiero koło ósmej, ale może być coś jeszcze do roboty. Czy gdyby nie było za późno, mogę zajść?

– Pamięta pani co powiedziałem wczoraj wieczorem, kiedy wychodziła pani z pokoju? Od tego czasu nic się nie zmieniło, a spać? Kładę się zazwyczaj koło dziesiątej, ale różnie z tym bywa, jak jestem bardzo zmęczony to bywa, że wcześniej, ale jak mam coś do zrobienia lub przemyślenia, zasypiam później. Zapraszam, ale obudziła pani moją ciekawość. Czegóż to młoda piękna dziewczyna może szukać u nieco steranego życiem gościa, który mógłby być jej ojcem? Jeszcze mi wyobraźnia zagra i nadziei sobie narobię...

– A wie pan, że my kobiety też mamy wyobraźnię? Takie myśli też nas odwiedzają, to działa w obie strony. Mimo że jest pan nieco starszy od nas, to ja słyszę co te moje koleżaneczki gadają między sobą. Zaraz zauważyły, zresztą ja też, że w stosunku do ostatniego zjazdu zeszczuplał pan, co dodało panu takiego męskiego seksapilu. Poza tym zaczął pan używać nowej wody kolońskiej, szalenie zmysłowej. Ale tu muszę pana rozczarować; mówiąc o tym, że chcę pana wieczorem odwiedzić, nie mam na myśli niczego co można by zakwalifikować do sfery cielesno-uczuciowej.

– Czuję się lekko zawiedziony, ale dziękuję za to co pani powiedziała – odparł uśmiechając się. – My też lubimy komplementy.

– No to do zobaczenia wieczorem.

Iza założyła na ramię pasek torebki i wyszła. Albert chwilę stał bez ruchu, jakby na coś jeszcze czekał, po czym zamknął salę na klucz i zszedł do wyjścia.

Kiedy wieczorem jadł kolację w hotelu, Izy jeszcze nie było. Przyglądał się krzątającej się dziewczynie, tej samej z którą rozmawiał pierwszego dnia w hotelu. Miała ładną buzię i starannie utrzymane, długie blond włosy, ale jej widok nie przyprawiał go o szybsze bicie serca. Pomyślał sobie, że wewnętrzne odczucia, czy ktoś się komuś podoba, czy nie, są strasznie subiektywne i nigdy nie wiadomo, jaki obiekt spowoduje żywszą wymianę chemikaliów pomiędzy synapsami mózgowymi. Uzmysłowił sobie, że pomimo iż jego ukochana Ania była blondynką, to on sam nie przepadał za jasnowłosymi kobietami, oczywiście traktowanymi jako ewentualny obiekt westchnień.

Kiedy tak sobie rozmyślał, do jadalni weszła czwórka bardzo głośno zachowujących się ludzi, dwie dziewczyny co chwila wybuchały śmiechem, słuchając rozmowy dwóch młodych mężczyzn. Ostry śmiech drażnił uszy Alberta, toteż dopił herbatę i podszedł do bufetu, kupił jak zwykle dwa piwa i poszedł na górę.

Spojrzał na zegarek, kiedy usłyszał delikatne pukanie do drzwi: dochodziła dziewiąta. Podszedł do drzwi, otworzył i zaprosił Izę do środka. Usiadła w tym samym co wczoraj miejscu i zaczęła mówić:

– Kiedy miesiąc temu rozmawialiśmy ze sobą, powiedział pan, że jednym z pańskich hobby są teleturnieje. Parę dni po tym oglądałam teleturniej *Złoty cel* i po zakończeniu wysłałam esemesa pod podany numer. I o dziwo, na następny dzień zadzwoniła do mnie babka i prosiła o podanie danych: wieku, adresu i takich tam drobiazgów. Potem przyszła ankieta do wypełnienia, z pytaniami na które muszę odpowiedzieć i im odesłać w jak najkrótszym terminie. Rozwiązałam prawie całą, ale dwa pytania stanowią dla mnie zagwozdkę.

Rozpostarła na stoliku kartkę, którą trzymała w dłoni i oboje pochylili się nad nią.

– O tu, pytanie ósme – wskazała palcem.

– Proszę dokończyć podaną frazę: „Szkoda papieru i atramentu, tudzież (...)" – odczytał, po czym podszedł do laptopa i wpisał coś w okienku wyszukiwarki. Po chwili podał Izie rozwiązanie. – Tudzież peiperu i putramentu. To Tuwim, czytałem kiedyś ten wiersz, ale musiałem się upewnić co do dokładnego brzmienia słów.

Dziewczyna wpisała ołówkiem podane słowa, po czym odwróciła kartkę. Ostatnim zadaniem była krzyżówka, prawie do końca rozwiązana.

– Co to jest palka? – podniosła głowę. – Osiem liter, druga i czwarta to „A", reszty nie mam.

Albert wstał, przeszedł się po pokoju.

– Palka, palka – powtórzył. – Z tego co pamiętam, tak nazywa się kwadratową, sztywną ściereczkę, kładzioną na kielichu mszalnym. Ale chyba ma też inne znaczenie.

– Tak, sprawdzałam w słownikach i internecie, ale nie znalazłam nic oprócz tej ściereczki – Iza z napięciem patrzyła na Alberta. – Głupio byłoby tak, z powodu jednego słowa. Już nabrałam apetytu na ten wyjazd. To przez pana, chyba łyknęłam bakcyla.

– Ale z tego co pamiętam, to gra się para na parę, ma pani kogoś na partnera?

– Mam pewien pomysł, ale dopóki krzyżówka nie będzie do końca rozwiązana, to nie ma się nad czym zastanawiać. Babka od teleturnieju powiedziała, że zadania muszą być rozwiązane w stu procentach. Zostało tylko to słowo.

– W dodatku trudne słowo, ale coś mi tam świta – podszedł do stolika i popukał palcem w kartkę. – Proszę wpisać: PALANKIN. Mam w domu starą, jeszcze przedwojenną encyklopedię Gutenberga. Lubię sobie w niej trochę pogrzebać, i teraz przypomniałem sobie. Palka, inaczej palankin, to był płócienny baldachim rozpinany na dawnych łodziach jako ochrona przed słońcem. Teraz nazywają go bardziej z angielska – tent.

– Jes, jes, jes – Iza podniosła do góry dłonie w geście radości. – No to pozostała jedna kwestia: z kim tam pojadę? Ale to proste – z panem.

– Jak to, ze mną?

– Tak po prostu, ja chcę wygrać. – Patrzyła mu prosto w oczy. – A z kim, jak nie z panem, będę miała największą szansę na zwycięstwo?

– No tak, to logiczne, ładnie pani to sobie wykoncypowała. Ale ja muszę się nad tym jeszcze zastanowić. Nie chcę by koledzy z uczelni podejrzewali, że łączy nas coś więcej niż zajęcia i udział w teleturnieju. Ja to ja, a pani? To nie jest duże miasto, a ludzie mają zawsze tendencje do wyszukiwania drugiego dna. Poza tym jeszcze moja żona... Nie, chyba się nie zdecyduję. A gdzie mają być nagrania?

– We Wrocławiu. – Iza zdecydowała się na zagranie va banque. – Ale przecież pana żona może jechać z nami, ja nie widzę przeszkody. Pojedziemy kuszetką, żebyśmy byli w miarę wypoczęci. A ludzie? Cóż mnie obchodzą plotki?

– Widzę że pani to sobie dobrze przemyślała, ze szczegółami. – Albert kręcił głową, ale widać było, że już nie jest tak zdecydowanie przeciwny. – Jakby Mariola z nami pojechała, to nikt by nie gadał, że kręcę ze studentkami. Proszę wybaczyć, że głośno myślę, ale muszę to sobie dobrze przerobić w głowie.

W tym momencie usłyszeli pukanie, drzwi otworzyły się, do pokoju zajrzała blondynka która wcześniej Albertowi podała kolację.

– Przepraszam, Iza, ja już lecę. Ta czwórka co była wcześniej, już poszła do swojego pokoju. Tam na dole już posprzątałam. Na rano zamówione sześć śniadań, jedno na wpół do ósmej, pozostałe na dziewiątą. To pa, dobranoc.

Głowa blondynki znikła. Iza wstała, chwyciła przyniesioną kartkę i przyjrzała się jej.

– Mam nadzieję panie profesorze, że się pan zdecyduje – spojrzała na niego. – Bo w tym teleturnieju jeszcze pan nie wygrał?

– No w tym to nie, ale nic nas nie goni, muszę się zastanowić, porozmawiać o tym z żoną.

– Tak za dużo czasu to my nie mamy – zaoponowała. – W poniedziałek chcę wysłać odpowiedzi, i razem z ankietą mam podać nazwisko i imię tej drugiej osoby. Nagrania planowane są gdzieś na przełomie drugiej i trzeciej dekady grudnia, a przecież mamy koniec listopada.

– Dobrze, powiem pani przy śniadaniu.

Wychodząc, dziewczyna obróciła się jeszcze i prawie szeptem powiedziała:

– Proszę.

Drzwi się zamknęły, Albert zdjął buty, otworzył puszkę z piwem i usiadł na łóżku, opierając się plecami o ścianę. Ten argument Izy to był celny cios. Lubił wygrywać, każde takie zwycięstwo stanowiło pożywkę dla jego próżności. W telewizji jego triumfy widziały miliony ludzi. Może dlatego nie miał parcia do rywalizowania na innych polach, bo nie musiał już sobie czy komuś niczego udowadniać. Z drugiej strony, obawiał się trochę o reakcje otoczenia, jak Mariola zareaguje na propozycję wspólnego wyjazdu w drugi koniec Polski. No tak, ale w końcu wspólny z żoną wyjazd załatwia problem plotek. Dobrze, jutro powie dziewczynie, że się zgadza, a potem tylko pozostanie uzgodnić wszystko w domu. Tak postanowił i spokojnie zasnął.

Iza aż podskoczyła z radości i uścisnęła go, kiedy jej powiedział rano o swojej decyzji, zaznaczając, że tak na sto procent to jego wyjazd będzie możliwy po uzgodnieniu z żoną. I aby nie decydować z góry, że pojadą pociągiem, bo jeśli pogoda pozwoliłaby, to wybraliby się dzień wcześniej samochodem i przenocowali już tam, by następnego dnia być maksymalnie wypoczętymi. Wymienili numery telefonów, Albert obiecał, że najpóźniej w poniedziałek zadzwoni i potwierdzi swój udział. Potem zjadł śniadanie, spakował swoje rzeczy i pojechał na zajęcia. Iza, o dziwo pojawiła się na drugiej godzinie wykładu, widać było jednak, że walczy z sennością. Na przerwie podszedł do niej i spytał:

– Czy jest sens tak się męczyć?

– Wiele rzeczy robimy, mimo że są bez sensu – odparła. – Ale ja mam taką wewnętrzną potrzebę, by akurat w pańskich zajęciach uczestniczyć. I została.

Kiedy dojeżdżał do domu, było już ciemno. Już z daleka widział jaśniejszy prostokąt okna pokoju Marioli. Wstawił auto do garażu i wszedł do domu. Rzucił torbę w przedpokoju i wszedł do pokoju żony.

– Cześć – przywitał się. – Jak się czujesz?

– Jak zawsze o tej porze roku. – Odłożyła czasopismo. – Wiesz, że te długie wieczory źle wpływają na moje samopoczucie. A jeszcze parę tygodni dzień będzie się skracał.

– Słuchaj, dostałem ciekawą propozycję udziału w teleturnieju *Złoty cel* i mam ogromną ochotę się tam wybrać – od razu zaczął zgrywać temat. – Chciałbym, byś też się z nami wybrała i patrzyła na rozgrywkę. Dawno ze mną nie jeździłaś.

– Z nami to znaczy z kim?

– Jedna ze studentek zaprosiła mnie. Widziała mnie gdzieś już w jakimś teleturnieju i bardzo jej zależy, bym to właśnie ja był tym partnerem.

Mariola lekko się uśmiechnęła.

– A ja mam być waszą przyzwoitką?

– No, to też. Wiesz, nie chcę, żeby gadali. Ale nie tylko o to chodzi. Te długie wieczory, chcę byś trochę się rozerwała. Jak będziemy mieli trochę czasu, to może byśmy Panoramę Racławicką sobie obejrzeli...

– O ciebie to ja raczej jestem spokojna. Tyle lat jesteśmy ze sobą, a ja nic nie wiem o tym, byś gdzieś sobie skakał na boki. A u nas na uniwersytecie to często takie rzeczy wychodzą na jaw. Jak ktoś się nie domyśli, to studentka się komuś pochwali. Wbrew pozorom, stanowimy dość hermetyczne środowisko i trudno ukryć swoje preferencje. Ale chyba się z wami wybiorę, przyda mi się też taka przejażdżka. No to powiedz teraz jak to sobie wyobrażasz.

Jeszcze tego samego wieczoru zadzwonił do Izy i potwierdził wyjazd, ona aż pisnęła z radości. Ustalili, że decyzję o tym jak jadą, podejmą na 2-3 dni przed terminem nagrania, i zadecyduje pogoda. Jeśli warunki na to pozwolą, pojadą autem i przenocują w hotelu. Jeśli nie, pozostaje im nocny pociąg.

Minęły prawie trzy tygodnie, do wyjazdu pozostały trzy dni i Albert zaczął oglądać prognozy pogody na najbliższe dni. Niestety, zanosiło się na duże opady śniegu i lekki mróz. W tej sytuacji jazda samochodem byłaby nierozsądna, po konsultacji z Izą postanowił, że pojadą nocnym pociągiem. Zadzwonił na PKP i zamówił trzy miejsca w wagonie z kuszetkami. Nazajutrz zajechał na dworzec i wykupił bilety. Wrócił do domu, wszedł do salonu, w tym samym momencie zadzwonił telefon. Podniósł słuchawkę:

– Halo – usłyszał szum na linii. – Słucham, Dobosz.

– Cześć szwagierku, tu Agata z Saarbrücken – usłyszał dawno nie słyszany głos. – Jest tam gdzieś moja kochana siostrzyczka?

– Ooo, Agatka, zaraz ją poproszę. Co tam u was?

– Oj, tak przez telefon to nie będę się rozgadywać, wkrótce będziemy mieli okazję spotkać się i pogadać. Wybieramy się na święta do Polski, mamy na Mazurach wynajęty apartament, po drodze chcielibyśmy zahaczyć o was, może posiedzieć jeden czy dwa dni, oczywiście o ile nas przyjmiecie. Poproś Mariolę, chcę z nią omówić szczegóły.

Albert odłożył słuchawkę, otworzył drzwi na korytarz i zawołał żonę.

– Agata chce z tobą porozmawiać – powiedział, kiedy zeszła. – Chcą nas w święta odwiedzić.

Chwyciła słuchawkę i zaczęła rozmawiać. Po paru minutach odłożyła słuchawkę na widełki.

– Chyba sam pojedziesz z tą studentką – powiedziała po chwili namysłu. –Agata z rodziną przyjeżdża za trzy dni, chcą nas też odwiedzić, pogadać. Muszę zostać w domu.

– Poczekaj, ona mówiła że wpadną do nas może na 2 dni. Jeśli ja wyjadę pojutrze w nocy i wrócę za jakąś dobę, to też zdążę się z nimi spotkać. Zresztą mogą zajechać też w powrotnej drodze. Tylko że zapowiadają śniegi. Mówili jak tu dotrą?

– Swoim samochodem. Waldek to dobry kierowca, zresztą wiesz jak jeździ się po autostradach, nawet zimą. Może dadzą sobie radę.

– Życzę im jak najlepiej, ale muszą być ostrożni, zwłaszcza na naszych drogach. A mówili, gdzie wynajęli ten swój apartament?

– Wyobraź sobie, w jakimś pensjonacie koło Lacka.

– Ależ ten świat jest mały – Albert uśmiechnął się. – Szkoda, że w tym czasie nie mam tam zajęć.

W dniu wyjazdu po południu Albert pojechał na dworzec po Izę. Wysiadła z wagonu, dźwigając dość pokaźnych rozmiarów torbę. Podszedł, by jej pomóc.

– Pani Izo, przecież my nie jedziemy na wycieczkę na koniec świata, tylko na jeden dzień – zaśmiał się odbierając od niej torbę. – Ech, wy kobiety.

– Strzeżonego Pan Bóg strzeże – odparła. – Nigdy nie wiadomo co nas czeka. Jest zima, jedziemy w drugi koniec Polski.

– No może ma pani trochę racji, ale mój bagaż będzie zdecydowanie skromniejszy.

W domu Mariola kończyła przygotowywać im kanapki na drogę i coś tam do poczęstunku dla jutrzejszych gości.

– Ach, to pani porywa mi męża na tak pasjonującą i niebezpieczną eskapadę – zażartowała, kiedy gracze weszli do salonu. – Tylko błagam, proszę spowodować, by cały i zdrowy wrócił do domu.

– Obiecuję zrobić, co tylko będę mogła. Ale ja pierwszy raz jadę na taką imprezę. Pan profesor to dopiero wyjadacz turniejowy. Liczę, że wygramy głównie dzięki jego doświadczeniu. Prawdę powiedziawszy, gdyby się nie zdecydował, to chyba też zrezygnowałabym.

– Dobrze, proszę się rozebrać i przysiąść, zaraz podam kanapki i coś do picia – zaproponowała Mariola. – Swoją drogą, jesteście na pan-pani? Nie sądzicie, że wygodniej byłoby, przynajmniej na czas tej eskapady, mówić sobie po imieniu? Trochę głupio byłoby gdyby przed kamerami mówiła pani do partnera: panie profesorze.

– Może rzeczywiście moja żona ma rację.

Albert sięgnął do barku, wyciągnął kryształową karafkę i trzy kieliszki, polał po odrobinie brązowego płynu. Wypili bruderszaft, pocałowali się. Mariola przyglądała się temu z lekkim uśmiechem, upiła łyczek i wyszła do kuchni; po chwili wróciła, niosąc tacę z maleńkimi kanapeczkami.

Kiedy pociąg dojeżdżał do Wrocławia, dochodziła dziesiąta. Kiedy wagony wtoczyły się wreszcie na peron, Iza popatrzyła na zegarek.

– Mamy jeszcze godzinę. O jedenastej przy południowym skrzydle dworca ma być podstawiony autobus do miejsca gdzie mają być nagrania. Może do tego czasu przyklapniemy w jakimś barku. Marzę o kawie.

– O, tak. Ja bez porannej kawy nie funkcjonuję – potwierdził, i weszli do jednego z licznych lokali.

Już po drodze widział, że jadą do miejsca które znał, bywał tu już wcześniej.

– Do trzech razy sztuka – powiedział do siebie, ale Iza usłyszała.

– Słucham?

– Nic nic, tak do siebie mówię, Izo – zwrócił twarz w jej stronę. – Byłem tu już dwa razy i w obydwu przypadkach wygrałem. Może to dla nas dobra wróżba?

– Opowiedz mi proszę, jak to wyglądało.

Studio nagrań położone było na peryferiach, był to kompleks nowoczesnych budynków. Zostali wprowadzeni do baru z kilkunastoma stolikami, w sumie było jakieś trzydzieści osób. Po jakimś czasie przyszła młoda kobieta i z kartki wyczytywała nazwiska uczestników, którzy po kolei wstawali i grupowali się koło niej. Kiedy skończyła odczytywać, powiadomiła pozostałych, że oni będą brać udział w popołudniowej sesji; koniec nagrań planują gdzieś na godzinę dwudziestą. Jeśli komuś nie pasuje pociąg, może za niewielką opłatą przenocować w pobliskim hoteliku. Luksus żaden, ale za to blisko i przytulnie. Tylko że najlepiej już zaraz rezerwować pokoje. Pozostali zostaną odwiezieni w to miejsce, z którego zostali zabrani. Ci z późniejszej sesji mogą albo pozostać w barku, albo pozostawić swoje rzeczy w szatni i przyglądać się nagraniom z widowni. Iza i Albert wybrali tę drugą możliwość, zawsze to lepiej pasjonować się rozgrywką niż siedzieć kilka godzin w jednym miejscu.

Na parkiet wyszli pierwsi uczestnicy, ubrani w zielone i niebieskie dresy z logo teleturnieju.

Na sali było dość gorąco od reflektorów oświetlających scenę rozgrywki, Albert pomyślał sobie, że pod dresem pozostawi tylko bieliznę, by nie kąpać się we własnym pocie. Zasady gry były nieskomplikowane: jednemu z partnerów pokazywano wypisane na tabliczce wyrażenie, składające się z dwóch słów. Drugi partner z ruchów pierwszego musiał w jak najkrótszym czasie odgadnąć o jakie słowa chodzi. Jeśli odgadł, na ekranie ukazywała się prosta krzyżówka, z odgadniętych wcześniej słów należało wymyślić hasło i umieścić je w odpowiednich kratkach. I tu też liczył się czas. Która bowiem z dwóch par szybciej rozwiązała swoją krzyżówkę, wygrywała. Na koniec zwycięzcy losowali nagrodę: mogły to być pieniądze, 10 tysięcy złotych, samochód lub rzadziej – mieszkanie.

Przed szesnastą skończyła się pierwsza tura, podczas przerwy dziewczyna, która wcześniej wywoływała graczy ustaliła kolejność. Im przypadła kolej gdzieś po osiemnastej. Albert ucieszył się, bo jeśli wszystko pójdzie dobrze, to zdążą na nocny pociąg, zaś na miejscu będą nad ranem.

Przed swoim występem przeszli do szatni, gdzie przebrali się w niebieskie dresy i oczekiwali na swoją kolej. Albert czuł, jak zaczyna w nim grać adrenalina. Spojrzał na Izę – wyglądała na spokojną, ale on wiedział, że gdzieś tam w niej w środku serce łomocze pewnie jak u przestraszonego ptaka. Jeśli on, stary wyjadacz czuł silne emocje, to czegóż się spodziewać po nowicjuszce? Stali już przy wejściu do sali nagrań, kiedy zdarzyło się coś nieoczekiwanego: zgasły wszystkie reflektory, po chwili zapaliły się światła awaryjne. Słychać było ożywione głosy obsługi, w końcu ich opiekunka wyszła na środek sceny i głośno oznajmiła, że to tylko zapewne chwilowa awaria zasilania i by się nie niepokoić, technicy walczą z uszkodzeniem. Mogą pozostać na swoich miejscach lub wyjść na korytarz, ale lepiej się zbytnio nie oddalać . Jednak z upływem czasu stawało się coraz bardziej jasne, że chyba nici z dzisiejszych nagrań. I rzeczywiście, znana im już dziewczyna oznajmiła, że niestety, awaria jest poważniejsza niż myśleli i na dziś koniec. Powiedziała, że dzwonili do hotelu i dla wszystkich zamiejscowych są miejsca. Powrót do studia – jutro o godzinie dziesiątej.

Byli rozczarowani. Kiedy dotarli do hotelu, okazało się, że większość pokojów jest jedno lub dwuosobowych, w systemie studio. Wybrali dwie jedynki, ze wspólną łazienką. Zamówili lekką kolację, po rozpakowaniu rzeczy zeszli na dół, do minibarku.

– I kto miał rację, biorąc większy bagaż? – Iza śmiała się, kiedy usiedli przy stoliku.

– Zwracam honor – wy, kobiety, zawsze byłyście bardziej przewidujące – odparł lekko pochylając głowę. – Tylko czegóż wymagać od naukowca, w dodatku filozofa? Ale z taką sytuacją spotykam się po raz pierwszy. No cóż, będę miał więcej czasu na rozmowę z młodą, atrakcyjną kobietą. Nie sądzę bym miał z tego powodu rozpaczać.

– I vice versa – zarumieniła się lekko. – Jesteś naprawdę interesującym człowiekiem. Kiedyś, na samym początku naszej znajomości powiedziałam, że zazdroszczę twojej żonie. No, może nie wszystkiego, ale tego, że może być blisko takiego fajnego faceta. Wspomniałeś kiedyś, że byłeś jakiś czas w Stanach Zjednoczonych. Długo? Ona była tam razem z tobą?

– Nie, robiła w tym czasie doktorat tu, na miejscu. Ja zaś tam byłem jakieś dwa lata. Ale tęskniłem. Jedną z grup studentów miałem polskojęzyczną. Może to powodowało, że cały czas zdawałem sobie sprawę z tego, że to tylko chwilowa sytuacja Dlatego też, kiedy władze uczelni zaproponowały mi przedłużenie kontraktu, odmówiłem. No wiesz, małe dziecko w Polsce, a ja robię karierę gdzieś daleko.

Podeszła kelnerka z tacą, rozłożyła sztućce i talerzyki z kolacją. Po zaspokojeniu głodu zamówili piwo dla niego i drinka dla niej.

– Co czułaś, kiedy już byliśmy tam w dresach, czekaliśmy na swoją kolejkę? – spytał, patrząc na nią. – Byłaś zdenerwowana?

– Trochę tak, zawsze to jakaś trema, ale liczę na twoje doświadczenie. Zresztą, jak widziałam, że ty jesteś tak opanowany, to i mnie się udzielało.

– Ja też w każdym takim przypadku zawsze jestem trochę niespokojny. Na jednym z teleturniejów założyli nam pulsometry. Na samym początku miałem tętno gdzieś koło 140 uderzeń, ale po kilku minutach uspokoiło się. I tak jest zawsze. Pierwsze dwie minuty człowiek jest podenerwowany, ale potem to już jest rozgrywka, przychodzi skupienie. Wiesz, że nigdy nie okazuję radości z wygranej przed kamerami? Nie to bym był tak opanowany albo żeby mnie to nie cieszyło, ale świadomość zwycięstwa dociera do mnie dopiero po jakimś czasie.

– Bo ja to chyba wrzeszczałabym z radości, zawsze miałam problemy z opanowaniem swoich emocji. Mój kochany wujek zawsze powtarzał, że nie nadawałabym się na pokerzystę.

Ale może to i dobrze, taka ekspresja pozwala wyładować z siebie nadmiar napięcia.

– Obyśmy jutro mieli okazję się o tym przekonać. – Albert podniósł kufel i lekko stuknął w brzeg jej szklanki z drinkiem. – Za powodzenie!

– Ciekawe jaka jutro będzie wygrana – zainteresowała się. – No bo jak mieszkanie, to chyba tu, ale z tego co wiem, to nikt z nas nie jest, przynajmniej na razie, zainteresowany przenosinami do Wrocławia. Ale zawsze można sprzedać je i podzielić się kasą.

– Podoba mi się twój optymizm – uśmiechnął się. – Pozwól, że zastanowimy się nad tym po występie, żeby nie zapeszyć. Podejrzewam jednak, że nie wygrywa się konkretnego mieszkania, tylko pewnie jego równowartość.

Zapadła chwila ciszy. Iza obracała w dłoni szklaneczkę z resztką cieczy na dnie, on wstał i z baru przyniósł nowe piwo i drinka.

– To już wszystko na co możemy sobie pozwolić. – Postawił je na blacie. – Jutro musimy być świeży i wypoczęci.

– Przecież dopiero ósma, ja nigdy o tej porze nie kładę się spać – podniosła oczy na niego. – Zresztą i tak nie zasnęłabym. Posiedźmy tu jeszcze trochę...

Albert pokręcił głową.

– Nie to miałem na myśli. Ja tylko nie chcę byśmy nadużyli tego – brodą pokazał szkło z alkoholem. – Na kacu sprawność umysłowa jest mocno ograniczona.

– Jasne. Ja zresztą też nieczęsto piję i to raczej w towarzystwie, któremu ufam. Nie chciałabym, by ktoś mi wrzucił do szklanki jakieś świństwo, po którym człowiek traci kontrolę nad sobą. Moja koleżanka opowiadała mi, że coś takiego przydarzyło się jej znajomej w akademiku, ale całe szczęście zorientowała się, że coś jest nie tak z jej drinkiem, kiedy wróciła z ubikacji. Wzięła go do swojego pokoju i wezwała policję. Okazało się, że rzeczywiście, w szklance były jakieś środki odurzające. No i ktoś tam miał duże kłopoty, dwóch kolesiów skreślono z listy studentów, byli sądzeni za próbę doprowadzenia do bezbronności.

– Czy to oznacza, że cieszę się twoim zaufaniem? – szeroki uśmiech okrasił usta Alberta. – Obym tylko nie zechciał tego wykorzystać...

– Jesteś fajnym, bardzo inteligentnym facetem. – Upiła kolejny łyk. – Już ci kiedyś mówiłam, że podobasz się moim koleżankom. Skłamałabym, gdybym powiedziała, że i mnie jesteś tak zupełnie obojętny. No bez przesady, zdaję sobie doskonale sprawę z miejsca i okoliczności w jakich się znajdujemy, ale miło jest tak czasem pomarzyć.

– O czym pomarzyć?

– No tak ogólnie, bez konkretów. Nam, dziewczynom, wyobraźnia czasem podsuwa jakieś nierealne mrzonki, bajania o czymś co prawdopodobnie nigdy się nie zdarzy. Ten legendarny książę czy chociaż rycerz na białym koniu, w ręku lśni miecz. A ja, w końcu uwolniona przez niego księżniczka, padam w jego silne ramiona i odjeżdżamy gdzieś w siną dal. Zakładamy rodzinę i mamy mnóstwo pięknych dzieci. Czasem wzdychamy do jakiegoś muzykanta na topie. Czasem do przystojnego profesora...

– No bez przesady – postanowił się z nią trochę podroczyć. – Ja nigdy nie postrzegałem siebie w takim świetle. Chciałem przede wszystkim dobrze wychować córkę. Tak wychować, by nie przeżywała jakichś rodzinnych szarpanin, rozterek. A jeśli już zdarzyła się chwila zapomnienia – na jego usta zabłąkał się jakiś półuśmiech do jakiegoś obrazu z przeszłości. – To nie wchodziłem w żaden trwały układ. Nikt nic nie wie, nikt nie cierpi, sterylny mechanizm. Pozostaje tylko piękne wspomnienie, które czasem wraca. Takie przeżycie to zaledwie parę chwil, ale pozostanie we mnie do końca życia. Nie chciałbym tego rozmydlić w jakichś licznych, drobnych romansach. Może dlatego nie zwracałem nigdy uwagi na jakieś drobne aluzje, westchnienia, zmrużone oczy.

– A ona? Jesteś pewien, że i dla tej kobiety ten układ był taki sterylny i pozbawiony złudzeń co do jego charakteru?

Albert chwilę się zawahał.

– Nie sądzę by ona cierpiała z tego powodu. Była mężatką i to raczej spełnioną w swoim związku. A nasz kontakt miał charakter czysto, że tak powiem, cielesny.

– No nie wiem – Iza nie wydawała się przekonana. – Wiesz chyba że my, kobiety trochę inaczej odczuwamy związki z wami, bardziej się w nie angażujemy. To co dla was jest być może czystym seksem, dla nas może stanowić głębokie przeżycie duchowe. Oczywiście są wyjątki, ale to margines. Nie będę się upierać, nie znam tamtej kobiety, ale my zazwyczaj nie chodzimy do łóżka z facetem wyłącznie dla sportu, musimy w nim coś widzieć. Ale gdyby była taka spełniona, to nie szukałaby przygód.

– Trochę czasu od tamtego zdarzenia upłynęło. Ja też patrzyłem na ten flirt pod innym kątem niż teraz. Byłem trochę młodszy, nie miałem tych przemyśleń co teraz. Poza tym – zawahał się – poza tym, dochodzi kwestia Marioli i moich wobec niej zobowiązań. Zaraz po tamtym czułem się dość podle, jakoś nie mogłem jej popatrzeć prosto w oczy. Potem przyschło, sumienie już tak dotkliwie o sobie nie przypominało. W końcu zacząłem tę historię traktować jako jedno z doświadczeń życiowych i, co ciekawe, im więcej czasu upływa to tym bardziej pozytywnie do tego podchodzę.

– A gdyby teraz coś takiego ci się przydarzyło, to co? – Iza jakby odruchowo pogładziła włosy. – Miałbyś wyrzuty sumienia wobec żony?

– A skąd ja mam to wiedzieć, dziewczyno? Co prawda jestem filozofem, ale nawet najlepszy myśliciel nie potrafi przewidzieć swoich reakcji w różnych warunkach, przy różnych bodźcach. Ba! Ktoś kto nas zna, potrafi lepiej przewidzieć nasze zachowanie niż my sami. Siedzimy tu sobie w barku, popijamy trunki, za parę chwil pójdziemy położyć się spać. Patrzę na ciebie – atrakcyjną młodą kobietę, i różne myśli krążą mi po głowie. Ja staram się je odgonić, ale one wracają natrętnie, pewnie te dwa wypite piwa też nie pozostają na to bez wpływu. Ale nie obawiaj się, nie wybrałem się z tobą w drugi koniec Polski, by cię molestować. Pamiętasz, co kiedyś mówiłem ci o tych dwojgu przyjaciołach na plaży? My teraz właśnie nimi jesteśmy.

Odsunął szklankę i wstał, Iza szybko dopiła resztkę i podnosząc się z krzesła, zachwiała się lekko. Chwycił ją za ramię, przytrzymał.

– Przepraszam, ja mało piję – mówiła lekko zażenowana. – Nawet taka ilość powoduje, że kręci mi się w głowie.

Poszli na górę, w korytarzyku Albert spytał:

– Kto pierwszy korzysta z łazienki?

– Możesz ty, ja się chwilkę położę, może ten kręciołek w głowie przejdzie za chwilę. Zapukaj do moich drzwi jak skończysz, to potem ja pójdę

Wziął prysznic, założył hotelowy szlafrok i puknął w drzwi do pokoju Izy.

– Zaraz idę – zawołała.

Położył się na łóżku, chciał coś poczytać, ale nie mógł się skupić. Słyszał szum wody w łazience tuż obok, wyobraźnia podsuwała mu widok młodej, zgrabnej dziewczyny pod prysznicem. Gdyby teraz wstał, podszedł kilka kroków, otworzył drzwi od łazienki... Ciekawe czy zamknęła drzwi od środka... Pewnie nie...

Usłyszał odgłos czyszczenia zębów. Pewnie stała teraz przed lustrem w szlafroku. Na głowie turban z ręcznika. W końcu odgłosy zza ściany ucichły.

Nawet nie wyobrażał sobie, że go tak weźmie. To niedobrze, bo będą kłopoty z zaśnięciem, a przecież jutro trzeba być w formie, by nie wrócić na tarczy. Zaczął się przewracać z boku na bok. Czas mijał, a sen nie przychodził. W końcu ubrał się i zszedł na dół. Barek był już zamknięty, poszedł do recepcji i spytał, czy jest gdzieś tu możliwość kupienia piwa. Dziewczyna pokręciła głową:

– To peryferia, ale jak panu bardzo na tym zależy to możemy zamówić dowóz towaru taksówką.

– Pewnie to trochę potrwa, a ja muszę szybko coś zrobić żeby zasnąć.

– Pewnie tak, ale jak nie ma innej możliwości – po krótkim namyśle zajrzała do torebki. – Wie pan co, mam coś co być może panu pomoże. Mam tabletki które mój mąż bierze czasami jak nie może zasnąć. Jak pan chce, to może wziąć jedną. Nazywają się diazepam czy jakoś tak.

Albertowi było wszystko już jedno. Wziął od recepcjonistki pastylkę i wrócił do pokoju. Tam łyknął ją, popił wodą i położył się. Po chwili się zaczęło.

Wydawało mu się, że jego dusza wyszła na zewnątrz ciała i patrzyła co z nim się dzieje. Pod nim zaczynał tworzyć się ogromny wir, a jego ciało obracało się powoli wraz z potokami wody-niewody, w końcu znalazł się jakby w środku koła utworzonego przez potężne wodospady, z których woda spadała gdzieś w nicość. Chciał krzyczeć, ale był całkiem niemy i bezbronny wobec żywiołu. I w tym momencie spod ściany wody wychyliła się kobieca ręka, chwyciła go i z łatwością uniosła gdzieś w powietrze. Widział zaledwie zarysy wybawicielki, która przeniosła go gdzieś do sadu i troskliwie ułożyła na mchu, pod ogromną jabłonią o owocach wielkich jak dynie. Może zresztą to była zwykła jabłoń, tylko oni byli tacy malutcy. Chciał jej podziękować, coś powiedzieć, ale wciąż był niemy, a ona położyła mu palec na ustach. Była prawie naga, jedynie jej biodra ukryte były w przepasce jakby z tiulu. Idealnie kształtne piersi sterczały nabrzmiałymi z podniecenia brodawkami. Poczuł i on jak narasta w nim podniecenie, ona, widząc to, usiadła na nim i zaczęła powoli poruszać biodrami. Objął jej kibić obydwoma dłońmi i kierował jej tułowiem w górę i w dół, aż zgrali się w tym mistycznym pędzie aż do nieskończoności. W pewnym momencie ze zdumieniem zauważył, że nie wiadomo, kiedy zamienili się miejscami. Teraz on był na niej, a ona zaplotła stopy nad jego udami, dłonie trzymała na jego barkach, ściskając je palcami niemal do granicy bólu. Nie widział jej twarzy, ale całował ją w usta, wyczuwał nos i długie rzęsy, prawie że fizycznie czuł słony pot na jej czole. Ile czasu to trwało – sekundy czy godziny, nie wiedział, w końcu gdzieś wewnątrz jego lędźwi zaczął tworzyć się lej, który bardzo pragnął wypluć z siebie zawartość. Wreszcie mógł wydać z siebie głos; kiedy czuł, że to już, zajęczał głośno, biodrami jego kochanki i wybawicielki w tym samym momencie wstrząsnął dreszcz. Położył się na mchu, dysząc mocno. Kiedy odwrócił się w jej stronę, ona gdzieś znikła; dotknął tylko ciepłego miejsca, gdzie przed chwilą leżało jej gorące ciało. Znów kręciło mu się w głowie, czuł jak zmęczenie wali się na niego z podwójną mocą. Zapadł w nicość. Dopiero trzeci dzwonek telefonu obudził go. Recepcjonistka przypomniała mu, że zamówił budzenie na ósmą. Głowę miał ciężką, zwlókł się do łóżka i chciał wejść do łazienki, ale szum wody dał mu znać, że w tej chwili ktoś inny z niej korzysta. Położył się znów na łóżku, czuł się tak, jakby cała Droga Mleczna wirowała wokół niego. Pomyślał sobie, że w takiej formie to niewiele zdziała w turniejowych walkach. W końcu szum wody ustał i po dłuższej chwili usłyszał przytłumiony trzask zamykanych drzwi. Wziął ręcznik, saszetkę z kosmetykami i powlókł się do łazienki. Dłużej niż zazwyczaj stał w kabinie, pozwalając, by krople z sitka prysznicowego zmywały z niego nocne przeżycia. Bolało go dosłownie całe ciało, cała skóra, dobrze, że wziął ze sobą tabletki przeciwbólowe. Kiedy w końcu umył się, ogolił i założył szlafrok, zapukał do sąsiednich drzwi.

– Tak? – Głos Izy brzmiał rześko i pobudził w nim nadzieję że choć ona będzie w dobrej formie.

– Za jakieś piętnaście minut schodzimy na dół, na śniadanie.

– Ok.

Przy śniadaniu dyskretnie przyglądał się jej, ale oprócz świetnego nastroju i apetytu niczego specjalnego się nie dopatrzył.

– Widzę że jesteś w dużo lepszej formie niż ja – stwierdził mieszając łyżeczką kawę.

– Nie widzę powodu, by mogło być inaczej – uśmiechnęła się tym swoim uroczym uśmiechem. – Ale ty wyglądasz tak sobie.

– I tak sobie się czuję. Mam nadzieję, że do nagrania trochę oprzytomnieję. W nocy miałem jakieś dziwne majaki. Długo nie mogłem zasnąć, w końcu wziąłem od recepcjonistki jakąś tabletkę nasenną. Pewnie w połączeniu z alkoholem nastąpiła silniejsza reakcja organizmu.

– Dziwne majaki? – mało się nie zakrztusiła jedzeniem. – Oooo, to niedobrze. Jeśli nie będziesz lepiej się czuł, to zmniejszą się nasze szanse. A te tabletki, znasz ich nazwę?

– Recepcjonistka mówiła jak się nazywają: jakoś na dia, diaz, ale końcówki nie pamiętam.

– Może diazepam? – Iza pokręciła głową. – To inna nazwa relanium, ciekawe tylko jaka dawka to była.

– Tak, to chyba to, ale dawka też musiała być niezła, jeśli tak mną zakręciło.

– Ale też, taki mądry a taki niemądry. Najpierw pije piwo, potem zagryza jakimiś tabletkami. To tak jakby kogoś bolała głowa, włamał się do apteki i całkiem po ciemku próbował trafić na tabletki przeciwbólowe. Miejmy nadzieję, że śniadanie i kawa pomogą ci.

– Pracowałaś w aptece, że znasz wszystkie leki?

– Wszystkie to nie, ale ten akurat znam. Mama brała przez jakiś czas relanium, kiedy nie mogła zasnąć, potem odstawiła, żeby się nie uzależnić.

Po śniadaniu poszli na górę, ubrali się i zdali pokoje. W studio było już kilka osób, w końcu gdzieś wpół do dziesiątej przyszła ta sama co wczoraj dziewczyna. Poprosiła do garderoby tych, co mieli pierwsi startować, żeby się przebrali, potem przeszli do pokoju makijażystki.

Punktualnie o dziesiątej zaczęło się nagranie. Albert nie myślał już o swojej formie, adrenalina grała w nim na całego. Jednak ciężka noc musiała na nim odbić swoje piętno, bowiem na samym początku rozgrywki był strasznie ociężały, przeciwnicy odskoczyli na parę punktów, przez chwilę nawet zanosiło się na dotkliwą porażkę. Ale Iza pokonała już początkową tremę i widać było, że coraz bardziej się rozkręca. Była świetnym mimem, on nawet w tym gorszym stanie był w stanie szybko odgadnąć pokazywane przez nią hasła. Równie szybko rozwiązywali krzyżówkę. Dogonili i wyprzedzili rywali, którzy z upływem czasu jakby zapadli się w sobie. Kiedy w końcu gong oznajmił zwycięstwo Alberta i Izy, padli sobie w objęcia i kręcili się z radości wokół. Przeciwnicy pogratulowali im zwycięstwa i wyszli do szatni, na wielkim ekranie wyświetlił się kwadrat podzielony na dziewięć ponumerowanych pól. Chwilę się zastanowili, w końcu wybrali ósemkę. Pole się odwróciło i wyświetlił się napis: SAMOCHÓD. I znów taniec radości powtórzył się. Prowadzący ceremonialnie wręczył im kluczyki do samochodu i przy wtórze braw, machając publiczności, opuścili studio.

Rozemocjonowani wsiadali do pociągu, wybrali prawie pusty przedział na końcu pociągu. Było południe, przed dziewiątą mieli być w jego mieście, Iza zaraz potem miała przesiadkę, by dotrzeć do swojego miasta przed północą. Albert nawet zaproponował, by przenocowała u niego, ale ona chciała jak najszybciej być w domu, podzielić się z rodziną swoją radością ze zwycięstwa. W Ostródzie wysiedli z przedziału ostatni już prócz nich podróżni. Za oknem wśród ciemności wirowały płatki śniegu. Iza przesiadła się obok niego:

– Widzę dwa wyjścia z sytuacji – zastanawiała się głośno co zrobić z wygraną. – Albo auto bierze ktoś z nas i spłaca to drugie, albo sprzedajemy je i dzielimy się po połowie.

– Szczęścia się nie sprzedaje – zaoponował. – Ja widzę trzecie wyjście. Po prostu ty bierzesz samochód, bez żadnych spłat. Zasłużyłaś na to. Ja jedynie ci pomogłem, ale sama widziałaś, że byłem mizerny. W tej sytuacji uznanie, że mieliśmy taki sam wkład w zwycięstwo, byłoby z logicznego punktu fałszywe. Tobie to auto przyda się dużo bardziej niż mnie. Zresztą ja jestem zadowolony ze swojego koreańczyka, dzięki Bogu ze swoich dochodów też. Za to, jak już odbierzemy nagrodę, to przejedziemy się po twoich okolicach. Dawno tam nie byłem, z przyjemnością przypomnę sobie dziecięce czasy, kiedy to brat mojej babci woził mnie furmanką do waszego miasta.

Iza patrzyła na niego rozpłomieniona, gdzieś w kącikach oczu zaplątały się łzy. Oparła głowę na jego ramieniu.

– Szkoda, że za parę miesięcy skończy się to twoje zastępstwo – mówiła ze ściśniętym gardłem. – Zobaczymy się parę razy, potem ty wrócisz do swojego miasta, a mnie znów dopadnie małomiasteczkowa szarzyzna. Czy wiesz, jak ja czekam na twoje zajęcia, na twoje przyjazdy do Lacka? Ten teleturniej to wymyśliłam specjalnie, by choć parę godzin spędzić z tobą inaczej niż na wykładach. Udało się wygrać, dla mnie jest to wielka radość, tym bardziej że dzielę ją z tobą. A teraz ty wielkodusznie chcesz podarować mi parę dziesiątków tysięcy złotych. Nie wiem jeszcze, czy się na to zgodzę, jeśli tak to tylko dlatego że ten samochód zawsze będzie przypominał mi ciebie, będę o niego dbała jak o najcenniejszą pamiątkę i nigdy nie sprzedam. Bo, jak mówisz, szczęścia się nie sprzedaje.

Albert patrzył na nią coraz bardziej zdumiony. Nie wiedział, co o tym wszystkim myśleć. Jeżeli jej wyznanie nie było jedynie podyktowane chwilą uniesienia to albo on był ślepy, albo ona dotychczas doskonale ukrywała swoje uczucia. Widział co prawda ten błysk w jej oczach, kiedy na niego patrzyła, ale przecież wiele młodych kobiet podziwia swoich nauczycieli, dopatruje się w nich kogoś idealnego. Potem mija jakiś czas, ich drogi rozchodzą się i tylko pozostaje gdzieś w głębi duszy mgliste wspomnienie, że był kiedyś... gdzieś... ktoś...

– Izo, jesteś cudowną dziewczyną – odparł po chwili namysłu. – Ja również uwielbiam twoje towarzystwo i teraz już wiem, że pewnie dlatego się zgodziłem z tobą jechać, bo gdzieś w podświadomości odczuwałem potrzebę takiego kontaktu. Imponuje mi, że właśnie mnie zaufałaś, że widzisz we mnie kogoś bliskiego. Ale zaczynam się bać. Chyba nie powinienem zgadzać się na ten wyjazd. Tracę spokój ducha, na który wiele lat pracowałem. Mam fajny, dobrze poukładany świat i nie chcę tego gdzieś roztrwonić na ryzykowne eskapady. Dlatego nie myśl, proszę, o tym co będzie za kilka miesięcy, tylko „carpe diem" jak wołał Horacy w swoich pieśniach. Nie mogę ci podarować nic więcej, poza tym, że tu i teraz jestem, istnieję, mogę z tobą rozmawiać i czuć ciepło twego ciała. Wkrótce ja wysiądę z pociągu, ty pojedziesz dalej, do siebie. Mamy kilka tygodni na uspokojenie emocji i powrót do normalności. Za miesiąc spotkamy się znów na zajęciach i wtedy zobaczymy, co dalej.

Otoczył ręką ramię dziewczyny i tak siedzieli, dopóki pociąg nie wtoczył się na dworzec. Pomógł jej jeszcze przenieść bagaż do drugiego pociągu, po czym na dworcowym parkingu odszukał swój samochód. Odśnieżył go i pojechał w stronę domu. Mariola czekała w salonie.

– Gdzie są goście? – spytał, kiedy już się rozebrał i przywitał z nią. – Nie dojechali?

– Dojechali, tylko że zmienili trochę plany – odpowiedziała. – Do nas dotarli przedwczoraj wieczorem, Waldek bardzo chciał porozmawiać sobie z tobą. Zostali do wczoraj, ale kiedy w telewizji zapowiedzieli, że będą większe opady, to zjedli tylko obiad i pojechali dalej. Może wpadną w drodze powrotnej. Jak tam było, opowiadaj.

Kiedy doszedł do kwestii podziału wygranej, Mariola wolno powiedziała:

– Zrobisz jak będziesz uważał, ale pamiętaj, że to trochę pieniędzy jednak jest. Co prawda nie cierpimy na ich brak, ale na te dwadzieścia czy trzydzieści tysięcy to dobrych kilka miesięcy musisz pracować. Poza tym takie zobowiązanie wywołuje silną potrzebę odwzajemnienia się darczyńcy. Jesteś filozofem, wiesz, że żaden prawidłowo funkcjonujący umysł nie znosi nierównowagi po obu stronach „biorę" i „daję". Założę się, że przez najbliższe dni ta dziewczyna będzie zastanawiać się nad tym, w jaki sposób może ci się odwdzięczyć. I oby jej myśli nie powędrowały na manowce...

Albert uśmiechnął się, ale trudno jej nie było przyznać pewnej racji. On też nie chciał, żeby dziewczyna czuła się w jakiś sposób skrępowana. Ale tymczasowo nie widział innego wyjścia, w dodatku już się zadeklarował. Nie, nie żałował tego, co powiedział Izie w pociągu, ale bał się, aby sytuacja się nie skomplikowała.

– Chcę ci coś jeszcze powiedzieć – przerwała tok jego myśli. – Byłam u lekarza, no wiesz, z tą moją astmą. On chce, żebym na początku maja pojechała do sanatorium do Ciechocinka. Ja też chcę powdychać trochę solankowego powietrza i przygotować płuca na letnie upały. Co ty na to?

– Już dawno powinnaś to zrobić. A na jak długo?

– To zależy, dwa lub trzy tygodnie, ale lepiej, żeby to był ten dłuższy okres. Lekarz mówi że postara się by część kosztów zrefundowało NFZ. W końcu należy mi się, za tyle lat pracy...

– Na dzisiejszych zajęciach zajmiemy się zagadnieniem związku miedzy przyczyną a skutkiem. – Jak zawsze na zajęciach, Albert spacerował w luce pomiędzy dwoma rzędami stołów. – W związku z tym powinniśmy zadać sobie pytanie, czy wszystkie zdarzenia w naturze podporządkowane są prawom, według których cała teraźniejszość i przyszłość wyznaczona jest z nieuchronną koniecznością przez zaistniałe w przeszłości, czy też istnieją takie, które nie zostały wywołane przez żadne zdarzenia zaistniałe wcześniej? Te pierwsze nazywa się w filozofii determinizmem, gdzie nie ma prawa zaistnieć żadne zdarzenie, wywołane konkretną naturalną przyczyną. Indeterminizm natomiast dopuszcza zdarzenia powstałe samoistnie, bez żadnego wcześniejszego powodu. W problemie tym zagrzebał się nawet Albert Einstein, który udowodnił, że w czasoprzestrzeni związek między dwoma zdarzeniami może zaistnieć wyłącznie wtedy, kiedy upłynie między nimi czas minimum taki, który pozwoli na połączenie obu promieniem światła. Ale to tylko fizyczny aspekt problemu. Nam, filozofom, chodzi o coś innego.

Starał się nie wyróżniać Izy spośród innych słuchaczy, choć wiedział, że chwilami mu się to nie udaje. Patrzyła na niego szeroko otwartymi oczami, słuchała tak, jakby chciała połknąć wszystko co miał do powiedzenia. I gdyby ktoś z obecnych na sali mógł zajrzeć do dusz wykładowcy i jednej ze słuchaczek w chwili, kiedy łapali się wzrokiem, to dojrzałby dwa sznureczki iskier nanizanych jak koraliki na swoje spojrzenia, pełznące to w jedną, to w drugą stronę. Ta chemia między nimi powodowała, że coraz trudniej było mu tak całkowicie wyłączyć emocje i przerzucić się na myślenie wyłącznie o treści wykładu.

– W poszukiwaniu prawdy niektórzy filozofowie – a zwłaszcza teolodzy – wędrowali w głębokie chaszcze, z których potem trudno było im wybrnąć. Niejaki Augustyn, biskup Hippony, był zwolennikiem koncepcji, według której zarówno człowiek, jak i cały świat nie są w stanie dokonać czegokolwiek sprzecznego z wolą Boga. Jeśli poszlibyśmy tą ścieżką, doszlibyśmy do wniosku, że zarówno cała teoria grzechu, jak i pośmiertny sąd ostateczny są bez sensu, gdyż de facto, nie sądzony byłby człowiek za swe uczynki i myśli, tylko kryjący się za nimi sam Bóg. Poglądy Augustyna były zarówno gorąco popierane, jak i zwalczane już przez jemu współczesnych, jak i późniejszych myślicieli.

Jedząc obiad w ulubionej gospodzie Albert głęboko myślał nad tym, czy nie zrezygnować z zajęć w Lacku. Był w rozterce. Kiedy kilka tygodni wcześniej rozstawał się z Izą był przekonany, że ten czas da im trochę oddechu. Ale to, co dziewczyna powiedziała mu w pociągu, zasiało w nim jakieś ziarenko, które nie dawało mu spokoju. Myślał dotychczas, że tak całkowicie panuje nad swoimi myślami i uczuciami, że nic go z równowagi nie potrafi wyprowadzić. I póki był u siebie, tak było w rzeczywistości. Ale kiedy przyjechał do hotelu wczoraj wieczorem, kiedy usiadł przy stoliku w oczekiwaniu na kolację, to czuł się bardzo rozczarowany, kiedy zobaczył, że obsługuje go inna dziewczyna. Kiedy wrócił do swojego pokoju i sączył piwo z puszki złapał się na tym, że gapi się bezmyślnie w krzesło, na którym ona kiedyś siedziała. Dziś z rana, kiedy zobaczył ją na zajęciach, poczuł się rozproszony. Wykład nie toczył się po jego myśli, często gubił główny wątek i wdawał się w mniej istotne dla całości dywagacje. Działo się z nim coś, czego nie chciał, nie oczekiwał i bał się tego. Bał się swoich uczuć i tego co mogłoby się zdarzyć w przyszłości.

Wrócił do hotelu spacerkiem, wziął z recepcji klucze i poszedł na górę. Zdjął buty, usiadł na łóżku w swojej ulubionej pozycji, opierając się plecami o ścianę. Włączył telewizor, zaczął oglądać wiadomości. Jednak chwilę po tym usłyszał pukanie do drzwi. Wstał i otworzył drzwi, z ciemnego korytarza do wnętrza pokoju zajrzała rumiana twarz Izy.

– Masz coś pilnego teraz? – rzuciła zdyszanym głosem. – Bo chcę ci koniecznie coś pokazać, tylko że musimy tam podjechać, i to twoim samochodem. Bo wiesz, że ja jeszcze nie mam własnego.

Uśmiechnęła się, z tym rumieńcem wyglądała ślicznie. Albert ubrał się, wziął dokumenty i wyszli.

– Dokąd to się tak śpieszymy? – spytał kiedy wyjeżdżali za granice miasta. – Tu, tą polną drogą?

– Tak, ale tylko kawałeczek. Widzisz tamte drzewa? – wskazała palcem. – Tam się kierujemy.

Pokonali jeszcze ze sto metrów ośnieżoną drogą wśród pól i wjechali na łączkę, sąsiadującą z jednej strony ze ścianą lasu, z drugiej z brzegiem sporego jeziorka. Pod ścianą lasu widoczne były resztki jakichś zabudowań.

Iza patrzyła roziskrzonym wzrokiem na to uroczo położone miejsce.

– Tu kiedyś mieszkali moi dziadkowie, zanim babcia umarła. Potem tato zabrał dziadka do nas, ale on też wkrótce odszedł, bo nie mógł – jak mówił – dalej żyć bez niej. Budynki były stare i bez należytej opieki szybko popadły w ruinę. Ale dowiadywałam się w gminie, że to miejsce nadal w planach zagospodarowania widnieje jako siedlisko, niewiele formalności trzeba załatwić, by można się budować. Dziadek to miejsce przed śmiercią zapisał mi. Chcę ci je podarować. Podoba ci się?

– Jeezu, dziewczyno, coś ty znowu wymyśliła? – wydawał się zaskoczony. – Przecież ta ziemia jest warta ze trzydzieści tysięcy, jak nie więcej. Linia brzegowa jeziora, las z drugiej strony, niezły dojazd. Widzę słupy elektryczne w pobliżu, pewnie nie byłoby problemu z podłączeniem się. W żadnym wypadku nie mogę tego przyjąć.

Iza splotła ręce na piersiach, wysunęła nosek buta do przodu i grzebała nim w kupce ośnieżonej trawy:

– A kto miesiąc temu podarował mi pół samochodu? – nawet na niego nie patrzyła. – A pamiętasz, jak mówiłeś co zrobisz jak odejdziesz na emeryturę? Że będziesz chciał zamieszkać w takim miejscu. Przecież to idealny kącik do zamieszkania. Dziesięć arów to dla rolnika niewiele, ale przecież nie będziesz chyba chciał uprawiać ziemi.

Podniosła wzrok.

– No nic, ściemnia się, zbierajmy się stąd. Nie musisz mi teraz odpowiadać, ale zrozum, bardzo mi na tym by zależało, żebyś się zgodził. Przyjęcie tego twojego podarunku tak bez niczego, stawiałoby mnie w kłopotliwej sytuacji. Podrzucisz mnie w pobliże mojego domu? To niedaleko, po drodze. A wieczorem spotkamy się w hotelu.

Wsiedli do samochodu i pojechali. Rzeczywiście było niedaleko. Iza wysiadła, on ruszył dalej. W recepcji hotelu spotkał pana Tadeusza, właściciela.

– Dawno pana nie widziałem – przywitał się z Albertem. – Szkoda, że tacy jak pan ludzie zaglądają tu tak rzadko. A jak tam sprawuje się Iza?

– Świetnie sobie daje radę – odpowiedział. – To inteligentna i mądra dziewczyna.

– Inteligentna, mądra? To nie to samo?

– Nie, to nie to samo. Można być bardzo inteligentnym, a postępować niemądrze. I odwrotnie, ktoś może być mało rozwinięty intelektualnie, ale jego postępowanie może nosić znamiona mądrości. Ja porównuję inteligencję do bryły dobrego marmuru – może z niego powstać wspaniała rzeźba, ale również może skończyć na posadzce w ZUS-ie.

– Dobre. Nigdy w ten sposób nie myślałem. Obiecał mi pan, że kiedyś objaśni przydatność filozofii w takim normalnym życiu. Dziś co prawda nie mam czasu – spojrzał na zegarek. – Za jakieś dwie godziny powinna być moja bratanica, a ja wybywam. Wie pan, jak to w interesach, nawet takich zaściankowych...

Albert wziął klucz i poszedł na górę. Myślał o propozycji Izy. Z jednej strony jego zgoda na zaproponowane przez nią wyjście, urządzałoby obie strony. Od dawna nosił się z zamiarem kupna działki z możliwością postawienia domu letniego czy nawet całorocznego, a to miejsce byłoby wręcz idealne. Z drugiej strony jego uczciwość podpowiadała mu, że ta działka była warta więcej niż gdyby nawet ich udział w wygranej był jednakowy. Był w rozterce.

Punktualnie o dziewiętnastej pojawił się w hotelowym barku. Usiadł przy stole, podparł brodę przedramieniem i czekał. Po chwili pojawiła się Iza z tacą. Postawiła przed nim kolację i korzystając z faktu, że nikogo prócz nich tam nie było, powiedziała:

– Naprawdę, proszę, byś się dobrze zastanowił zanim mi odpowiesz. Ja myślę, że takie wyjście zadowoliłoby nas oboje. Rozmawiałam o tym z rodzicami, oni też są tego samego zdania. A ziemi mamy dosyć. Te pola obok tej działki też należą do nas. I gdyby ktoś taki jak ty zasiedlił tę działkę, to okoliczne pola mogłyby zyskać na wartości.

– Myślałem o tym – odpowiedział. – I chyba wiem co zrobić, by wilk był syty i owca cała. Ale wybacz, pogadamy o tym może później.

– Racja, muszę jeszcze przygotować kolację dla kilku gości. Jak będę wolna, wpadnę na chwilkę do ciebie na górę.

Znikła na zapleczu. Albert dojadł kolację, wziął jak zwykle dwie puszki piwa i poszedł na górę. Spodziewał się, że dziewczyna po załatwieniu najpilniejszych spraw zjawi się u niego w pokoju i dogadają sprawę do końca, ale ona się nie pojawiała. Był trochę rozczarowany. Kiedy zrobiło się późno, zamknął drzwi na klucz i położył się. Po chwili zasnął.

Obudził go jakiś szmer. Otworzył oczy i w półmroku zobaczył jej cień. Usiadła na brzegu łóżka i zwróciła głowę w jego stronę:

– Jestem. Przepraszam, że tak późno, ale byli goście i wujek wyszedł bardzo późno. Musiałam jeszcze posprzątać.

– A jak tu się dostałaś? Przecież zamknąłem drzwi na klucz.

– Zapomniałeś, gdzie jesteś? W hotelach montowane są takie wkładki, że goście mogą otworzyć tylko swoje drzwi, ale jest też jeden klucz uniwersalny, którym można otworzyć wszystkie pokoje, o ile ktoś nie zostawi swojego klucza w zamku. A ty nie zostawiłeś, no i jestem.

– A jeśli ktoś będzie chciał dostać się do hotelu albo będzie telefon? Przecież stąd nie słychać dzwonka.

Iza uśmiechnęła się, zapaliła lampkę nocną i z kieszeni wyciągnęła małe czarne pudełeczko.

– To pager. Jest podłączony do dzwonka i do telefonu. Nasz hotelik nie jest duży i trudno oczekiwać, że ktoś całą noc będzie tkwił w recepcji. Jak nie ma dużo gości, to można nawet pospać. No dobra, mówiłeś, że masz jakiś pomysł. Więc?

Albert podniósł się i oparł na łokciu.

– Przemyślałem całą sytuację i chyba znalazłem wyjście. Musimy znać rynkową wartość samochodu i działki. Jeśli cena działki przekroczy połowę ceny auta, zwrócę ci różnicę. Tylko pod tym warunkiem, zgodzę się na twoją propozycję. To miejsce jest piękne, nawet zacząłem się zastanawiać, czy nie wybudować domu całorocznego.

– Świetnie – zaklaskała. – Dla mnie pieniądze są mniej ważne, ja tylko chciałabym widywać ciebie. Nie mogę pogodzić się z tym, że za parę miesięcy znikniesz z mojego horyzontu. Tylko przy tobie czuję się taka... bezpieczna. Czuję się, jakbym wróciła do dzieciństwa, kiedy miałam jeszcze takie niewinne spojrzenie na życie. No wiesz, te bociany, Mikołaje z workami prezentów, choinki.

Wyciągnęła dłoń i pogłaskała go po siwiejącej skroni.

– Teraz ty jesteś moim Mikołajem. Przyniosłeś mi w prezencie pastele i trochę ubarwiłeś ten czarno-biały świat.

W pierwszym odruchu chciał coś powiedzieć, zaprotestować, ale nie mógł się oprzeć tej niewinnej pieszczocie. Chwycił jej dłoń i delikatnie pocałował jej wnętrze; poczuł, że ona zaczyna drżeć. Jego też zaczęło brać. Iza uśmiechnęła się i sięgnęła do wyłącznika lampki. Na chwilę zrobiło się zupełnie ciemno, słyszał szelest zdejmowanej odzieży. Zanim wzrok przyzwyczaił się do ciemności, ona położyła się obok niego. Czuł jej nagość pod swoimi opuszkami palców, dotykał cudownie jędrnych piersi, w końcu chwycił jeden z nabrzmiałych sutków do ust i zaczął ssać. Kołdra spadła na podłogę, w półmroku widział zarys ciemniejszego trójkąta na podbrzuszu. Palce prawej ręki powędrowały tam i zaczęły myszkować wśród poskręcanych kosmyków, w końcu, kiedy poczuł wilgoć, wiedział, że już jest gotowa. Chciał położyć się na niej, ale ona delikatnie go odepchnęła:

– Chcę tak jak wtedy – szepnęła mu wprost do ucha.

W pierwszej chwili nie wiedział o co chodzi, dopiero moment później doznał olśnienia. Ale nie było czasu się nad czym zastanawiać. Położył się na wznak, ona usiadła na nim. I tak jak w tym śnie – nieśnie, zgrali ruchy swych bioder, zbliżając się coraz szybciej do miejsca, którego tak bardzo oboje oczekiwali. W końcu Iza uniosła twarz do góry, z dna gardła wydała kilka głośnych westchnień, ostatnie z nich przeszło w przeciągły jęk.

Ich oddech powoli się wyrównywał. Leżeli obok siebie tacy rozleniwieni, nawet nie chciało im się sięgać po kołdrę. Położyła głowę na jego zgiętym ramieniu.

– Jesteś cudowny, nareszcie wiem, co to jest orgazm – szeptała mu do ucha. – Miałam kiedyś chłopaka, ale on albo nie umiał, albo nie chciał robić tego tak jak ty. Jemu zależało tylko na tym, żeby dobrze sobie zrobić, czasem to nawet nie zdążyłam się nawilżyć, a on już się we mnie pakował. Potem ze trzy dni chodziłam jak kaczka. A ty dbasz o wszystko, robisz to tak idealnie rozłożone w czasie, jakbyś dokładnie wiedział, co i kiedy.

– Nie dziwię się temu twojemu chłopakowi – odpowiedział. – Masz tak piękne ciało, że sam chwilami mam kłopot z opanowaniem się. A wiesz, że tam, we Wrocławiu to myślałem, że to był sen? Po tej tabletce nie byłem w stanie połapać się, co ze mną się dzieje.

– Widzisz, ty nawet w półśnie wiesz jak kobietę doprowadzić do rozkoszy. Większość z was, facetów uważa się za kochanków doskonałych, ale tak naprawdę, to z tego co słyszę od koleżanek, to różnie z tym bywa. Zastanawia mnie tylko, co jest tego przyczyną – brak umiejętności czy lenistwo, a może egoizm, jak u tego byłego.

Jej słowa mile łechtały jego próżność. Co jak co, ale seks był tą dziedziną, gdzie wszyscy chcieliby być orłami. Iza podniosła się, wzięła jeden z ręczników i poszła do łazienki. Przez drzwi słyszał szum wody w kabinie prysznicowej. Podniósł z podłogi kołdrę, przykrył się. Myślał o tym co się wydarzyło. Nie czuł wyrzutów sumienia wobec żony, ale też zastanawiał się, dokąd go ta historia zaprowadzi. Wcześniej wydawało mu się, że uodpornił się na tego typu wyskoki. W pewnym sensie jego stabilny świat rozpadał się na kawałki. No, może jeszcze nie tak całkiem na kawałki, ale przynajmniej powłoka ochronna łuszczyła się i odpadała płatami. Dobrze, że stało się to tu, z daleka od uniwersytetu, dziewczyna też ma świetne alibi. Jeśli sama nie chlapnie, to ich schadzki pozostaną w tajemnicy. Jakby w odpowiedzi na te jego myśli otworzyły się drzwi od łazienki i stanęła w nich Iza owinięta w ręcznik:

– Mam nadzieję, że nikt nie będzie podejrzewać, że coś się między nami zdarzyło – powiedziała rozczesując palcami włosy. – Bo tobie chyba też nie zależy na rozgłosie?

Albert kiwnął głową, ale zdał sobie sprawę, że ona mogła tego nie widzieć, więc dodał:

– Oczywiście. Nie chcę, by Mariola cierpiała.

Iza zgasiła światło w łazience i zaczęła się ubierać.

– Najchętniej zostałabym tu u ciebie do rana, ale nie mogę. W każdej chwili ktoś może chcieć wejść albo zadzwonić do hotelu. Głupio byłoby tak zrywać się i ubierać, bo przecież na golasa nie pobiegnę.

– To byłby ciekawy widok. Kiedyś, kiedy jeszcze wolno było, chodziliśmy z żoną i jej koleżanką na plażę w Chałupach. Jakże inaczej się patrzy na kobiece ciało w naturze, gdzieś na piasku, a jak inaczej w takich okolicznościach. Pytałem kiedyś znajomego lekarza ginekologa, co czuje, kiedy na samolocie kładzie się młoda, ładna kobieta i rozkłada przed nim nogi. On na mnie popatrzył zdziwiony i odpowiedział, że to jego praca i jego libido wtedy wyłącza się. Widzi wyłącznie waginę i dba, by badanie było wykonane zgodnie z wymogami sztuki medycznej.

– Mimo to ja wolę chodzić na te badania do kobiety. Mam jakieś opory, by w te moje intymne zakątki zaglądał jakiś facet. Jak widzisz, nawet ubieram się po ciemku.

– Szkoda. Będziesz na zajęciach?

– Jak nie będę zmęczona, przyjdę. W końcu znów nie będę cię widzieć kilka tygodni. Chyba przeniosę się z tymi studiami na twój uniwersytet. Wtedy spotykalibyśmy się znacznie częściej.

– Niech cię ręka boska broni. Chcesz, żeby te nasze spotkania szybko nam spowszedniały? A tak, jak widujemy się rzadziej, to przynajmniej jak się człowiek wyczeka to i tęskno mu się robi.

– No nie gadaj. Jak do ciebie przyszłam to spałeś. Czy tak się czeka na utęsknione spotkanie?

– Myślałem już, że nie przyjdziesz.

– Mało ci myślenia na zajęciach? Aha, jeszcze jedno. W razie czego, pomyśl o jakimś zabezpieczeniu, nie chciałabym tu w zimie bociana zobaczyć. Ja dla jednej nocy w miesiącu nie będę łykała pigułek, nawet jeśli byłaby to taaaka noc.

Przewróciła oczami, pocałowała go i wyszła. On umył się i z powrotem wszedł do łóżka. Chwilę myślał o tym, co zaszło. Wychodzi na to, że dziewczyna nie myśli o szybkim końcu flirtu. Bał się już tylko jednego: by nikt na tym nie ucierpiał.

Po powrocie do swojego miasta zadzwonił do kolegi, rzeczoznawcy nieruchomości z pytaniem, jaka może być wartość takiej działki. Odpowiedź nie była jednak taka oczywista; co prawda na terenie województwa cena gruntów rolnych wynosiła ok. 15 zł za metr kwadratowy, ale było wiele czynników podnoszących tę cenę: atrakcyjne położenie, możliwość podłączenia mediów, dojazd. Kiedy Albert opisał mu dokładniej walory działki, tamten powiedział, że jeśli będzie możliwość kupienia jej za 40-50 tysięcy, to trzeba będzie traktować zakup jako wyjątkową okazję.

Wieczorem zadzwoniła Iza. Powiedziała, że za tydzień samochód będzie do odbioru albo w salonie w Poznaniu, albo w Warszawie i ona bardzo się cieszy na ten wyjazd. Ona oczywiście wybrała Poznań i liczy na to, że pojadą we dwoje, bo gdyby nagrodę miała odebrać jedna osoba, to musiałaby mieć upoważnienie tej drugiej, a przecież do tego czasu nie będą się widzieć. Zresztą i tak ktoś musiałby pojechać jako kierowca, bo prawo jazdy to ona co prawda ma, ale jeździ jeszcze słabo. Mogą dotrzeć tym samym nocnym pociągiem co niedawno jechali na teleturniej, a wrócą już nowym autem. Albert westchnął ciężko na myśl, jak będzie znów musiał gimnastykować się z objaśnieniami dla Marioli, ale żona, o dziwo, przyjęła jego wywód jako całkowicie naturalny.

– Tak tak, trzeba tak zrobić. Nawet jeśli nic z tą ziemią byś nie zrobił, to i tak zawsze opłaca się inwestować w nieruchomości. A jeśli musicie samochód odebrać oboje, to jedź.

Słabo trafili z tym terminem wyjazdu. Albert, kiedy jechał swoim autem do Lacka, słyszał prognozę pogody. W ciągu kilku ostatnich dni panowały ujemne temperatury, ale w nocy ma być odwilż. Ziemia jest zmrożona, jeśli deszcz będzie niewielki, to na drogach zrobi się gołoledź. Jaki będzie ich powrót, w końcu to nie jest kilkadziesiąt kilometrów. Podjechał do hotelu, tam już czekała Iza. Kiedy dotarli do dworca, pociąg wjeżdżał na peron. Wsiedli do wagonu sypialnego.

– Które łóżko wolisz? – przerwała jego rozmyślania. – Bo przykro mi, ale śpimy oddzielnie. No wiesz, my, kobiety, nie zawsze jesteśmy dyspozycyjne. Szkoda, bo okoliczności są dość niecodzienne.

– Poza tym łóżka są dość wąskie, a ja lubię się rozłożyć – uśmiechnął się. – Jeśli ci to nie przeszkadza, to wezmę dolne.

Było dość późno, przebrali się w piżamy i mieli już się kłaść, kiedy Iza spytała:

– A mogę choć tak na chwilkę położyć się z tobą, przytulić przed zaśnięciem?

– Czy ja mógłbym ci czegokolwiek odmówić, dobra dziewczyno?

Położyli się do dolnego łóżka, było dość ciasno, ale za to tak jakoś fajnie, przytulnie. Stukot kół działał usypiająco, już po paru minutach Albert zauważył, że dziewczyna zasnęła. Westchnął lekko, wstał i przykrył ją kołdrą, po czym sam wspiął się na drabinkę.

To czego się obawiał, spełniło się. Spadł deszcz i ulice i chodniki Poznania pokryły się warstewką lodu. Jechali tramwajem na peryferia miasta, do salonu, gdzie mieli odebrać auto.

Tu czekała ich przyjemna niespodzianka. Spodziewali się, że, jak to w takich teleturniejach bywa, samochód będzie ze słabym silnikiem, źle sprzedający się. Tymczasem czekało na nich nieźle wyposażone autko warte blisko 80 tysięcy zł. Iza patrzyła na biały lakier i przełykała ślinę.

– To będzie mój samochodzik? To nie pomyłka?

Albert obserwował z uśmiechem jak Iza chodziła dookoła i wycierała każdy pyłek z maski.

– Powinnaś być zadowolona – powiedział w końcu. – To dobra marka i dobry model.

– Zadowolona? – odwróciła się i podeszła do niego, zarzuciła mu ręce na szyję. – To jedna z najfajniejszych chwil w moim życiu. A wszystko to zaczęło się tak zmieniać, od kiedy ty zacząłeś przyjeżdżać do Lacka. Już sama twoja obecność wystarczy bym czuła się szczęśliwą.

Załatwianie spraw związanych z odbiorem auta potrwało jeszcze trochę, w końcu wyjechali z salonu. Było bardzo ślisko, Albert miał obawy jak będzie na drodze, samochód miał letnie opony. Ale w końcu zaczął padać rzęsisty deszcz, po kilkunastu minutach roztopił warstwę lodu i jazda stała się znośna.

Kiedy dojechali do Lacka, było późno. Albert przesiadł się do swojego auta i ruszył w drogę, Iza chwilę popatrzyła za nim i skrzywiła się, kiedy przy wrzucaniu biegu zazgrzytała skrzynia.

– Jeśli mówimy o etyce, z punktu widzenia filozofii, to pojęcie to niezupełnie pokrywa się z jego potocznym znaczeniem. – Albert zwrócił uwagę, że na sali jest znacznie mniej ludzi niż bywało zazwyczaj. – Większość z nas, myśląc o etyce, stawia znak równości pomiędzy nią a moralnością. Jeśli natomiast rozpatrujemy ją pod kątem filozoficznym, to okazuje się, że jest ona punktem wyjściowym do tworzenia i badania procesów myślowych, z których wynikają zasady moralne. Istnieje druga, rzadziej używana nazwa etyki – filozofia moralna. Moralność natomiast to już istniejący system nakazów i zakazów w danej grupie społecznej. Weźmy na przykład chrześcijaństwo – opiera się ono na systemie wypracowanych przez kilkanaście wieków, w zasadzie nienaruszalnych dyrektyw, umieszczonych w pismach świętych. Podstawą religii jest dziesięć przykazań, ujętych w formie kategorycznej i nie podlegających jakiejkolwiek dyskusji, gdyż mają one stanowić wyraz woli bożej. Jeśli czwarte przykazanie mówi: „czcij ojca swego i matkę swoją", to mamy szanować rodziców bez żadnej dyskusji, po prostu ma być tak, bo tak. I wszelkie odstępstwa od tego kanonu traktowane są jako grzech, który podlega spowiedzi i ewentualnemu rozgrzeszeniu.

Popatrzył za okno – padał gęsty śnieg. Pomyślał sobie, że dobrze zrobił, przyjeżdżając już wczoraj. W nocy spadło dużo śniegu, nie wiadomo, czy przedarłby się dziś rano. Ale u podstaw wcześniejszego wyjazdu leżała nie do końca uświadomiona nadzieja: może pewna dziewczyna będzie miała akurat dyżur? Nie miała. Za to na zajęcia nie dotarła chyba nawet połowa słuchaczy, dobrze, że wśród nich dojrzał Izę.

Rozkręcił dyskusję nad etyką i moralnością i z zadowoleniem obserwował, jak przerzucają się argumentami, choć część z nich nadal myliła pojęcia. Starał się prostować niektóre opinie i kierować je na właściwe tory. Poczuł się jednak bardzo zaskoczony, kiedy jeden ze studentów rzucił w gorączce dyskusji:

– Ja rozumiem, że bardzo nieetycznym jest na przykład popełnianie plagiatu przy pisaniu pracy dyplomowej czy magisterskiej, to zgodnie z siódmym przykazaniem jest kradzież owoców pracy innych ludzi. Ale czy moralnym jest, kiedy nauczyciel czy wykładowca, wykorzystując swoją pozycję, uwodzi młodą, wchodzącą dopiero w życie studentkę bez doświadczenia życiowego? Czy to nie jest występek przeciwko szóstemu i dziewiątemu przykazaniu?

Alberta zamurowało. Przez chwilę nie mógł wydobyć z siebie słowa, potem otrząsnął się i po krótkim namyśle odpowiedział:

– Z punktu widzenia moralności chrześcijańskiej – dobre pytanie, z punktu zbieżności z tematem naszych zajęć – całkowicie wykraczające poza jego zakres. Ale zawsze staram się szanować zdanie innych ludzi, dlatego też odpowiem, co myślę na ten temat.

Popatrzył sekundę na Izę, ona jakby chciała coś mu przekazać. Co z tego, jeśli nie wiedział co.

– Powiedział pan: uwodzi młodą studentkę, dopiero uczącą się życia. Otóż, mówiąc to, wypowiada się pan wyłącznie ze swego, męskiego punktu widzenia. Truizmem z mojej strony byłoby przypominanie, że kobiety, praktycznie na każdej szerokości geograficznej, dojrzewają emocjonalnie i często fizjologicznie dużo szybciej niż my – mężczyźni. Podobnie jak nie należy stawiać znaku równości pomiędzy etyką w ujęciu filozoficznym a moralnością, tak nie można porównywać poziomu emocjonalnego i przystosowania społecznego dwudziestoletniej kobiety i dwudziestoletniego mężczyzny. Kiedy nas pasjonują rozgrywki NBA czy osiągi jakiejś sportowej bryki, kobiety myślą o rodzinie i wychowaniu dzieci. One już od wczesnego dzieciństwa przygotowywane są do swojej roli żony i matki, w końcu czym są lalki, jak nie namiastką dzieci, które kiedyś w przyszłości faktycznie przytulą do swej piersi i pozwolą ssać? My zaś, mężczyźni, musimy się roli ojca dopiero nauczyć. Ale wracając do tematu: pomijając nieliczne wyjątki, zazwyczaj dwudziestoletnia kobieta jest już w pełni przygotowana do odegrania swojej roli w rodzinie i społeczeństwie, i doskonale wie, co robi. Nami kieruje w tym czasie testosteron, szalejący po organizmie i pozwalający na nie zawsze przemyślane zachowania. Młoda, atrakcyjna kobieta zawsze była obiektem pożądania mężczyzny, bez względu na jego wiek i pozycję społeczną. W tym też kontekście musimy zadać sobie pytanie, czy to nauczyciel, czy wykładowca uwodzi swoją studentkę, czy też sam zostaje przez nią uwiedziony. Czy moja odpowiedź satysfakcjonuje pana?

Kiedy po skończonych zajęciach studenci zbierali swoje rzeczy, Albert popatrzył w stronę Izy i ich wzrok na chwilę się spotkał. Dziewczyna mrugnęła do niego okiem i o ile zrozumiał dobrze ten gest, to miało oznaczać, że wieczorem się spotkają.

I faktycznie była w hotelu, ale nie za bardzo mogli pogadać, bo w barze siedziała cała grupa rozbawionych ludzi, co chwila coś zamawiających. Iza uwijała się jak w ukropie, w końcu on zabrał swoje piwo i poszedł do pokoju. Czas mijał, ale dziewczyna nie przychodziła. Każda minuta oczekiwania ciągnęła się w nieskończoność. Koło dziewiątej zszedł na półpiętro i usłyszał, że ta grupka dalej okupuje bar. Najchętniej zszedłby tam i wywalił całe to towarzystwo. Znów wrócił na górę, włączył telewizor, ale nie bardzo zajmowało go to, co widział na ekranie. Zastanawiał się, jak bardzo wtopił się w ten romans, jak bardzo ta dziewczyna zawędrowała wgłąb jego myśli. Odkąd związał się z Mariolą, żadna inna kobieta tak nie zawładnęła jego uczuciami. Owszem, gdzieś tam po drodze bywały krótkie chwile zapomnienia, ale myśląc o nich nie odczuwał większych emocji. Dotychczas był pewien, że całkowicie panuje nad swoimi uczuciami, ale teraz przekonał się, jak bardzo się mylił.

Dochodziła jedenasta, kiedy się pojawiła. Nie rozbierając się, położyła się koło niego na łóżku.

– Czekałeś na mnie – raczej stwierdziła niż zapytała. – Muszę być na chodzie, bo ci z dołu cały czas czegoś chcą. Czuję, że będę miała noc załatwioną. Wypili sobie i wiadomo, jak to z takimi bywa. Jeden z nich wyszedł, chyba do sklepu nocnego po wódkę. Pewnie zaraz będę musiała lecieć na dół.

Wyjęła pager i położyła na stoliku, potem obróciła się do niego.

– Widziałam jak się zmieszałeś, kiedy ten mój kolega spytał ciebie, jakie jest twoje zdanie na temat kontaktów pomiędzy studentką a wykładowcą. Pewnie pomyślałeś sobie, że wydało się, że my, no wiesz... Nie, nie o to chodziło. Jego dziewczyna rok temu wyjechała do twojego miasta i rozpoczęła studia na twoim uniwersytecie. No i po jakimś czasie dotarło do niego, że przespała się z jakimś profesorem. Bardzo to go ubodło, bo chyba był mocno w niej zakochany. Wyobraź sobie, co on może teraz czuć. Ona przyjeżdża na weekendy i zachowuje się, jakby nic się nie stało, a on miota się między zazdrością a miłością. Ciekawa jestem, czy on jej powiedział o tym, czego się dowiedział.

– Zanim poznałem Mariolę, chodziłem z koleżanką, która pochodziła z tych stron. Kiedy rozpoczynała studia, zostawiła tu chłopaka. Po jakimś czasie zaczęliśmy ze sobą chodzić. Zakochałem się w niej jak sztubak, wydawało mi się naturalne, że jeśli jest ze mną, to musiała tamten związek zakończyć. Ale okazało się, że nie. I tak pogrywała na dwa fronty, a ja kciuki zagryzałem do bólu, kiedy wyjeżdżała na wolne dni. Wakacje to już była kompletna katastrofa. Nawet chciałem za nią jechać, ale mi zabroniła. Ale ten czas pozwolił mi dojść do pewnej równowagi. Kiedy wróciła, o nic nie pytałem, pogodziłem się z sytuacją. Trochę mnie to jednak kosztowało, fantazję mam mocno rozbudowaną. Widziałem ją oczyma wyobraźni jak leży pod nim i pojękuje, ona była w tym taka głośna, że musieliśmy okna zamykać, by sensacji nie wzbudzać w akademiku. Potem ona przeniosła się ze studiami do Białegostoku i wszystko się skończyło.

– Nie potrafię sobie wyobrazić siebie w takiej sytuacji – pogładziła go po skroni. – Ja to jestem taka, że jak coś robię to na sto procent się angażuję. Ale widocznie nie wszystkie dziewczyny myślą tak samo jak ja.

Przytuliła się do niego, jedną nogę wsunęła między jego nogi, lekko ocierając się o niego. Mimo że między nimi znajdowała się warstwa jeansu i materiału piżamy, poczuł rosnące podniecenie. I w tym momencie zapikał pager. Iza odetchnęła głęboko, wstała, przeczesała palcami długie włosy.

– Ależ ty na mnie działasz – powiedziała i otworzyła drzwi. – Nie wiem, czy jeszcze tej nocy będę mogła wpaść. Ale będę chciała.

Pocałowała palec wskazujący i przycisnęła do jego ust. Wyszła. On zasnął, ale co jakiś czas budził się, jakby chciał sprawdzić, czy jej przy nim nie ma. Ale tej nocy już nie przyszła. Nie było jej też na zajęciach; był zmęczony i chyba trochę rozczarowany, całe szczęście, że śnieg przestał padać i droga powrotna jakoś tam była przejezdna.

Zima dobiegła końca, śnieg już stopniał, mrozy minęły. Przyleciały ptaki, zazieleniły się trawniki, na drzewach pojawiły się nieśmiałe pączki, zapowiadające rychły wybuch wiosny. Mariola szykowała się do wyjazdu do sanatorium, ustalili, że on ją odwiezie i po nią pojedzie. W czasie, kiedy miała tam być, on miał ostatnie wykłady w Lacku. Jeszcze w kwietniu Iza przepisała prawo własności działki na Alberta; uzgodnili dopłatę na dziesięć tysięcy złotych. Czasami kontaktowali się telefonicznie, ona zapewniała go o tym, że tęskni, że nie wyobraża sobie, co będzie jak on przestanie przyjeżdżać. A ponieważ on nie wiedział, co z tego może wyniknąć, musiał przyzwyczaić się już do tymczasowości tego związku. Trochę mu to nie pasowało, bo nie lubił bałaganu i rozgardiaszu w swoim życiu.

– To już nasze ostatnie wykłady, drodzy państwo – patrzył na nich, przez ten rok zdążył się już do nich trochę przyzwyczaić. – Jeszcze spotkamy się na początku czerwca, tym z państwa, którzy opuścili nie więcej niż trzy zajęcia, wpiszę zaliczenia na podstawie obecności. Z tymi, którzy mieli więcej nieobecności, będę chciał zamienić parę słów. Proszę się nie obawiać, trzeba być kompletnym tumanem, by nie zaliczyć. A wśród państwa takich się nie dopatrzyłem.

Powiedziawszy to, uśmiechnął się. I rozpoczął wykład.

Siedział rozczarowany przy kolacji, obserwując krzątaninę tej samej blondynki, która była tu pierwszego wieczora. Nawet chciał ją spytać o Izę, ale w końcu zrezygnował. Wziął swoje piwo i poszedł do pokoju. Włączył telewizor i usiadł na łóżku; oglądał ekran, ale treść audycji nie wciągała go, wyłączył go więc. W końcu przebrał się w piżamę i poszedł do łazienki. Kiedy wrócił do pokoju, czuł że coś się zmieniło, przez chwilę się nie ruszał. Jego wzrok przyzwyczaił się w końcu do mroku i zauważył jakiś wypukły kształt pod kołdrą. Odkrył pościel i na białym tle zobaczył wspaniały kształt ciała Izy. Ona zerwała się i przyklękła na brzegu łóżka, chwytając jego twarz w swoje dłonie, po czym zbliżyła swoje usta do jego ust.

Od dłuższej chwili leżeli nasyceni sobą. Chciał wstać i pójść pod prysznic, ale ona przytrzymała go:

– Poczekaj jeszcze chwilę, chcę się napaść twoim zapachem.

– No co ty, jestem cały spocony, a ty jeszcze chcesz mnie obwąchiwać.

Popatrzyła na niego przez chwilę, potem oparła głowę na jego ramieniu i cicho powiedziała do samego ucha:

– Wydam ci moją jedną z najskrytszych tajemnic, o której wie tylko moja najbliższa rodzina. Nie chcę, by ludzie o tym wiedzieli, bo być może znalazłby się nikczemnik, chętny do wykorzystania mojej słabości. Otóż, posiadam pewną przypadłość – jestem nadwrażliwa węchowo. Już w dzieciństwie często narzekałam na nieprzyjemne zapachy w moim otoczeniu, nie mogłam korzystać z ubikacji, w której ktoś przed chwilą był. Jedząc niektóre potrawy musiałam zatykać nos, bo ich zapach był dla mnie zbyt intensywny. W końcu rodzice zabrali mnie do Centrum Zdrowia Dziecka, gdzie specjalista rozpoznał u mnie specyficzną formę nadwrażliwości węchowej, polegającą na tym, że na pewne zapachy reaguję nieadekwatnie do bodźca. Niektóre dla mnie neutralne, ale są też takie które innym nie sprawiają problemów, a we mnie wywołują mdłości. I odwrotnie – kiedy trafiam na specyficzny dla moich receptorów aromat, to nogi pode mną miękną i zaraz robię się mokra. Już na pierwszych zajęciach odebrałam twój zapach jako bardzo przyjemny, ale kiedy przyjechałeś po miesiącu, taki trochę odchudzony, w dodatku pachnący nową woda kolońską... Już wtedy byłeś mój. Ty jeszcze o tym nie wiedziałeś, ale ja już tak. I wtedy zaczęłam myśleć, jak by ciebie podejść.

– Sugerujesz, że to ty mnie uwiodłaś, a nie ja ciebie?

– Ja nie sugeruję, ja wiem. Wy, faceci, jesteście tak zapatrzeni w siebie, jak głuszce podczas toków. Widzicie tylko to, co chcecie widzieć, słyszycie tylko to, co chcecie słyszeć. Uważacie się za myśliwych, którzy od czasu do czasu ustrzelą sobie jakąś sarenkę czy kaczuszkę. Ale życie jest przewrotne i bardzo często okazuje się, że to ten najbardziej zajadły łowca zostaje usidlony przez potencjalną ofiarę. Bo to my, kobiety, dysponujemy największą i najbardziej skuteczną bronią, na którą nie ma żadnego pancerza, żadnej tarczy. Popatrz, najwięksi władcy tego świata: królowie, prezydenci, cesarze nie mogli oprzeć się pięknym, acz wyrachowanym kobietom. Jeśli taka dama wysunie swój paluszek i pokaże nim jakiegoś nieszczęśnika, to prawie na pewno już jest jej. I tylko od niej zależy, co z tym fantem zrobi, czy tylko się nim pobawi i odpuści, czy też będzie chciała pozostać z nim na dłużej.

– No bez przesady – zaoponował. – My też mamy coś do powiedzenia. W końcu nie każdy facet rzuca się na wszystko co na drzewo nie ucieka. Nie chciałbym, żebyś pomyślała, że jakiś zadufek ze mnie, ale gdybym wykorzystał wszystkie sytuacje w swoim życiu, to trochę więcej tych sarenek by się uzbierało.

Iza krótko się zaśmiała:

– Jasne. Od każdej reguły są odstępstwa. Ale zasada pozostaje ta sama. Bo czyż to kobieta powiedziała „Cherchez la femme"?

Chciał bronić swej męskiej dumy, ale brakowało mu argumentów, w końcu jej słowa nie były tak bezpodstawne. Dziewczyna przytuliła się do niego jeszcze mocniej i wyszeptała mu do ucha:

– Ale ty jesteś wyjątkowy. Samiec alfa, któremu podporządkują się wszystkie panienki w stadzie, byle byś tylko chciał. Tylko pilnuj, by jakiś obcy osobnik się nie zakradł...

– No tak, to zawsze jest możliwe. Tylko że ja nie mam zamiaru zakładać haremu. Jestem, że tak powiem, monotematyczny.

– Ach, to co ja robię w tym łóżku – zaśmiała się cichutko. – Słuchaj, to, że jesteśmy tu i teraz, jest moim świadomym wyborem, ale jeszcze w tej chwili nie wiem i nie planuję przyszłości. Teraz jest mi dobrze, ale zdaję sobie sprawę z tymczasowości tej sytuacji. Co prawda zrobiliśmy drobny ruch w przyszłość, ale co z tym będzie dalej, nie wiem.

– Mówisz o tej działce? Nie wiem jeszcze, co będę chciał tam postawić – domek letni czy całoroczny. Chyba zdecyduję się na ten drugi, ale kto przewidzi, jak długo nam będzie dobrze ze sobą. Jestem tu tak rzadko, nie wiem, czy nie znudziłoby się nam, gdybym tu bywał częściej lub na stałe. Dlatego w tej chwili myślę jedynie o pobudowaniu tu czegoś, a nie o utrwaleniu naszej znajomości.

– Ty wiesz jak to zabrzmiało? – Odsunęła się nieco od niego. – Gdybym była tak szaleńczo w tobie zakochana, świata nic widziałabym za tobą, to po tych słowach powinnam popełnić samobójstwo lub przynajmniej udawać, że chcę je popełnić. Albo choć zapłakać rzewnymi łzami, jak ja nieludzko jestem traktowana przez swego ukochanego.

Czuł, że ona się z nim bawi jak kot z myszką. Cała ta rozmowa udowadniała mu, że ona okrzepła w tym przedziwnym związku, nie była zapatrzoną w swojego profesora studentką. Czuła swoją siłę i dawała mu ją poznać. Ale, o dziwo, nie było mu z tym źle. Liczył na swoje doświadczenie, myślał, że nawet jeśli kiedyś ten szalony związek dobiegnie swojej mety, to on nie wyjdzie z tego poobijany. W końcu jako filozof powinien mieć dystans do życia.

Popatrzył na Izę. Pukiel jej włosów opadł i zasłonił pół twarzy. Poprawił go dłonią.

– Dlatego już kiedyś ci powiedziałem, byśmy żyli tym co tu i teraz, a nie planami na przyszłość.

I chciał wierzyć w to co mówi, choć tak naprawdę, to nie wiedział, co tam wewnątrz niego się dzieje. Jakoś tak dziwacznie się składa, że samych siebie nie znamy, trudno nam przewidzieć swoje reakcje na niespodziewane bodźce. Ale coś mu się przypomniało.

– Jak to się stało, że dziś tu się znalazłaś? – Uniósł się na łokciu. – Widziałem na dole tę blondynkę. Przecież dziś nie masz dyżuru? Ona ciebie widziała?

– Oj, oj, tyle pytań naraz. Z tyłu hotelu jest zapasowe wejście i mam do niego klucz. Samochód postawiłam przecznicę dalej. Mogę jeszcze chwilę zostać z tobą, ale jeśli chcę jeszcze jutro posiedzieć trochę na zajęciach to za jakiś czas muszę się zbierać. A teraz leć do tej łazienki, bo zanim pójdę sobie, będę chciała się jeszcze poprzytulać.

W połowie czerwca dziekan zaprosił Alberta do swojego gabinetu:
– Siadaj proszę – wyciągnął rękę do powitania. – Co tam u ciebie?

I, jak to miał w zwyczaju, nie czekając na odpowiedź, kontynuował:

– To co, kończysz przygodę z Lackiem? Bo z tego co wiem, to po wakacjach Zosia Kownacka wraca.

– Mam jeszcze tylko jeden wyjazd jutro, resztę wpisów do indeksów i cześć. Ale z Lackiem tak definitywnie się nie żegnam. Kupiłem, nie, załatwiłem sobie tam działkę i będę chciał wybudować domek do wypoczynku.

– Wiem coś na ten temat – uśmiechnął się dziekan. – Lack to nie jest duża miejscowość. Dzwonił do mnie Józek Krawczyk, przekazał, że studentom bardzo się podobały zajęcia z tobą. I przekazał parę miejscowych ploteczek. Na przykład taką, że tę działeczkę dostałeś w prezencie od pewnej pięknej młodej studentki...

– Też mi coś – żachnął się Albert. – Ludzie zawsze szukają drugiego dna. Inna sprawa, że czasem to drugie dno istnieje. Ale moja transakcja była uczciwa. Oglądałeś teleturniej?

– Oglądałem. Ta twoja partnerka to rzeczywiście atrakcyjna dziewczyna. Ale wiem, wiem, w zamian za twoją część nagrody ona dała ci tę działkę. Ja tak sobie żartuję, a ty bierzesz to poważnie. A co tam u was?

Albert spuścił wzrok. Chwilę milczał, potem popatrzył w okno i powoli powiedział:

– Coś niepokoi mnie w zachowaniu Marioli. Od powrotu z tego sanatorium w Ciechocinku zmieniła się nie do poznania. Zaczęła chodzić do kosmetyczki, solarium. Kupuje mnóstwo ciuchów, bardzo kolorowych, a przecież zawsze lubiła ubierać się w bardziej stonowane barwy. Dużo gdzieś dzwoni, w ostatni weekend wyjechała, niby do swojej jakiejś koleżanki, ale nie jestem przekonany...

– Może to ten pobyt w sanatorium na nią tak wpłynął. Wiesz, pobyła trochę wśród ludzi, napatrzyła się, chce wziąć przykład od innych.

– Może...

Albert pakował wieczorem rzeczy przed jutrzejszym wyjazdem, kiedy przyszła do jego pokoju żona.

– Chcę z tobą porozmawiać.

– Dobrze, o co chodzi? – Przerwał pakowanie, usiadł. – Ostatnio mało ze sobą rozmawiamy.

– Wiesz, ten mój pobyt w Ciechocinku. – Wbiła wzrok w jakiś punkt w podłodze. – Spotkałam tam kogoś. Kogoś kogo dawno nie widziałam. Taka dawna miłość. Chciałabym być wobec ciebie uczciwa, w końcu spędziliśmy ze sobą wiele lat. To zobowiązuje.

– Uważasz, że to coś poważnego? – Albert patrzył na żonę uważnie. – Przecież twój pobyt tam raptem trwał tylko trzy tygodnie. Człowiek zawsze w takich przypadkach łatwiej się angażuje, ale potem szybko to mija.

– A to nasze dotychczasowe życie? – Podniosła oczy. – Poza wspólnym wychowywaniem córki to przecież cały czas jakbyśmy żyli obok siebie. A jak Ania się wyprowadziła, to staliśmy się już zupełnie sobie obcy. Kiedy ostatni raz przytuliłeś mnie, pocałowałeś, nie mówiąc już o czymś bardziej namiętnym? Są takie dni, kiedy pomimo że mieszkamy w jednym domu, to ledwie się widzimy. Czy takie życie ma sens?

– Co chcesz zrobić? Czy coś już postanowiłaś?

– Nie, jeszcze nie, ale chcę byś wiedział, że w naszym życiu zaczęło się coś dziać. I może warto coś z tym zrobić, w tę lub w drugą stronę. W końcu ja też nie mogę być pewna, czy między tą dzierlatką z Lacka

a tobą nic nie zaszło. Ale do rzeczy. Chcę na jakiś czas wyjechać, odpocząć, uporządkować myśli. Rozmawiałam już w pracy, nie będzie
kłopotu z urlopem bezpłatnym.

– Chcesz jechać do niego?

– Nie. Chcę jechać do Agaty i Waldka. Jak tu byli, powiedzieli, że na
jakiś czas wyjeżdżają z dziećmi do Australii i jeśli chcę, to mogę u nich
posiedzieć.

– A on, ten facet? Gdzie on mieszka?

– W Berlinie. To daleko od Saarbrücken, nie obawiaj się.

– Kiedy chcesz jechać? Na jak długo?

– Na początku lipca, na razie myślę o pół roku, ale może zostanę
na dłużej.

W recepcji hotelu spotkał właściciela:

– Witam panie Tadeuszu, to już ostatni raz nocuję u pana. To znaczy, ostatni raz z tego powodu, bo niewykluczone że przez jakiś czas
będę bywał częściej w Lacku.

– Myśli pan o budowie? Kiedy zaczynamy?

– Wczesną jesienią, jak wszystko wypali.

– To życzę powodzenia. – Hotelarz wyciągnął dłoń z kluczem od
pokoju. – Zaraz powiem dziewczynie, by przygotowała kolację dla
pana. Zapraszam za parę minut.

Albert miał nadzieję, że zobaczy zaraz Izę, ale obsługiwała go jakaś inna, nieznana mu, lekko puszysta szatynka. Zamyślony jadł kolację, cały czas rozpatrywał to, co wczoraj wieczorem przekazała mu
Mariola. Czuł, że jego cały dotychczasowy świat powoli zaczyna się
zmieniać. Jeśli żona odejdzie, na co się zanosi, to co dalej z nim będzie? Jakoś zszedł myślami na Izę, brakowało mu kontaktu z nią. Czekał, czy przyjdzie dziś w nocy, nawet w pewnej chwili chciał do niej
zadzwonić, ale przypomniał sobie esemesa od niej sprzed trzech tygodni, że zmienia telefon i dotychczasowy numer będzie nieaktualny.
Uzmysłowił sobie, że od tamtego czasu nie miał z nią żadnego kontaktu. Północ już dawno minęła, ale nic nie wskazywało, by coś jeszcze się tej nocy miało wydarzyć, był smutny i rozczarowany. Nawet

już nie chodziło mu o seks, chciał tylko żeby była blisko niego, by mówiła, obojętnie o czym, byleby słyszał jej głos. W końcu położył się z myślą, że porozmawia z nią, kiedy ona przyjdzie z indeksem po wpis zaliczenia.

Jednak nic takiego się nie wydarzyło, w grupie studentów nie dopatrzył się upragnionej postaci. Zamiast tego, jedna z koleżanek podała mu indeks Izy. Składając podpis niby od niechcenia spytał co z nią, dlaczego sama nie mogła przyjść.

– Prosiła by powiedzieć, że wyjeżdża w sprawach rodzinnych – padła krótka odpowiedź.

– Ach tak. Proszę ją pozdrowić, jak pani będzie się z nią widzieć.

– Dziękuję – odparła dziewczyna i jakoś dziwnie na niego popatrzyła. – Oczywiście, pozdrowię.

Przed odjazdem postanowił podjechać na swoją działkę. Wysiadł z auta i podszedł do ruiny zabudowań. Popatrzył na półkoliste sklepienie kamiennego podpiwniczenia, oczami wyobraźni próbował umiejscowić przyszłe zarysy domu. Ukwiecona łąka dodawała uroku temu miejscu, w powietrzu unosił się zapach ziół i kwiatów. Podszedł do brzegu jeziora, zanurzył dłoń w czystej wodzie. W pomarszczonej lekkim wietrzykiem wodzie wypatrzył raka i malutkie okonki. Poszedł trochę dalej, potem przespacerował się polną drogą wśród wysokich łubinów. Przypomniał sobie, jak zimą jechali tędy razem z Izą. Coś drgnęło w nim na myśl o tamtej chwili. Znów poczuł się straszliwie samotny. I w tym samym momencie usłyszał dziewczęcy śmiech. Znał ten śmiech. Ostrożnie wychylił się zza kępy krzewów i zobaczył idącą po szosie parę. Trzymali się za ręce, wyglądali na szczęśliwych. Pod osłoną łubinów cofnął się do działki i otworzył drzwi. Najciszej jak mógł, wycofał samochód i dojechał do szosy, po czym skręcił w stronę przeciwną do tej w którą poszli młodzi.

Widocznie jednak coś usłyszeli, bo zobaczył w lusterku wstecznym, że dziewczyna odwróciła się i długo patrzyła za odjeżdżającym samochodem.

Gdy odlatują jaskółki

Alicja siedziała na trawie tuż obok wejścia na molo. Co jakiś czas wstawała, szła do końca pomostu i patrzyła w głąb zatoki, gdzie ospale halsowała żaglówka.

– Chyba szybko do nas nie dotrze – powiedział ratownik. – Jak płynęła w tamtą stronę, to mieli piękny wiatr od tyłu. Jak znaleźli się w końcu zatoki, wiatr prawie że ustał. A omega raczej nie należy do tych jachtów, którym wystarczy byle wiaterek.

Dziewczyna pokiwała tylko głową i wróciła na swoje miejsce. Wyrwała źdźbło trawy i zaczęła żuć jego miękką końcówkę. Pomimo tego zewnętrznego spokoju, wewnątrz niej aż wrzało. Janusz namówił ją na wyprawę kajakiem do obozu, z którego parę dni wcześniej wrócił. Miało być tak fajnie, i rzeczywiście było, póki do molo nie dopłynęła ta żaglówka. Widziała jak jej chłopak rozmawia z żeglarzami, a potem wsiada na pokład. Jeszcze tylko zdążył krzyknąć, że wróci za piętnaście minut . Tymczasem ten kwadrans już się wydłużył do przeszło godziny i nie zanosiło się, by łódka szybko wróciła.

Wróciła myślami do chwili sprzed roku, kiedy razem z przyjaciółką szła odwiedzić Staszka. Gdzieś koło starego cmentarza natknęły się na znajomego Zosi, ubranego w jasnozielony mundur. Alicja przyglądała się srebrnym gwiazdkom na naramiennikach, ale jej szczególną uwagę przykuł kawałek materiału pomiędzy klapami bluzy. Zastanawiała się, po co on tam jest, w końcu doszła do wniosku, że chyba ma zasłaniać szczególnie owłosiony żołnierski tors. Ogólnie rzecz biorąc, chłopak podobał się jej, ale pomyślała o kimś, kto miał do niej pod koniec tygodnia przyjechać na przepustkę z wojska. Jakuba poznała na weselu koleżanki trzy miesiące wcześniej i do dziś miała problem z zakwalifikowaniem tej znajomości. Chłopak zakochał się w niej błyskawicznie, ona nawet go lubiła, ale chyba nie czuła nic więcej. Mama przekonywała ją, że wcale nie trzeba się od razu zakochać, że w życiu często trzeba iść na kompromis, a miłość przyjdzie z czasem. Kuba jest statecznym, dobrze wychowanym chłopakiem, a to, że jest ze wsi, to można zaliczyć tylko na plus. Pracowity, na pewno nie ma pstro w głowie. Oni przecież też nie mieszkają w mieście. Póki co, Alicja sama nie wiedziała, co ma robić. Nie musiała go zapraszać, robili to za nią jej rodzice.

Nawet jednak krótka rozmowa z Januszem – spotkanym oficerem sprawiła jej chwilę frajdy. Zdawało się jej, że nadają na tych samych falach. Toteż kiedy dwa dni później Zosia zadzwoniła do niej i powiedziała, że mają zaproszenie do niego, to nie musiała się zanadto trudzić, by uzyskać jej zgodę. Trafiły do niego już nazajutrz. Mieszkał w maleńkiej, sympatycznie urządzonej kawalerce blisko centrum miasta. Ale kiedy Zośka chciała urwać się niby pod pozorem poszukania kiecki na wesele, ona w pierwszej chwili poczuła się trochę niezręcznie. Sama, u prawie obcego faceta, co ona tu robi? Ale Janusz szybko rozwiał jej wątpliwości, okazał się ciekawym i inteligentnym rozmówcą. Zosia wróciła dopiero po dwóch godzinach, oczywiście sukienki nie kupiła. Alicja prawie że żałowała, że ta ich wymiana zdań została przerwana. Niestety, Zosia przy całej swojej dobroci i towarzyskości nie nadawała się do takich rozmów. Zresztą i tak musiały iść na dworzec, by zdążyć na ostatni autobus, potem już miałyby tylko pociąg, a od dworca do ich wsi trzeba było iść ze dwa kilometry. W powrotnej drodze Zośka rozpaplała się, najpierw zachwalając Janusza, w końcu stwierdziła, że on jest sam i nie ma żadnych przeszkód, by się za niego brać. Kręcą się przy nim co prawda różne dziewczyny, ale żadna z nich nie zagrzała miejsca na dłużej. Alicja roześmiała się, że przy pomocy takich swatów długo nie pozostanie panną, bo coraz to ktoś rai jej kolejnego kawalera. Ale gdzieś tam w myślach zastanawiała się. Zachowanie jej dzisiejszego rozmówcy wskazywało na to, że ona mu się podoba, sam wydawał jej się trochę szalony, ale ta ich błyskotliwa rozmowa to sam miód dla niej, lubiła takie słowne przekomarzanki, niedopowiedzenia, skojarzenia.

Jakub pojawił się w piątek wieczorem, kiedy usiedli w jej pokoju, chwycił jej dłoń i patrzył długo w oczy, aż ona spuściła wzrok. Zaczął opowiadać o swoich planach, że jak już wyjdzie z wojska, to przeprowadzi się gdzieś bliżej, by mogli spędzać ze sobą więcej czasu, a potem wyprawią huczne wesele i będą mieli gromadę dzieci. Ala słuchała tych wywodów i smutno uśmiechnęła się; to wszystko wydało się jej jakieś takie nierealne, dalekie, trochę jak w jednej z piosenek Izy Trojanowskiej. „Wszystko, czego dziś chcę", zanuciła cichutko pod nosem. Jakimś dalekim echem odbiło jej się skojarzenie z rozmową z Januszem, mimochodem porównywała ich obu, jakież to dwa odmienne typy, zarówno charakterów, jak i postaci! Czas pobytu gościa ciągnął się dla niej jak guma do żucia.

Z ulgą zamknęła drzwi za odjeżdżającym Jakubem. Wtedy niespodziewanie naskoczyła na nią mama, dlaczego tak obcesowo traktuje tego chłopaka, w końcu on zamiast jechać do rodziny, przyjeżdża tu, do niej. Alicja była zaskoczona tymi niespodziewanymi pretensjami, przecież nic takiego nie zrobiła, żeby ją sztorcować, w końcu rozpłakała się i przez łzy powiedziała, że nikt nie będzie na siłę jej życia układać, ona sama na tyle jest dorosła, że sama wie czego chce. Wyszła z domu, poszła do Zosi, przed jej domem zobaczyła fiata Staszka. Chwilę poczekała, potem chusteczką przetarła oczy i weszła do środka. Była bardzo mile zaskoczona, kiedy prócz spodziewanej pary spotkała tam Janusza! On zerwał się z kanapy, zrobił miejsce obok siebie, usiadła. Zosia popatrzyła na nią i raczej stwierdziła, niż spytała, że znów domu jakieś zgrzyty. Potwierdziła, ale poprosiła, by o tym teraz nie rozmawiać. Staszek tylko poprawił tę swoją rudą czuprynę i poszedł do kuchni zaparzyć kawę. Kiedy wyszedł, Janusz i Zosia rozmawiali o jakimś Pudlu, ona w pierwszym momencie myślała że chodzi o psa, ale po chwili zorientowała się, że to ksywka ich znajomego. Roześmiała się. Trochę odeszło jej napięcie, wyluzowała się, weszła w rozmowę. Kiedy Staszek wrócił z kawą, zdumiał się: para na kanapie rozmawia ze sobą, dotykając się kolanami, Zośka tylko słucha, nie przeszkadzając tym dwojgu. Patrząc na to wszystko z boku wydawało się, że rozmawiający zapomnieli o całym świecie, nie wiedzą jak tu się znaleźli i co tu robią. Otoczenie dla nich nie istnieje, są tylko oni, tu i teraz wpatrzeni w siebie jak w obrazki. I byliby tak siedzieli w nieskończoność, gdyby Staszek nie wszedł w środek zdania i nie zaproponował by pojechali gdzieś nad jezioro. Wzięli ziemniaki, kiełbaski i pojechali. Kiedy wieczorem Alicja otworzyła drzwi do mieszkania, chciała cichutko przemknąć do swojego pokoju, by zdjąć mocno przeszłe dymem ciuchy, ale mama zawołała ją do kuchni i zaczęła wypytywać, gdzie i z kim była, dlaczego jej ubranie tak cuchnie i czy ma jeszcze coś do powiedzenia na temat swojego postępowania wobec Jakuba. Ona zaś odwróciła się na pięcie i nic nie mówiąc, poszła do swojego pokoju. Znów chciało jej się płakać. Mama może i ma swoje racje, ale przecież ona nie jest już dzieckiem i sama potrafi określić, co jest dla niej dobre, a co złe. A już w kwestii doboru partnera to na pewno nie zgodzi się na jakiekolwiek ingerencje, nawet jeśli mieliby to robić jej kochani rodzice. Ona sama była trochę w kropce. Jeszcze do niedawna powoli przyzwyczajała się do tego, co radzili jej rodzice: od jakiegoś czasu nawet zaczęła nosić w portfelu zdjęcie Kuby, choć nie była pewna, czy stać ją na jakieś głębsze do niego uczucie. I wtedy pojawił się ten drugi. Szalony, trochę zepsuty, otoczony dziewczętami. Ona potraktowała to jak wyzwanie. Podczas tych kilku rozmów zauważyła, że znakomicie się rozumieją, mają podobne zainteresowania (no bez przesady, nie wszystko przecież), jednym słowem czuła, że Janusz w jej życiu zaczyna coraz więcej znaczyć. Chwilami więcej niż Jakub. Jakiekolwiek porównania, zarówno fizjonomii, jak i cech psychicznych nie miało sensu. Kuba wysoki, czarny – spokojny i zrównoważony, jeśli chciał coś powiedzieć, najpierw głęboko to przemyślał. Ten drugi niższy i ciemny blondyn. Rozkoszny, inteligentny gaduła, stuprocentowy ekstrawertyk. No i ten jego mundur... Gość już ustawiony w życiu, kariera się przed nim otwiera. Choć akurat to nie miało dla Ali aż tak wielkiego znaczenia. Dla niej najważniejszy był człowiek i to co sobą przedstawia, a nie ile ma gwiazdek na ramieniu. Tylko co powiedzą rodzice, kiedy się dowiedzą, że się spotyka z żołnierzem zawodowym. Ojciec opowiadał jej, że kiedy jeszcze pracowali w pegeerze, to do pomocy w żniwach przyjechał do nich oddział żołnierzy. Wiejskie dziewuchy to jakby małpiego rozumu dostały – dowódca chłopaków, wysoki, przystojny, mógł w nich przebierać jak w koszu z ulęgałkami. W końcu ktoś do żony tego oficera napisał anonim o jego zachowaniu, a ona zaniepokojona, przyjechała. Równie szybko wyjechała, bogatsza o podsiniaczone oko i zapłakana. Ale przecież nie wszyscy są tacy chętni do wyciągania łap do cudzych bab.

Popłynęły kolejne dni i tygodnie. Alicja poszła na kompromis: będzie się spotykać z Januszem, ale za to nie będzie się, póki co sprzeciwiała się dalszym przyjazdom Kuby na przepustki. W końcu to nie częściej niż raz w miesiącu, może zresztą on sam zrezygnuje, gdy zobaczy, co się dzieje. Z Jasiem układało się coraz lepiej, zaczęła zostawać u niego na noc. Kiedyś powiedziała rodzicom, że dyrektor wysyła ją na czterodniowe szkolenie gdzieś w drugi koniec Polski. Tych kilkadziesiąt godzin spędzili praktycznie cały czas w łóżku, tylko Janusz czasem wychodził do sklepu. Było tak fajnie, że nawet kiedy ktoś pukał do drzwi, to nie otwierali, udając, że nikogo nie ma. Trochę ją drażniły te dziewczyny odwiedzające jego, ale on tłumaczył, że nie może tak z chwili na chwilę przerwać swojego dotychczasowego trybu życia, wszystko wymaga czasu. Aby się sobie nie znudzić postanowili, że w poniedziałki będą od siebie odpoczywać. Ale któregoś z tych dni musiała znienacka wpaść do niego, by zabrać jakieś zapomniane w weekend papiery. Kiedy Janusz otworzył jej drzwi, był jakby trochę zmieszany. W pokoju siedzieli znani już jej dziewczyna i chłopak, ale prócz nich ładna, długowłosa czarnulka. Janusz przedstawił ją jako koleżankę z pracy, miała pracować w jego jednostce jako pracownik cywilny w zaopatrzeniu. Alicja zaczęła się zastanawiać, co to ma znaczyć i czy inne poniedziałki przypadkiem nie przypominają tego dnia. On z właściwym sobie urokiem objaśnił, że ta trójka wpadła bez żadnego uprzedzenia i nie mógł ich przecież wyprosić. Niby logiczne, ale jakiś osad został. Zresztą i ona nie czuła się tak do końca w porządku wobec Janka. Co prawda nie z jej inicjatywy, ale od czasu do czasu przyjeżdżał Kuba i zostawał na noc w pokoju gościnnym. Kiedyś w nocy przyszedł do jej pokoju i chciał wsunąć się pod jej kołdrę. Wypędziła go i powiedziała, że jeśli jeszcze raz to się powtórzy, to zabroni mu przyjeżdżać, albo sama się wyprowadzi gdzieś na stancję. I zaraz z rana ma wyjeżdżać. Mama, kiedy zobaczyła, że on tak wcześnie się spakował i odjechał, zażądała wyjaśnień. Zrobiła się straszna awantura, Ala pojechała do Janusza i otworzyła drzwi swoim kluczem. Nie zastała go w domu, ale pościel w nieładzie leżała na łóżku, wygniecione poduszki wskazywały, że spały tu dwie osoby. Po półgodzinie wrócił z zakupami, ucieszył się, kiedy ją zobaczył. Ścieląc łóżko wyjaśnił, że spał u niego Stasiek, wpadł wieczorem, trochę za dużo wypił i został na noc, on zaś rano odprowadził go na postój taksówek, a sam poszedł po zakupy. Kiedy ona opowiedziała mu o całym zajściu zaproponował, żeby przeniosła się do niego ze swoimi rzeczami. Ala zaczęła nawet myśleć o tym, ale postanowiła przeczekać. Jej matka tak jakby wyczuła, że przegina, nagle zrobiła się łagodna jak baranek, nie wracała już do tematu Kuby. Kiedy więc Janusz zagadnął ją, kiedy ma przyjechać po rzeczy, odparła, że na razie jest spokój, więc tymczasem pozostaje w domu.

Nadszedł czas świąt. Oboje umawiają się, że wigilię spędzą z własnymi rodzinami, sami zaś spędzą ze sobą obydwa świąteczne dni. I tak zrobili. Spędzony razem czas uświadamiał im, że jest im ze sobą dobrze, rozumieją się coraz lepiej, że chcą pozostać ze sobą na dłużej. Choć ona miała mu za złe, że tylko wtedy, kiedy są sami, on okazuje jej jak bardzo ją kocha. Pewnego razu, krótko przed miesiączką, chwyciły ją tak silne bóle, że on nie zawahał się wezwać pogotowia. Nim przyjechali, on z taką empatią próbował ulżyć jej cierpieniu, że nawet po tych kilku miesiącach bycia razem nie podejrzewała go, że stać go na aż takie uczucie. Ale Januszek nie byłby sobą, gdyby czegoś tam za plecami nie kręcił. W jej wsi aż huczało od gadania na ich temat. Plotki jak to plotki, przeważnie o negatywnym wydźwięku, ocierające się o prawdę bądź kompletnie wyssane z palca. Jej mama, kiedy tylko coś nowego słyszała, z taką jakąś satysfakcją powtarzała owe ciekawostki. W końcu rewelacja – ponoć ukochany spotyka się z jakąś inną dziewczyną. Ala tylko wyśmiała to gadanie, sama wiedziała, że to raczej mało prawdopodobne, ale postanowiła sprawdzić. W tym samym czasie trafili do wspólnych znajomych na karnawałowo-urodzinową imprezkę w większym towarzystwie. Panował świetny nastrój. Jej Jaś na dłuższą chwilę zniknął z oczu, w końcu lekko zaniepokojona odnajduje go na schodkach koło strychu. Obok niego siedzi ta dziewczyna, którą kiedyś w poniedziałek zastała w jego mieszkaniu. Co prawda tylko rozmawiają o czymś intensywnie, ale tak przecież nie powinno być, by chłopak zostawiał dziewczynę na parkiecie, a sam z jakąś ślicznotką wędrował w ustronny zakątek. Poprosiła więc go tylko spokojnie, by wracał do wszystkich. Ale gdzieś tam wewnątrz niej zaczął budzić się niepokój, czy przypadkiem ta ostatnia wieść gminna nie nosi w sobie jakiegoś pierwiastka prawdy. Zaczęła przypominać sobie te wszystkie aluzyjki, uśmieszki wśród wspólnych znajomych, jakieś ich półsłówka o wierności i tak dalej. Tydzień po tej imprezie postanowiła rozmówić się z nim. Spytała, czy prócz niej kogoś jeszcze ma. Początkowo zdecydowanie zaprzeczył, ale po chwili namysłu dodał, że odwiedzała go Asia, ta dziewczyna ze schodków. Pracują razem, mają wspólne interesy i tematy do rozmów. Jednak między nimi, prócz zwykłego koleżeństwa nic nie było. Przynajmniej on tak to widział, a co sobie inni myślą, nie jego sprawa. Reakcja Ali bardzo go zaskoczyła: powiedziała, że tak mu wierzyła, że bardzo się na nim zawiodła; nawet nie zwróciła uwagi na jego tłumaczenia, że przecież to nic takiego. Jakiś cień padł na ich związek. Niby było tak samo, spotykali i kochali, ona kombinowała co w domu powiedzieć, by się urwać na dzień czy dwa, byleby tylko mieli dla siebie więcej czasu, jego też w końcu przestały odwiedzać tabuny panienek. Tylko że nie było już mowy o tym wcześniejszym rozumieniu się w pół słowa, kiedy to ufali sobie bez reszty. Ponoć ktoś widział go jak na peronie dworcowym całował się z piękną dziewczyną wsiadającą do pociągu. Żachnął się, kiedy to usłyszał, ale po chwili namysłu przypomniał sobie, że przecież odprowadzał na pociąg swoją siostrę, zaś gęba gminna przetworzyła rodzinny całus w namiętny pocałunek. Patrzyła na niego z niedowierzaniem, więc chwycił za słuchawkę telefonu i zadzwonił do Eli, by potwierdziła, że to z nią był na dworcu. Ta sprawa między nimi została wyjaśniona, ale przecież plotka już żyła swoim własnym życiem.

Przyszło wreszcie lato, a z nim piękna pogoda. Ludzie we wsi zajęli się wreszcie własnymi sprawami, może zresztą i trochę ich znudziły gadki na temat wciąż tej samej pary. Wydawało się, że nawet niebo nad ich związkiem pojaśniało. Najpierw pojechali na biwak nad jezioro, gdzie przez trzy dni wraz z przyjaciółmi pili piwo, piekli kiełbasę, a potem tulili się w swoim żółtym namiociku. Aż żal było opuszczać to miejsce. Tydzień później on odwiózł ją nad morze, nazajutrz miał wrócić, bo oddelegowano go na parę dni na jakiś obóz w charakterze instruktora, a ona została na kwaterze. Ale w piątek znów byli razem, chodzili po plaży, jedli ryby ze smażalni, w jakimś sklepiku z ciuchami wybrali dla siebie takie same szorty. Byli szczęśliwi, nasyceni latem, morzem i sobą. I ta sielanka trwała. Aż do dnia, kiedy wybrali się kajakiem w stronę obozu, gdzie koczowali znajomi Janusza.

Kolejny zwrot wyprowadził żaglówkę naprzeciwko mola, tylko że z drugiej strony zatoki. Jeden z płynących na niej zeskoczył do wody i wpław dotarł do mola. Ala siedziała na brzegu, bez słowa podała mu ręcznik by się wytarł. On zaczął się tłumaczyć, że to nie jego wina, tylko wiatru, a raczej jego braku.

– Chodź, wracamy, już nic nie mów – odparła ona.

Trafili do domu, niewiele rozmawiając ze sobą. Mimo wszystko została na noc. Zapowiedziała rodzicom, że dziś nie wróci i nie chciała, by oni się domyślali, że w jej związku coś się nie klei, to by była woda na ich młyn. Stanęła przy regale i przyjrzała się swojej fotografii w pleksiglasowej ramce. Po chwili odwróciła się i spytała:

– Jak ja mam tobie ufać? Z jednej strony zapewniasz mnie o swojej miłości, ale mi coraz trudniej w to wierzyć. To znaczy, wiem, że mnie kochasz, ale czasem postępujesz tak, jak byś chciał, żebym nigdy nie była pewna, czy jutro to uczucie nadal będzie trwało. I jeśli już teraz, w teoretycznie najpiękniejszym okresie wzajemnej fascynacji zupełnie nie wiem, co mam o tobie myśleć, to co będzie później, kiedy nadejdą trudniejsze chwile, kiedy partner ma być podporą życiową, często jedyną osobą na którą można liczyć? A jakie dasz mi gwarancje, że kiedyś któraś z tych licznych dzierlatek nie zawróci ci w głowie i nie odejdziesz, zostawiając samą z dziećmi? Przecież na tobie za grosz nie można polegać – wyprostowanym palcem wycelowała w jego pierś. – Słuchaj, a może u ciebie występuje ten syndrom wiecznego chłopca, który nawet mając siwe skronie nadal pozostaje jedną nogą w świecie zabawy i mrzonek? Komu chciałeś kiedyś zaimponować, mówiąc, że ci kaktus wpierw na dłoni wyrośnie nim się ożenisz? Tak tak, pamiętam, że byłeś wtedy podpity, ale przecież mówi się, że w winie tkwi prawda. Wiesz, że moi rodzice tylko czekają na każde potknięcie, na każde skrzywienie w naszym związku, żeby przypomnieć o tym jakie piękne życie miałabym z tym drugim. Ja też nie jestem ze stali i każdy taki tekst musi pozostawić przecież jakiś ślad. No, kocham cię, kocham tak jak jeszcze nigdy nikogo nie kochałam, ale nie wiem, czy to na długo wystarczy. I jeśli naprawdę ci tak bardzo na mnie zależy, to nie krzywdź mnie, nie niszcz tego, co między nami jeszcze istnieje.

Janusz słuchał tego i twarz mu coraz bardziej posępniała. Kiedy skończyła, przyklęknął przed nią i zamknął jej dłonie w swoich.

– Czy ty nie widzisz co się ze mną dzieje? – odparł. – Czy ty nie widzisz jak ja się zmieniłem pod twoim wpływem? Przed poznaniem ciebie byłem zadufanym gnojkiem, patrzącym tylko którą by tu panienkę sobie na noc sprowadzić. Z żadną przed tobą dziewczyną nie byłem dłużej niż miesiąc, przecież dobrze o tym wiesz. Z Aśką nic mnie nie łączyło i nie łączy oprócz pracy, czy takiej dość luźnej znajomości, no, wiem, że jest ładna i zgrabna, pewnie nawet gdybym chciał coś więcej to pozwoliłaby. Ludzie lubią sobie fantazjować i kiedy widzą, że do czyichś drzwi wchodzi atrakcyjna dziewczyna, to zaczynają sobie cuda wianki wyobrażać. Nigdy nie ukrywałem przed tobą jaki tryb wcześniej życia wiodłem i wyrwanie się z tego, przestawienie na nowy system wartości i postępowania wymaga trochę czasu. – Puścił jej dłonie i zaczął chodzić po pokoju. – Myślisz, że nie dociera do mnie co na mój temat wygadują w twojej wsi? Najpierw się śmiałem z tych bzdur, teraz zacząłem się bać. Bo ktoś kiedyś powiedział, że nawet najbardziej zakłamane łgarstwo, jeśli się je powtórzy sto razy, staje się prawdą. Wiem, że z tą żaglówką wypadło beznadziejnie i boli mnie to, ale któż mógł przypuścić, że wiatr w ciągu chwili się zmieni? Myślałem, że cała przejażdżka zajmie parę chwil, zajęła ponad dwie cholerne godziny. Sam też z tym wszystkim nie czuję się komfortowo. Zdaję sobie sprawę jak ci ciężko, ale musisz sobie dać z tym radę, kiedyś w końcu będziesz musiała się na coś zdecydować.

– To pomóż mi, a nie dostarczaj tamtym argumentów – wybuchła.

– Zanim coś zrobisz, najpierw zastanów się, a nie na odwrót. I pamiętaj, że słowa czasem też bardzo bolą. Chlapniesz coś niepotrzebnie, może nawet nie masz złych intencji, a ludzie to chwycą i przerobią na swoją modłę. A to, że plotkują? Sama o tym doskonale wiem, w końcu tam u mnie wszyscy wiedzą o sąsiadach wszystko, a nawet to, czego oni sami o sobie nie wiedzą. Bycie z tobą też wcale nie jest taką sielanką, jak sobie wyobrażałam na początku. Im dłużej jesteśmy razem, tym bardziej nie wiem, co o tobie myśleć. Czasem tak pięknie mówisz o przyszłości, dajesz tyle wiary we wspólne szczęście, że gdybyś w takiej chwili poprosił mnie o rękę, zgodziłabym się bez wahania. Ale potem nagle coś w ciebie wstępuje, jakiś diabeł czy co, trudno mi uwierzyć, że parę chwil wcześniej byłeś moim wspaniałym, wymarzonym chłopakiem. I wtedy boję się o nas, boję się, że wpadniesz na kolejny dziki pomysł, który zniszczy to, co dotychczas wybudowaliśmy – Janusz chciał coś powiedzieć, ale gestem pokazała, by jej nie przerywał. – Może i w łóżku miałeś wiele kobiet, ale ich nie rozumiesz. Dla nas miłość jest ważna, ale my nie myślimy tylko o sobie i swoich uczuciach. Jeśli szukamy partnera na dalsze życie, to kogoś takiego, kto zapewni nam i dzieciom pewną i spokojną przyszłość. Rozumiesz – spokojną! Nie chcę drżeć każdego dnia, myśląc o tym, co może ci jeszcze do głowy wpaść, co wywiniesz dziś czy za tydzień. Lubię, kiedy mówisz mi, że wystarczy kochać kogoś i byle by ten ktoś ciebie kochał, to pokonacie wszystkie rafy i przeszkody życiowe, rozwalicie każdy mur, zniszczycie wszystko co na drodze szczęściu stanie. Fajnie, że masz w sobie taką wiarę, ale w życiu jest tak, że nawet wielka miłość wszystkiego nie załatwi. Ludzie są mądrzy i głupi, dobrzy i źli, dobrotliwi i zazdrośni. I nie wiem, co w nich tkwi, że nie mogą znieść, kiedy komuś obok nich zaczyna się powodzić. Ktoś kupił dobrą brykę, skąd wziął pieniądze? Pewnie ukradł. Ktoś jest szczęśliwy, uśmiechnięty? Trzeba mu koniecznie ten uśmiech zmazać z twarzy. Dokopać. Dołożyć z piąchy. Czy nie widzisz, że nas właśnie ktoś chce kopnąć, podbić oko, przyłoić znienacka? Ty żyjesz tu sobie na wpół anonimowy, pewnie nikt ciebie nie obserwuje, nie komentuje. Ja tam u siebie mam młyn, wiecznie na widoku, nikt nie przejdzie niezauważony. Ty jako wojskowy z tymi swoimi gwiazdkami rzucasz się ludziom szczególnie w oczy. Najpierw cię obserwują zza firanki, potem idą do sąsiadów i wymyślają niestworzone historie. Nie dawaj im do tego okazji.

– To przenieś się do mnie – w końcu przerwał jej wywód. – Przecież już wcześniej ci to proponowałem. W każdej chwili możemy jechać do ciebie i zabrać rzeczy.

– I co, codziennie będziesz odwoził mnie do mojego urzędu gminy do pracy? – odparła. – Nie rozśmieszaj mnie. Przecież taka przeprowadzka byłaby równoznaczna z deklaracją: tak, zostaję już na zawsze z tobą, składam swój los w twoje ręce. Aż tak zdesperowana to ja nie jestem. Ja muszę być pewna, rozumiesz? Pewna tego, że mnie i moje dzieci uszanujesz, że nasze życie nie będzie jedną wielką loterią. Co prawda jestem młoda, na tyle że nie muszę się bać, że będę jako stara panna rutkę siała. Ale też nie mam tyle tego czasu, by eksperymentować sobie, czekać na to, czy mój ukochany wreszcie się ustatkuje, czy nie. Przemyśl to sobie, wyciągnij wnioski, potwierdź, że zakochując się w tobie, nie popełniłam największego głupstwa w moim życiu. Udowodnij mi, że jesteś wart tego uczucia.

Januszowi brakowało słów. Wiedział, że w tym co powiedziała kryje się dużo racji, choć był trochę zły, że cokolwiek działo się w ich związku, to i tak w końcu obracało się przeciwko niemu. Czuł, że to nie jest zwykłe docieranie się, jak to bywa w każdym związku. Ale ta jego przeszłość, jego nawyki, towarzystwo nie były tak łatwe do pokonania. Ciągnęły się za nim jak balast, którego niełatwo się pozbyć.

Chciał, bardzo chciał, żeby zawsze byli szczęśliwi i uśmiechnięci, tak jak to było jeszcze parę tygodni wcześniej.

– Daj mi jeszcze trochę czasu – wydusił wreszcie. – Ja sam widzę, że już dużo zrobiłem ze swoim życiem, ale przede mną daleka droga. Człowiek to skomplikowana struktura i nie da mu się wlutować jakiegoś opornika czy dławika, a on natychmiast zmienia swoje parametry. Obracałem się w określonym, specyficznym środowisku, zanim poznałem ciebie. Muszę się z tego wyrwać na dobre, zamknąć za sobą drzwi, przekręcić w zamku klucz i cisnąć nim gdzieś za siebie. To niełatwe.

– Wiem, dlatego dalej jestem z tobą – odparła. – Gdybym nie wierzyła w ciebie, już wcześniej odeszłabym. Ale zrozum, wkrótce stanę na rozstaju dróg i będę zmuszona się na coś zdecydować. Nie mówię, że dziś czy jutro, ale Jakub już za dwa miesiące wychodzi z wojska i chce się przenieść w te strony, żeby być bliżej mnie. Ja mu próbuję wybić to z głowy, ale moi rodzice przyklaskują jego planom, zapraszają by przyjeżdżał. A on jest zdeterminowany, by swoje plany wykonać. Jeśli do końca jego służby nie zdecyduję się na coś, to potem sytuacja bardzo się skomplikuje. Zrób coś, jeśli chcesz byśmy byli razem!

Jej głos załamał się, wyjęła chusteczkę i wycierała łzy, ciurkiem lejące się po policzkach. Objął jej trzęsące się plecy, ustami dotknął mokrego policzka.

– Pojadę do twoich rodziców, przekonam ich, że nie jestem ludojadem – wyszeptał jej do ucha. – A ostatnio złapałem się na tym, że przechodząc koło jubilera, oglądałem obrączki.

– Naprawdę? – podniosła wzrok i popatrzyła mu w oczy. – Ty, taki nieprzejednany wróg stałych związków, oglądasz obrączki?

– Widzisz jak namieszałaś w moim życiu? No, skoro już jesteśmy w tym temacie, to powiem ci coś jeszcze. W moim kościele organizują kurs przedmałżeński, już się zapisałem. Byłoby mi bardzo przyjemnie, gdybyś chodziła tam ze mną. Wiem, że nie musisz bo wam jeszcze w liceum zrobili papiery. Ale to trochę głupio tak samemu...

– Dlaczego mi wcześniej nic nie mówiłeś o tym? Musisz mi takie rzeczy mówić, bo to mi dodaje sił! Bo czasem to mi ich już brakuje. Wychodzę do Zośki albo Igi, by uniknąć rozmów z rodzicami, ale jak długo tak można uciekać? Nie wiem, czy będę w stanie chodzić razem z tobą na te nauki przedmałżeńskie, ale bardzo mnie dziś zaskakujesz. Najpierw bez słowa na dwie godziny zostawiłeś mnie samą, chciałam już nawet sama wracać z tego obozu, ale zobaczyłam, że już jesteś blisko i poczekałam. A teraz te twoje rewelacje. Trochę mi się rozjaśniło w głowie, ale Jasiu, póki co to są tylko słowa. Teraz posłuchaj. Na początku września jestem na dwa dni oddelegowana przez gminę do Trumiejek na dożynki wojewódzkie, mamy zrobić wieniec dożynkowy i przedstawić go do konkursu. Pomożesz mi? Mam nadzieję, że pojedziesz ze mną, mamy zapewniony nocleg i wyżywienie.

Zapadał wieczór. Janusz zapalił lampkę nad łóżkiem, zaciągnął zasłony i włączył radio. Ala wykąpała się, wyszła z łazienki okryta tylko ręcznikiem. Kiedy siadała na poduszce, ręcznik spadł, ale go już nie poprawiała. Nie krępowała jej własna nagość, wiedziała, że jej facet lubi ją taką. Mimo to popatrzyła krytycznie na siebie.

– Nie uważasz, że mam trochę zbyt grube uda? – zawołała.

Jaś wyjrzał z kuchni i popatrzył chwilę, po czym uśmiechnął się i powiedział:

– Nic nie masz za grubego, mogłabyś jakiemuś starożytnemu mistrzowi służyć jako model do stworzenia posągu Afrodyty. Tylko że obawiam się rezultatu – pewnie nie mógłby skupić się na dłucie. A jakby już mu się udało, to na sto procent skończyłby jak Pigmalion. Popozujesz mi chwilę, moja Galateo?

Ala kiwnęła głową, on usiadł ze szkicownikiem i zaczął rysować. W końcu uznał, że praca jest gotowa, pokazał jej.

– Jezu, ależ ty masz talent. Może się pomyliłeś z wyborem zawodu? Tylko broń Boże, nie pokazuj tego nikomu ze znajomych, bo spalę się ze wstydu.

– To tylko rysunek, zawsze można się wyprzeć pozowania nago. Wielu plastyków tworzy akty albo z wyobraźni, albo ze zdjęcia innej osoby, dodając tylko twarz tej o którą mu chodzi. Ciekaw jestem, czy

Goi, kiedy malował Maję, faktycznie pozowała jakaś kobieta, bo jej prawa pierś jakoś tak dziwacznie sterczy, jakby jej prawa natury nie dotyczyły.

– No chodź już, ty mądralo – wyciągnęła do niego rękę. – Mam ochotę na odrobinkę sepulek.

Janusz patrzył w kąt pokoju, gdzie stał okazały wieniec dożynkowy. Prezentował się doskonale; nie dziwne, w końcu dwa popołudnia poświęcili na jego zrobienie. Ala jak bomba wpadła do mieszkania:

– Jesteś gotów? To bierz wieniec i chodź szybko. Do Trumiejek podwiezie nas mój dyrektor, czeka w samochodzie pod blokiem.

Chwycił jeszcze małą torbę z rzeczami i zbiegł na dół. Dochodziła szesnasta, kiedy dotarli na miejsce. Jak wysiadali zauważył, że ona ma przy sobie tylko niewielką reklamówkę. Spytał gdzie ma swoje rzeczy.

– Wiesz, plany uległy trochę zmianie. Nie chciałam o tym mówić przy dyrektorze, bo to prywatna sprawa. Po prostu nie mogę zostać tu z tobą na noc. Chodź na przystanek pekaesu, muszę sprawdzić, kiedy odjeżdża ostatni autobus. Rano dojadę.

Był zły i zdezorientowany:

– Jak ty sobie to wyobrażasz? Ja mam tu zostać sam, z tym wieńcem? Nie tak się umawialiśmy. Jeśli ty jedziesz, to ja też.

– Wierz mi, najlepiej będzie jak zostaniesz. Ktoś w końcu musi nas reprezentować. Tyle się natrudziliśmy przy jego robieniu.

– Mam w dupie cały ten wieniec i zmarnowany czas. Chcę wiedzieć co się dzieje – nagle twarz mu zastygła. – On przyjechał?

– Yhy – Ala spuściła głowę. – Chciałam z nim się rozmówić, powiedzieć, żeby zmienił swoje plany. Nie chciałam dopuścić, by został sam na sam z moimi rodzicami. Oni znów by go nakręcili. Zostań proszę, przecież rano znów tu będę .

– Żeby znów cię molestował? – Ciągle miał wątpliwości co robić. – No przecież nie mogę pozwolić byś wkładała głowę do paszczy głodnego lwa!

– Zamknę drzwi na klucz, obiecuję. To wszystko dla naszego dobra.

Pokiwał głową, nie do końca przekonany i smutny. Czuł, że jeśli teraz puści ją samą, to może się stać coś złego, ale jej argumentacja też była dość logiczna. Nie chciał stawiać ich wspólnej sprawy na ostrzu noża, ale wiedział, że niewiele może zrobić. Bał się, czy ona ma jeszcze w sobie tyle determinacji i siły, by bronić ich związku. Jeszcze nigdy, odkąd ją poznał, wizja ich wspólnej przyszłości nie była tak zagrożona. Kiedy ona jest z nim, wszystko jest jasne i proste – po prostu dwoje młodych ludzi zakochało się w sobie nawzajem i chcą już zawsze być razem. Ale każde rozstanie budzi nowe obawy, bo jakby wszystkie siły ludzi i natury zwarły swe szyki, by ich rozdzielić. Każdy, nawet najmniejszy błąd, każdy nieostrożny gest czy nieopatrznie rzucone słówko natychmiast jakby dostawały wzmocnienia i zamiast ucichnąć bez konsekwencji, przeradzały się w potężne tornado.

Autobus stał już na przystanku. Alicja wsiadła do środka, a Janusz ze spuszczoną głową, wolnym krokiem szedł gdzieś bez celu. Pekaes ruszył, ale on nie chciał patrzeć na jej odjazd, odwrócił głowę w drugą stronę. Obserwował jaskółki, które przed odlotem w ciepłe kraje obsiadły druty telefoniczne i szczebiotały głośno między sobą. Nagle za sobą usłyszał szybkie kroki, obejrzał się i twarz mu rozjaśniała. Padli sobie w objęcia, jak po długim rozstaniu.

– Zostałaś? – raczej stwierdził niż zapytał. – A co z twoimi rzeczami?

Ona potrząsnęła głową.

– Nie, nie zostajemy, jedziemy do ciebie. Przenocujemy i pojadę do siebie. Niech się dzieje co chce, niech tam moi rodzice i Jakub gadają sobie choćby całą noc. Ja swoje wiem. A tu widziałam swoją koleżankę z sąsiedniej gminy, poproszę ją, żeby miała pieczę nad naszym wieńcem.

Szybko nadarzyła im się dobra okazja, bo organizator wysyłał mikrobus do miasta po gości dożynkowych. Okazało się, że kierowca służył jeszcze niedawno w jednostce Janusza i poznał go, z chęcią ich zabrał. W podróży opowiadał anegdotki z czasów wojska, ale w pewnym momencie popatrzył na Alę i spoważniał:

– Rozumiem, że pani jest narzeczoną tego pana. To porządny człowiek, wśród całego trepostwa niewielu jest takich gości jak on. Kiedy jeszcze byłem w wojsku, chłopaki z jego plutonu mówili mi, że może i bywa dość surowy, ale jest bardzo sprawiedliwy i dba o nich jak ojciec. Gdyby wszystkie trepy były takie to może i służba nie byłaby taka ciężka.

– Jak na ojca to musiałby wcześnie zaczynać – zaśmiała się, ale poprzez ten śmiech przebijała jakby duma.

Wieczorem oglądali zdjęcia i komentowali je po kolei. Przypominali sobie zabawne zdarzenia ze swojego życia i zaśmiewali się z nich. Rechotali na wspomnienie jego bluzy zbombardowanej ptasimi odchodami w czasie spaceru nadmorskim bulwarem. Było cudownie beztrosko, jakby na chwilę cały otaczający świat na chwilę przestał istnieć. Kiedy położyli się do łóżka, przybrali ulubioną pozycję – na łyżeczkę.

– Wiesz co, Alu – wyszeptał jej do ucha. – Bardzo cię kocham, ale zdaję sobie sprawę z tego, w jak bardzo trudnej sytuacji się znaleźliśmy. Nawet nie chcę myśleć o tym, że moglibyśmy kiedykolwiek się rozstać. Chyba nie przeżyłbym tego. Ale tobie współczuję w dwójnasób, bo to ty musisz podjąć decyzję, co zrobić. Bez względu na to, co postanowisz, to i tak do końca życia będziesz miała świadomość, że mogłaś wybrać inaczej. A w życiu zdarzają się różne momenty, również trudne chwile. I wtedy twoja dusza będzie rozdarta, bowiem nie da się nikogo innego obciążyć odpowiedzialnością za to, co teraz zrobisz.

– Dobrze z tego zdaję sobie sprawę – odpowiedziała. – Dlatego też nie chcę tej, chyba najważniejszej w moim życiu decyzji podejmować zbyt pochopnie. Leżymy sobie w łóżku, jesteś blisko mnie, czuję ciepło twojego ciała, dotyk cudownie delikatnych rąk, żyję tą chwilą. Niejedna kobieta chciałaby być na moim miejscu i gdybyś tylko ją spytał, czy chciałaby zostać twoją żoną, bez wahania powiedziałaby, że tak. Ale ta świadomość, o której mówiłeś przed chwilą, moje poczucie uczciwości nie pozwoliłyby powiedzieć mi, tu i teraz, że zgadzam się. Bo jutro rano opuszczę to nasze ciepłe gniazdko i wrócę do otaczającej nas rzeczywistości. I znów będę ważyć wszystkie za i przeciw, porównywać co byłoby najlepsze, wybacz – najlepsze dla mnie. Jasiu, może to, co ci powiem, nie będzie dla ciebie najsłodsze, ale muszę to w końcu z siebie wydusić. Parę miesięcy temu, kiedy nasze uczucie było tak świeże, uważałam, że pana Boga za nogi złapałam. Gdybyś spytał mnie wtedy, czy chcę być twoją żoną, czy chcesz byśmy starzeli się razem, zawołałabym że tak, po stokroć tak. Potem ustalilibyśmy termin ślubu, załatwili formalności i hajda – dzielić wspólne troski i radości. Ale ty nie spytałeś, ten okres euforii minął, pojawiły się wątpliwości. Powiedzmy szczerze – z upływem czasu ten twój nieskalany wizerunek jakby trochę przyblakł. Jesteś człowiekiem z krwi i kości, posiadasz zalety i wady i próbuję dociec, czego w tobie więcej. Otoczenie podpowiada mi: daruj sobie, to człowiek zepsuty, niewart ciebie, zmarnujesz sobie życie. I zaraz jakiś głos wewnątrz mnie odpowiada: nie znacie go, może jest trochę rozpuszczony, ale to dobry człowiek. Jeśli spotka kogoś, kto potrafi wydobyć na wierzch te jego zalety i zaakceptować wady, to mogą stworzyć najlepszą rodzinę na świecie. Ale w tej chwili nie wiem jeszcze, czy to ja będę tą osobą, czy ktoś inny.

Janusz już nic nie mówił. Jego oddech wyrównał się i zwolnił, po paru minutach zaczął lekko posapywać. Zasnął. Ona przewróciła się na wznak, włosy rozsypały się po poduszce. I leżała tak bardzo długo, a sen nie przychodził. I chyba jej myśli nie były radosne, bo w którymś momencie oczy zaszkliły się od łez.

Rano obudziła się wcześniej, ubrała i zrobiła szybki makijaż. Stanęła nad łóżkiem, w którym zwinięty w embrion spał jej ukochany. Nie mogła się powstrzymać, by nie pocałować go w lekko już szczeciniasty policzek. Uśmiechnęła się smutno i wyszła, cichutko zamykając za sobą drzwi.

Kiedy otworzył oczy, słońce było już wysoko na niebie. Wszedł do łazienki, podrapał się po brodzie i ujrzał delikatny odcisk karminowej pomadki na policzku. Uśmiechnął się, potem wziął serwetkę i przyłożył do śladu, lekko docisnął palcami. Na serwetce pozostał blady, ale wyraźny zarys ust. Złożył ją na czworo i włożył do pudełka ze zdjęciami. Potem usiadł w fotelu i zaczął zastanawiać się, co zrobić z resztą dnia. Nie miał żadnego pomysłu. Chyba pojedzie do rodziców i posiedzi u nich. Chwycił słuchawkę telefonu, wybrał numer. Odebrała mama, ojciec pojechał na ryby. Chwilę po rozmowie telefon zadzwonił, ale w słuchawce słychać było tylko daleki pogłos jakiejś rozmowy. Pokiwał głową, znów problemy z łącznością. Od kiedy zamontowali nową centralę, często zdarzały się takie dziwne połączenia. Pojechał w końcu do mamy, usiedli przy kawie, zaczął opowiadać o swoich problemach i obawach. Nie mógł zrozumieć, dlaczego rodzice Alicji są mu aż tak bardzo nieprzychylni, czasem wręcz miał wrażenie, że go nienawidzą.

– Bo widzisz synku, ty nie jesteś z ich otoczenia – wyjaśniła. – Już wybrali sobie zięcia, pochodzącego ze wsi, tak samo jak oni. On ma takie ręce jak oni, przygotowane do pracy fizycznej. On myśli tymi samymi kategoriami co oni, komu innemu z czystym sercem mogliby powierzyć swoją ukochaną córkę? Ułożyli jej wzorcowy – według nich – model życia, a tu nagle pojawia się taki, nie dość, że mieszczuch, to jeszcze żołnierz zawodowy. Pewnie pije i lata za babami, bo wszyscy wojskowi to pijacy i dziwkarze. Ty jesteś z innego świata, świata którego nie lubią. Co dobrego może czekać ich córkę w związku z kimś takim? Każda wieś stanowi zamknięte, specyficzne środowisko, niechętnie przyjmujące zmiany. Ci ludzie znają się od lat jak łyse konie, trudno więc im zaakceptować fakt, że jakiś obcy goguś w mundurze chce im zabrać jedną z najfajniejszych lasek ze wsi. I zrobią co tylko mogą, by się temu przeciwstawić. Możesz z ich strony spodziewać się wszystkiego, tylko nie życzliwości. Temu wszystkiemu wy możecie przeciwstawić tylko swoją miłość, ale niestety synku – czas gra na waszą niekorzyść, macie coraz mniej szans na przetrwanie.

Słuchał tego ze ściśniętym gardłem, ale wiedział, że jego matka ma rację. Najgorsze było to, że tak niewiele mógł zrobić. Zaraz po tej historii z żaglówką mama Alicji była w szpitalu wojskowym na jakimś zabiegu i musiała kilka dni potem spędzić na obserwacji. Odwiedził ją tam, akurat nikogo innego nie było. Wyszli do świetlicy, zaczęli rozmowę. Powiedział jej o swoich obiekcjach, ale ona potrząsnęła głową:

– Wie pan, moja córka jest dorosła i sama będzie decydować o swoim życiu. Nikt jej nie zmusi do pójścia przed ołtarz z tym czy tamtym człowiekiem. My możemy mieć jakieś preferencje i nikt nam nie zabroni o nich mówić, ale narzucić niczego nie możemy. I jej decyzję przyjmiemy z pokorą, jaka by nie była.

Trudno mu było zarzucić cokolwiek przewrotnej logice tych słów. Bo tak naprawdę, to niby dlaczego mieliby nie mieć swojego zdania w rodzinnych kwestiach, któż im zabroni też artykułować swoje opinie. Czuł, że ta rozmowa nic nie zmieni. Zanim wyszedł, musiał powiedzieć jednak swoje:

– Ale Jakuba ktoś zaprasza, i z tego co wiem, to raczej wbrew jej woli. Chyba nie powie pani, że on tu przyjeżdża, by podziwiać piękne warmińskie pejzaże? A pani mówi, że nic jej nie próbujecie narzucać...

Czuł coraz bardziej, że grunt usuwa mu się spod stóp. Chodził smutny i zamyślony, powoli wyciekała z niego ta wielka radość życia, ten niezachwiany optymizm. Chudł, mundur zaczynał wisieć na nim jak worek. Cały czas po pracy siedział w domu, kiedy dzwonił telefon, rzucał się do słuchawki z nadzieją, że to ona dzwoni, że chce przyjechać. Kiedy Ala już była u niego, ożywiał się, trochę cieplej widział przyszłość, tym bardziej że kiedy w swoich rozmowach poruszali jej temat, mówiła, by się nie martwił, ona poradzi sobie. Tak bardzo chciał w to wierzyć, że nie wyczuwał w jej słowach delikatnej nutki pesymizmu. Ona przyglądała mu się uważnie, widziała cienie pod oczami i poszarzałą skórę. Cierpiała, widząc go w takim stanie i bardzo chciałaby mu pomóc, ale nie mogła zrobić nic ponadto co robiła. I tak wyprawy do niego ukrywała przed rodzicami.

Aż pewnego poniedziałku niespodziewanie wpadła jak wiatr. Była bardzo poruszona i rąbkiem chusteczki co chwilę ocierała wilgotniejące oczy.

– To już jest koniec – zawołała i nie zdejmując płaszcza, wtuliła się w niego. – Był Jakub, za dwa tygodnie wychodzi do cywila, jedzie do swojego domu, załatwia niezbędne sprawy, a potem u kogoś w naszej wsi chce wynająć stancję. I wyobraź sobie, moi rodzice zaprosili go do nas, do naszego mieszkania!

Janusz szybko podjął decyzję.

– Przygotuj swoje rzeczy w domu, a jak nikogo nie będzie, podjadę i zabierzemy je tu. Ja już kończę kurs przedmałżeński, zresztą tak na szybko to możemy wziąć ślub cywilny, z kościelnym możemy trochę poczekać. I błagam cię, nikomu o tym nie mów, musimy utrzymać to w tajemnicy.

Alicja buchnęła płaczem:

– Mam zostawić rodzinę? – Nawet nie próbowała wstrzymać łez. – Przecież to oni mnie wychowali.

– Jak wychowali? – zaoponował Janusz. – Że teraz próbują narzucić ci męża? Dziewczyno, to nie pieprzone średniowiecze, to dwudziesty wiek. Czy ty jesteś jakaś ułomna, że nie potrafisz wybrać sobie sama partnera na dalsze życie?

Chwilę się zastanowiła.

– Jasiu, a co potem? Czy ty naprawdę jesteś gotów, by związać się z kimś, ze mną, na resztę swojego życia? Być dzień i noc z ta samą osobą, dzielić radosne, ale też i trudne chwile? Nie wiem co o tym myśleć.

– Tu już nie ma nic do myślenia, tu tylko trzeba działać – w jego głosie słychać było determinację. – Zostałaś postawiona pod ścianą i albo wóz, albo przewóz. Albo mi ufasz i zostajemy ze sobą, jak mówisz, na dobre i na złe, albo ulegasz presji i wiążesz się z nim. Niestety, innego wyjścia nie ma. W tym tygodniu przejdę się do urzędu stanu cywilnego i sprawdzę terminy. Mamy początek października, pewnie przed świętami wszystkie terminy zaklepane, ale po nowym roku pewnie coś się znajdzie. Mam parę groszy odłożone, wezmę jeszcze pożyczkę i powinno wystarczyć. A latem, kiedy będzie cieplej, weźmiemy kościelny. Musimy pomyśleć o świadkach.

Alicja stała zdumiona, kręciło jej się w głowie. Jadąc tu, nawet nie podejrzewała, że z jej ukochanego wyjrzy rogata żołnierska dusza, że jest w stanie tak nagle podjąć decyzje, które być może będą najważniejsze dla nich. Ale wciąż miała wątpliwości. Tak nagle odciąć tę pępowinę, która ją łączy z rodziną, bo nie było cienia wątpliwości, że jak przeprowadzi się do Janusza, to rodzice nie będą chcieli jej znać. Poza tym, czy on dojrzał już do wspólnego życia, czy wywietrzał już mu wcześniejszy tryb życia? Czy może mu zaufać, już tak do końca?

– Dobra, już wiem, że jesteś zdecydowany – powiedziała po chwili namysłu. – Ale rozumiesz, ja też muszę się przez to przegryźć. I to nie jest takie łatwe. Mamy jeszcze dwa tygodnie, może coś się wyjaśni. Będę chciała jeszcze porozmawiać z Jakubem, z rodzicami. Jeśli tak mnie naprawdę kochają, to niech nie wymuszają nic na mnie. A ty dowiedz się o te terminy. Przepraszam, że muszę uciekać, ale póki co, musimy trochę pokonspirować. W końcu dopóki mieszkam u nich muszę się podporządkować pewnym rygorom. Dziękuję ci, Jasiu, za to co mi dziś powiedziałeś, dzięki temu będę trochę spokojniejsza.

– Alu, weź coś zakombinuj na piątek – uśmiechnął się. – Chcę byś przyjechała na dzień i noc. W sobotę przyjmuję służbę, ale dopiero po południu. I masz być nie „trochę", tylko całkiem spokojna. Albo mamy odwagę coś zrobić z tym swoim życiem, albo pozwolimy cały czas kopać się po tyłku.

Ubrał się i odprowadził ją na dworzec. I kiedy szli tak objęci to tak jakby nic ważnego w ich życiu się nie działo. Jak dwójka zakochanych, młodych ludzi bez żadnych problemów.

Przyjechała w piątek po trzeciej.

– Powiedziałam rodzicom, że jadę do Baśki na urodziny i chyba nie wrócę na noc – kiedy to mówiła, spuściła wzrok. – Ja nie potrafię kłamać tak prosto w oczy i nie wiem, czy uwierzyli. Ale to nieważne. Jakie masz plany?

– Najpierw obiadek, jedziemy na uniwerek. Mają tam fajną restaurację nad jeziorem. O szóstej trzydzieści w Polonii grają film z Redfordem. – Wyciągnął dwa bilety. – Taka niezła historia, jak za milion dolarów bogaty gość chciał przespać się z pewną panienką. A potem zapraszam cię na dyskotekę.

– Milion dolców? – pokręciła głową. – Tym amerykańcom w głowach się pokręciło. Nie za dużo zaplanowałeś, jak na jeden dzień? No cóż, poddaję się twojej woli, mistrzu. I obiecuję nie kwękać. Albo tylko mało kwękać. Wiesz, że kobieta lubi trochę pomarudzić? Co ja niemądra pytam, ty byś nie wiedział?

Ta beztroska gadanina towarzyszyła im cały wieczór. Jakby się umówili, że dziś nie mówią o trudnych sprawach. W końcu wylądowali w dyskotece. Pili piwo, tańczyli, zapomnieli o otaczającym świecie i problemach. Impreza dobiegała końca, kiedy didżej puścił jakiś fajny kawałek. Janusz chciał porwać Alę do tańca.

– Popatrzmy! – poprosiła, i wzrok skierowała na parkiet.

Przy scenie pląsała jakaś para, byli wpatrzeni w siebie, jakby świata poza sobą nie widzieli. I choć widać było, że to amatorzy, to ich taniec zafascynował wszystkich, którzy jeszcze pozostali w dyskotece.

Kiedy wyszli pod rozgwieżdżone niebo, westchnęła.

– Widziałaś, jak na siebie patrzyli? – zapytała cicho i popatrzyła mu w oczy. – A jak tańczyli!

– No akurat ty to nie musisz narzekać – popatrzył znacząco na czubki jej butów. – Palce całe? A popatrzeć to też tak sobie lubię. Zwłaszcza jak w dezabilu paradujesz po naszym małym mieszkanku.

– Ciekawa jestem, czy za dwadzieścia lat też tak będziesz się wpatrywał – pogroziła mu palcem. – Pewnie tylko pilocik w jednej garści i gazetka w drugiej.

– Dlatego muszę się teraz napatrzeć, by na dwadzieścia lat starczyło – uśmiechnął się, ale w tym uśmiechu więcej smutku czy zadumy było niż radości.

Wylegiwali się w łóżku do południa, ale w końcu trzeba było przerwać tę sielankę. Odprowadził Alę na dworzec i pojechał do jednostki. O drugiej przyjął służbę, ale nie był w stanie skupić się na tym co dzieje się wokół. Nie zauważał, że coś dziwnego działo się w jednostce, ludzie tacy jacyś podminowani, gadają po kątach. Cały czas rozmyślał, jak potoczy się dalej ich związek, czy przetrwa te ciężkie dni. Chciał w to wierzyć, ale był pełen obaw. To, co powiedziała parę dni temu mama, że czas gra na ich niekorzyść, to mogła być prawda. Gniotło go to, że nic ponad to, co zrobił, nie mógł uczynić nic więcej.

Och, jakże zazdrościł Cyganom, oni po prostu porywali narzeczoną i było po sprawie. Żeby zabić jakoś czas wyciągnął z kabury pistolet i zaczął go czyścić. Z magazynka wypadł jeden nabój i potoczył się po blacie stołu. Patrzył na te parę gram metalu z prochem i myślał sobie, jak niewiele potrzeba, by zgasić człowieka, wraz z jego przeszłością, myślami, uczuciami. Czy samobójstwo jest aktem odwagi czy tchórzostwa? Wzdrygnął się od tych myśli, szybko złożył broń i poszedł na obchód jednostki. Przechodząc obok dyżurki strażaków zobaczył przez okienko, że dyżurny zdjął kask i ułożył głowę na zgiętym ramieniu. Śpi? Wszedł do środka, strażak zerwał się i nieskładnie zaczął meldować.

– Dobra, dziękuję – machnął ręką. – Spałeś?

– Nie, w żadnym przypadku – odparł żołnierz. – Po prostu dostałem list od narzeczonej.

Mieliśmy się żenić na święta, i chyba nici z tego. Zostało mi jeszcze tylko pół roku do cywila, wytrzymała tyle czasu i co, przed samym końcem wszystko się sypie? Byłem pogadać ze swoim dowódcą o jakimś urlopie, ale on jest zły na mnie za to, że spóźniłem się z ostatniej przepustki.

– A czemu się spóźniłeś?

Strażak spuścił głowę.

– Im bliżej końca wojska, tym trudniej mi wyjechać z domu. Czekałem do ostatniej chwili, kumpel miał mnie na dworzec podrzucić, ale samochód mu nawalił i nie zdążyłem na pociąg. Dopiero następnym przyjechałem.

– No dobra, pogadam z twoim dowódcą, może coś da się załatwić. Tylko nie spóźniaj się, tak niewiele ci zostało. Głupio byłoby jakiegoś ancla załapać na koniec. Wiesz, że wtedy służysz miesiąc dłużej?

– Wiem, i obiecuję, że się nie załapię – obiecał.

Wracając z obchodu Janusz zdał sobie sprawę, jak bardzo subiektywnie człowiek patrzy na życie, na swoje sprawy. Przecież on sam prawie od początku związku z Alicją wiedział, że ona kogoś ma, w dodatku, że to żołnierz, odbywający służbę zasadniczą. Tylko że on nigdy go nie spotkał, widział tylko zdjęcie w jej portfelu, zanim to jego fotografia tam nie zawędrowała. Dla niego Jakub był bytem abstrakcyjnym, a nie człowiekiem z krwi i kości, myślącym, czującym, kochającym. Dopiero ta rozmowa sprzed chwili spowodowała, że zaczął pod innym kątem widzieć swój związek z Alicją. Tu się nie obejdzie bez czyichś łez i bólu. Tylko dlaczego tym zbolałym i płaczącym miałby być właśnie on?

Zmęczony i niewyspany wrócił do domu. Wykąpał się i chwilę zdrzemnął, ale nie dane mu było długo spać, dzwonek u drzwi natarczywie dawał o sobie znać.

– O rany, Asia, co ty tu robisz? – Był bardzo zaskoczony. – Kawy, herbaty się napijesz?

– Kawy, z przyjemnością, tylko takiej jaką lubię, ze śmietanką – poprosiła i usiadła na kanapie. – Pamiętasz jaką?

– Jasne, wytrzyj włosy – podał jej ręcznik. – Tak się rozpadało?

Chwilę wycierała włosy, on parzył kawę w kuchni.

– Jakież to dobre wiatry cię przywiały do mnie, dziewczyno?

– Dobre? – smutno się uśmiechnęła. – Pamiętasz co mi mówiłeś na tej imprezie z początku roku? Wtedy kiedy Alicja nam nie pozwoliła skończyć?

– Parę rzeczy wtedy sobie powiedzieliśmy – postawił filiżanki na ławie i usiadł w fotelu. – A co konkretnie?

– No, że znając nas, to i tak kiedyś pewnie szydło wyjdzie z worka. I okaże się, ile warta ta nasza przyjaźń.

Chwilę patrzył na nią, nic nie mówiąc. Jej krótka spódniczka trochę zadarła się, nieco odsłaniając smagłe uda. Pomyślał, że jest jeszcze piękniejsza niż kiedyś, przez te kilka miesięcy stała się jakby bardziej dojrzała. Zastanawiał się, czy to przypadek, że trafiła do niego właśnie teraz, kiedy sypie się jego związek z Alą. Czego się spodziewała po tej wizycie?

– Co się stało? – spytał, patrząc jej prosto w oczy. – Skąd te myśli? Z tego co wiem, jesteś z kimś.

– Byłam do niedawna – spuściła wzrok. – Zerwaliśmy. To znaczy, ja zerwałam. Nie mogłam dłużej udawać, że czuję do niego coś, czego nie czuję. A tak na pół gwizdka to ja nie potrafię, przecież znasz mnie, albo wszystko, albo nic. Jest mi smutno i pomyślałam, że odwiedzę ciebie. Tęsknię za tymi dniami, kiedy mogłam przychodzić do ciebie i przesiadywać do woli. Zanim pojawiła się ta druga... Aaa-psik!

Janusz podszedł do barku, wyciągnął dwa kieliszki i butelkę mołdawskiego koniaku. Nalał po połowie, postawił butelkę na ławie. Asia popatrzyła w okno, ściemniało się szybko. Chwyciła pękatą czarkę, rozgrzała chwilę palcami, wypiła łyk.

– Świetny – pochwaliła. – Ale wracając do rzeczy, przyszłam do ciebie jako do przyjaciela. Bo – zawahała się – chyba nim nadal jesteś?

– Czyżbyś miała wątpliwości? Między nami nigdy nie wydarzyło się nic, co mogłoby zepsuć wzajemne relacje. Przestaliśmy się widywać, ale poza tym nic się nie stało. A czas? On nic nie zmienia. Choć to nie ma nic do rzeczy, podobasz mi się bodaj jeszcze bardziej niż kiedyś.

– Naprawdę? – zarumieniła się, uśmiechnęła lekko. – Bo już myślałam, że całkiem o mnie zapomniałeś. Nie widzieliśmy się ... – upiła kolejny łyk z kieliszka.

– Ponad pół roku – dopowiedział. – Dziś zdałem służbę. Trzymałem ją z podoficerem, trochę tak pogadaliśmy o tym i owym. Opowiedział mi, że miał kiedyś przyjaciółkę, kiedy on poszedł do wojska, zaczęli ze sobą pisywać, ale po jakimś czasie ta korespondencja ustała. Kiedy przyjechał na urlop, ona była z kimś innym. Po służbie zasadniczej został w wojsku na zawodowego. Po jakimś czasie odwiedził rodzinną miejscowość, spotkał swoją dawną koleżankę. Ona była wolna, zaczęli się spotykać, w końcu się pobrali. Ot, taka zwyczajna historia. W życiu wszystko jest możliwe, nawet te historie żywcem wzięte z brazylijskich seriali. Siedzimy tu sobie we dwójkę, popijamy koniak, mam ogromną ochotę cię pocałować, choć wiem, że mi tego robić nie wolno, pewnie zresztą zgodnie z pokrętną logiką losu w takiej chwili wpadłaby Alicja.

– No wiesz, nie wolno, jeśli ta druga strona się nie zgadza – odparła. – A jeśli by się zgodziła? W końcu jesteśmy tu sami, nikt oprócz nas nie wie, co robimy.

Mówiąc to rumieniła się coraz bardziej. Poruszyła kolanami, jej kolana znalazły się dokładnie naprzeciwko miejsca gdzie siedział. Widział trójkąt cienia pomiędzy jej lekko rozchylonymi udami a brzegiem spódniczki i czuł jak krew w nim przyśpiesza. Przechylił czarkę i wypił zawartość jednym haustem. Dolał koniaku do kieliszków. Ona chwytając uszko filiżanki pochyliła się nad ławą, a jego wzrok prześlizgnął się po napiętych piersiach. Widać po nim było, jak sam ze sobą walczy. Wyszedł do kuchni, sięgnął do lodówki po butelkę wody mineralnej, upił łyk. Ona podeszła i stanęła za nim. Palcem sięgnęła do kontaktu i pstryknęła. W kuchni zapanował półmrok. Janusz powoli odstawił butelkę i odwrócił się do niej. Objęli się, a ich wargi zwarły się w namiętnym pocałunku. Jego dłonie wsunęły się pod bluzkę i zaczęły delikatnie pieścić jej plecy. W końcu palce dotarły do zapięcia staniczka i chwilę trwało zanim udało się rozpiąć.

– Chodź. – Uwolniła się z jego ramion i pociągnęła w stronę pokoju. – Chodź, bo już dłużej nie wytrzymam – stanęła koło kanapy i zaczęła rozpinać guziki bluzki.

On ściągnął koszulę i rzucił na fotel, zaczął rozpinać pasek u spodni, ale w tym samym momencie jego wzrok padł na fotografię Alicji. Znieruchomiał.

– Nie, Asiu, nie róbmy tego – szepnął po chwili i zapiął guzik przy jej bluzce. – Nie jestem jeszcze gotów, nie wolno mi.

– Naprawdę tego nie chcesz? – Wyraźnie rozczarowana wsuwała bluzkę pod spódniczkę. – To ten koniak mnie tak rozbudził. Pójdę już sobie. Nie musisz mnie odprowadzać, wezmę taksówkę.

– Asiu, nie gniewaj się. – Założył koszulę. – Znasz mnie już trochę i pamiętasz, że ja poważnie traktuję partnerstwo w związku. Jest mi ciężko, może zresztą coś o tym wiesz.

– Wiem, i chciałam ci pomóc, pogadać o tym i owym – weszła na chwilę do łazienki i przed lustrem poprawiła pomadką zarys ust. – Wytrzyj buzię, bo jeśli faktycznie wpadłaby Ala, to miałbyś ją z głowy. Ale ja nic nikomu nie powiem, mam nadzieję, że i ty nie będziesz się chwalił... Przyjacielu.

Zaśmiała się krótko, pogładziła go po policzku i wyszła. On stał dłuższą chwilę, potem wziął kieliszki i poczłapał do kuchni. Czuł, jak zmęczenie wali się na niego. Położył się, ale sen nie chciał przyjść. Sięgnął znów po koniak, wypił duszkiem kolejny kieliszek. Jego myśli obracały się dokoła wydarzeń ostatniej doby. Najpierw ta nocna rozmowa ze strażakiem, która o tyle się odbiła na nim, że uzmysłowił sobie, że za pustym dotychczas dla niego imieniem stoi ktoś bardzo konkretny. Ktoś, kto kocha tę samą co on, osobę. Ale tak naprawdę to przestraszył się swojego zachowania wobec Asi. Tak niewiele brakowało, by do czegoś między nimi doszło. Jak spojrzałby w oczy Alicji? Niepokoiło go to bardzo. Czyżby Ala miała rację w tym, co mówiła po powrocie z tej nieszczęsnej wyprawy nad jezioro? Że jemu po prostu nie można zaufać. Czyżby było rzeczywiście tak, że w każdej chwili mu może odbić, co niemal się nie stało dziś wieczorem? Wystarczyła odrobina nastroju i kropla alkoholu, by się zapomniał. I nie ma tu większego znaczenia, czy to byłaby Asia, czy jakaś inna kobieta. W tym samym momencie obudził się w nim jakiś przekorny, drugi Jasiek; przypomniał sobie czasy sprzed poznania Alicji. Intensywne, szybkie życie bez przejmowania się przyszłością, jakieś dziewczyny bez śladu przewijające się przez jego kawalerkę. Albo ta historia z małolatą. Po jakiejś szczególnie hucznej zabawie obudził się rano, obok siebie odkrył dziewczynę, której imię przypomniał sobie dopiero po dłuższej chwili.

– Madzia – na dźwięk swego imienia dziewczyna otworzyła oczy. – Ile ty właściwie masz lat?

– Cztery dni temu skończyłam siedemnaście – jakby z dumą odpowiedziała.

– Jezu! – stęknął.

Ten wewnętrzny Jasio zaczął podsuwać mu pytania, z którymi nie mógł sobie dać rady. Co to jest wierność? W końcu mężczyzna jest samcem, w naturze którego jest rozsiać swoje geny jak najszerzej. Oczywiście w dzisiejszych czasach symbolicznie, poprzez posiadanie wielu partnerek. Monogamia wynika z potrzeb kobiet, dążących do zapewnienia sobie i swoim dzieciom możliwie najlepszych i stabilnych warunków życia. W końcu Alicja sama to przyznała w rozmowie po tej wpadce z żaglówką. Nasze prawo pozwala mieć tylko jedną żonę, ale nie zabrania mieć innych partnerek przed ślubem. Po ślubie zresztą też. Przed chwilą robił sobie wymówki za tę dwuznaczną sytuację z Asią, teraz zaczął mieć wątpliwości, czy słusznie zrobił, powstrzymując się od pójścia na całość. „Chciałam ci pomóc" – powiedziała, wychodząc. W czym? W podjęciu decyzji? Jakiej? Czyżby wiedziała coś więcej niż on wiedział? Jakoś tak dziwacznie bywa, że osoba najbardziej zainteresowana dowiaduje się czegoś dla siebie niezwykle ważnego na samym końcu.

Rzucił okiem na zegarek, parę minut po dziewiątej. W głowie mu szumiało od wypitego koniaku, ale nie był pijany. Podszedł do telefonu, wykręcił numer.

– Asia? To ja, Janusz – rzucił do słuchawki. – Nie przeszkadzam?

– Ty? Chyba żartujesz – po głosie słychać było, że się uśmiechnęła. – Możesz do mnie dzwonić, kiedy chcesz. Swoją drogą, liczyłam na to, że zadzwonisz, tylko nie myślałam, że tak szybko.

– Przepraszam cię za ten wieczór. Nie byłem przygotowany na twoją wizytę, nie wiedziałem, że tak się potoczy. A już na pewno nie chciałem byś wyszła, tylko że zacząłem bać się samego siebie. Jesteś cholernie atrakcyjną dziewczyną i w każdej innej sytuacji, w innych okolicznościach skakałbym z radości, że chcesz ze mną, no wiesz... Ale póki co, przynajmniej na razie, staram się być lojalny. W zasadzie to ja samego siebie nie poznaję. Jeszcze rok temu to gdzieś miałbym jakiekolwiek zasady, liczyło się dla mnie tylko tu i teraz.

– Januszku, przecież nie musisz się tłumaczyć. Zareagowałeś tak jak zareagowałeś. Ja też nie przyszłam do ciebie z myślą o pieszczotach, tylko dlatego że było mi smutno. Ale jak powiedziałeś, że wciąż ci się podobam, potem jeszcze, że masz ochotę mnie pocałować, to mnie trochę wzięło. Myślisz, że ja z kamienia jestem? Kobiety muszą się wciąż upewniać, że pociągają mężczyzn, bo tak mało czasu mają na to. Mija trzydziestka i uroda jak na kolejce linowej zjeżdża w dół. Tylko że już raczej bezpowrotnie. Pojawiają się siwe włosy i musimy je farbować. Wy, faceci macie dużo lepiej. Nawet czterdziestolatek ze szronem na skroni może być atrakcyjny i to dla dużo młodszych kobiet. A przecież ty nie masz czterdziestu lat.

Teraz on z kolei się uśmiechnął.

– No nie, nie mam. Może jak będę miał, to będę trochę mądrzejszy. Ale posłuchaj, kiedy wychodziłaś, powiedziałaś, że chciałaś mi pomóc. O co chodzi? Czy jest coś o czym powinienem wiedzieć, a nie wiem?

– Ja tak powiedziałam? Może... Ale chyba nic konkretnego nie miałam na myśli. Z kolei nie mam zamiaru rozsiewać plotek. Oczywiście znam twoją sytuację i jeśli akurat nie myślę jak egoistka, to mi żal, że tak to się potoczyło. Przepraszam – toczy, bo przecież jesteście jeszcze razem. I rzeczywiście chciałabym ci w tym wszystkim pomóc. Powiedz mi... Dziś to przyszłam tak znienacka, nawet trochę dla siebie. Gdybyś potrzebował do kogoś się wygadać, to dzwoń do mnie, niech będę twoim indywidualnym telefonem zaufania. No nie tak zupełnie bezinteresownie, liczę na wzajemność. Poza tym musimy koniecznie pogadać o pracy. Ale to nie rozmowa na telefon.

Odkładając słuchawkę, Janusz miał poczucie, że jednak coś nie zostało dopowiedziane. Czuł się tak, jakby został zapędzony do labiryntu. Każdy dzień, każda chwila przynosiły nowe zdarzenia i nowy materiał do przemyśleń. Pomyślał sobie, że może najlepiej będzie, jak puści bieg zdarzeń swojemu własnemu losowi. Miał już dość tej uczuciowej szarpaniny, niepewności co go spotka następnego dnia. Kochał gorąco Alicję, chciał z nią być nadal, ale ostatnie miesiące nadszarpnęły jego wolę. To dla niej odmienił się tak bardzo, że sam się dziwił swoim reakcjom. Ale, jakby na przekór tym jego przemianom, ich związek podupadał.

Dopił resztkę koniaku, butelkę wrzucił do kosza i położył się. Tym razem sen nie zwlekał.

Rano do pracy zadzwoniła Ala. Powiedziała, że w piątek i sobotę mają wykopki, będzie zajęta. On natychmiast zaproponował swoją pomoc, ale rano musi być w pracy: powiedziała że fajnie byłoby, gdyby przyjechał choć na kilka godzin.

Kiedy w piątek wczesnym popołudniem dotarł na pole, ziemniaki z jego części leżały w kopcach przy drodze. Ala, kiedy go zobaczyła, przybiegła natychmiast, pocałowała go nie zważając, że są obserwowani. Jego zadanie miało polegać na workowaniu ziemniaków z kopca i wrzucaniu ich na przyczepę. Pracowali do wieczora, kiedy zrobiło się ciemno, przerwali. Wsiedli na przyczepę załadowaną workami i pojechali. Po drodze przytuliła się do niego.

– Jak chcesz, pojedziemy do ciebie na noc – szepnęła do ucha.

– Ale rano muszę wrócić. Jeszcze kawałek pola został do zrobienia.

– Ja też przyjadę po południu. Obiecałem. Zresztą i tak nic lepszego nie mam do roboty.

Rozładowali worki, Ala umyła się, przebrała i poszli na pociąg. Kiedy dotarli wreszcie na miejsce, ratuszowy zegar wydzwaniał dziesiątą. Janusz zdjął przybrudzone ciuchy i poszedł do łazienki. Napuścił do wanny wody, wszedł. Po chwili drzwi się uchyliły, zajrzała do środka.

– Można?– spytała.

Kiedy nie doczekała się odpowiedzi, zrzuciła szlafrok i chciała wejść do wanny.

– Poczekaj, przesunę się. Tam jest korek, tu ci będzie wygodniej. – Przesiadł się na stronę z baterią.

Kiedy mydliła mu plecy, kręcił ramionami, miał je szczególnie wrażliwe na dotyk. Śmiali się, kiedy przypomniała historię po sławetnej zimowej imprezce: mieli spać w pokoju razem z Zośką i Stasiem, oczywiście na innych łóżkach. Ala musiała wyjść za potrzebą, w tym czasie chłopaki zamienili się miejscami. Kiedy wróciła, położyła się do łóżka, ale po chwili wypchnęła Staśka na podłogę.

– Zaraz wyczułam, że to nie ty – śmiała się. – Dotknęłam go delikatnie w barki, a on nie zareagował. To nie mógł być mój Jaś.

Wyszli z wanny, wytarli się nawzajem ręcznikami. Znów beztroscy, zakochani, jakby nic wokół się nie działo. Położyli się.

– Wiesz co, jesteś facetem mojego życia, bez względu na to co się stanie – wyszeptała. – Nie mam pojęcia, co nas czeka, ale to akurat wiem. Chciałabym byś o tym pamiętał. Zawsze. Kochałam, kocham i będę kochała tylko ciebie.

Janusz patrzył w jej brązowe, krótkowidzące oczy i zastanawiał się, co powoduje, że ludzie się w sobie zakochują. Dlaczego spośród setek i tysięcy mijających ich osób wyłuskują właśnie tę jedną, która przecież nie musi być najpiękniejsza. I akceptują słabostki, których nie darowaliby innym.

– Jak myślisz, czy to prawda, że tak do szaleństwa zakochać się można tylko raz? – spytał. – Że w jakimś sensie zostanie zużyty zapas uczuć przewidzianych do podarowania drugiej osobie. Człowiek wypala się i choć jest w stanie nawiązać później udany, nawet ciepły związek z kimś innym, ale takiego płomienia, takiego żaru już w nim nie osiągnie.

– Nie wiem i nie chciałabym tego sprawdzać na własnej skórze – odpowiedziała po krótkim namyśle. – Ale to zupełnie prawdopodobne. Moja mama mówiła mi kiedyś, że zanim poznała tatę, miała innego chłopaka, bardzo w nim była zakochana, a on wyjechał na Śląsk i tam zginął w kopalni. Myślała, że oszaleje z żalu. Ale potem pojawił się tata i pobrali się. Jeśli patrzę na ich związek, to widzę, że jakiegoś wielkiego halo to tu nie ma i chyba nie było.

– Ja w swojej rodzinie też mógłbym parę przykładów przytoczyć. Ale tu jest jeszcze kwestia mitologizowania swoich związków. Rozstają się, powoli z czasem zapominają o szczegółach, zwłaszcza tych złych, gdzieś wewnątrz pozostaje dość wyidealizowany wizerunek tej byłej czy tego byłego. Pamiętajmy o tym, że ukochanej osobie łatwiej wybaczyć słabostki czy doznane krzywdy.

– Lubię te nasze rozmowy przed snem. – Alicja odwróciła się plecami do Janusza i lekko podkurczyła nogi. – Ale zrobiło się późno, a wiesz co nas od rana czeka.

On przykleił się do niej, objął prawą ręką i w tej swojej ulubionej pozycji zasnęli.

Rano wstali oboje, on ją odprowadził na dworzec, sam pojechał do jednostki. Po trzech godzinach na biurku zadzwonił telefon.

– Janusz, to ja – Ala mówiła szybko. – Nie przyjeżdżaj, proszę. Wiesz dlaczego?

– Domyślam się – momentalnie wpadł w zły humor. – Kiedy się spotkamy?

– Nie wiem, zadzwonię.

Połączenie zostało przerwane. Zaklął paskudnie i zaciśniętą pięścią uderzył w blat biurka.

– Ja już nie mogę – powiedział sam do siebie. – Ile to jeszcze może trwać?

Te wzloty i upadki wykańczały go. Jeszcze parę godzin temu spali wtuleni w siebie, a teraz musi znosić myśl, że ten drugi jest przy niej i robi swoją kreczą robotę. Nawet w pewnej chwili chciał zadzwonić do swojego szefa i zwolnić się, pojechać do niej, załatwić sprawę po męsku, ale po namyśle zrezygnował z tego pomysłu. Zamiast tego, podniósł słuchawkę i wybrał numer.

Asia przyszła pod wieczór. Pozwoliła pomóc sobie zdjąć zgrabny czerwony płaszczyk. Tym razem miała na sobie obcisłe dżinsy i ładne buciki na niewysokim obcasie.

– Czego się napijesz? – rzucił. – Jak zwykle kawa, coś z procentem do tego? Nie jesteś głodna? Mogę zrobić kanapki.

– Za kanapki dziękuję. – pokręciła głową. – Kawa oczywiście tak. A coś z procentem? Po ostatnim razie to trochę się boję...

Uśmiechnęła się lekko. Janusz wyszedł do kuchni, zrobił kawę, postawił na obrusie paluszki grissini. Zawahał się chwilę, otworzył barek i wyciągnął butelkę wina.

– Może faktycznie coś lżejszego. – Nalał rubinowej cieczy do kieliszków. – Po tym koniaku trochę mnie bolała głowa.

– Słyszałeś, co mówią u nas w jednostce? – spytała. – Bo gdyby te plotki potwierdziły się, to stajemy przed ważnymi decyzjami, co dalej.

– Jakie plotki, o czym? – zainteresował się. – Rzeczywiście od jakiegoś czasu widzę, że ludzie gadają po kątach, że nasza jednostka ma być skadrowana. Że znacznie zredukowany będzie nabór do służby zasadniczej, a część kadry zawodowej zasili inne garnizony albo pójdzie do cywila.

– Skadrowana? To byłoby najlepsze wyjście z naszej sytuacji. Ja słyszałam nawet taką wersję, że albo będziemy przeniesieni gdzieś na zachód, albo w ogóle rozwiązani. Póki co, na razie te informacje są poufne, ale w najbliższym czasie ma się wszystko wyjaśnić.

– I co zrobiłabyś, gdyby to była prawda z tym przeniesieniem? – spytał. – Przeprowadzisz się?

– W życiu. Przecież tu mam mieszkanie, znajomych. A jeśli skierowaliby jednostkę do jakiegoś zadupia, zielonego garnizonu? Ja muszę pamiętać o sobie, o życiu, w końcu kiedyś trzeba będzie założyć rodzinę. Mieszkaliśmy kiedyś w takiej miejscowości, gdzie wszystko kręciło się dookoła jednostki. Od nadmiaru zieleni to się wymiotować chciało. Dobrze, że jak miałam dwanaście lat, to tatę przenieśli tu. Zawsze to duże miasto, łatwiej o pracę. A ty, myślałeś o sobie?

– Ja jestem żołnierzem zawodowym, nie mam większego wyboru. Jak dostanę rozkaz przeniesienia się, to muszę go wykonać. Albo odejść do cywila, ale to oznacza zaczynanie życia całkiem od nowa. Co ja mógłbym tu robić ze swoim wojskowym wykształceniem?

Janusz pokiwał głową, zacisnął usta. Przypomniał sobie, co mu opowiadał znajomy po odejściu do cywila. Poszedł do urzędu pracy zarejestrować się. Przyjmujący dokumenty chłopak zauważył dowcipnie, że z tym wykształceniem znajdzie pracę najszybciej w kosmodromie, ale póki co, na budowę takowego w okolicy się na razie nie zanosi. Jeśli pogłoski, o których mówiła Asia niosłyby w sobie choć część prawdy, to jego życie stanęłoby całkowicie na głowie. Od jakiegoś czasu zastanawiał się, czy dokonał dobrego wyboru, idąc do szkoły oficerskiej. Życie wojskowego było tak różne od wyobrażeń młodych ludzi. Cały czas leci się na adrenalinie, cały czas spięci, zwarci, nawet nocą nie można sobie pozwolić na całkowity luz, bo w każdej chwili do drzwi może zapukać kurier z jednostki, że ogłoszono alarm, a prosto z jednostki wyjeżdża się na poligon. I siedzi człowiek miesiąc pod namiotem, bez względu na porę roku, tęskni za rodziną i zastanawia się, czy wszystko tam w porządku. Na co dzień człowiek nie myśli o takich rzeczach, ale kiedy przychodzi czas zmian, trzeba o czymś zadecydować. Może skorzystać i faktycznie zamienić mundur na cywilne ciuchy?

Asia przyglądała mu się z lekko przechyloną głową. Bawiła się pustym kieliszkiem, obracając go w palcach. Janusz otrząsnął się, chwycił butelkę, polał.

– Jakie wnioski, myślicielu? – Upiła łyczek. – Coś konkretnego?

– Póki co, to nawet nie wiemy, czy faktycznie coś się zmieni. – Przesiadł się na kanapę obok niej. – Jak się dowiem, wtedy będę się martwił co dalej. Ale nie chciałbym się przenosić, zwłaszcza gdzieś w drugi koniec Polski. Znam tu paru ludzi... – popatrzył na nią. – To moje miasto, te jeziora, lasy. Kocham to miejsce. Ale teraz już dość o tym.

– Powiem ci dlaczego się przesiadłem – dodał po chwili. – Chciałem się przekonać, czy jak siądę obok ciebie, to czy poczuję to, co ostatnio. Wiem, że igram z ogniem, ale zawsze we mnie było coś z ryzykanta.

– Wiesz przecież, że do tanga trzeba dwojga – uśmiechnęła się. – Mam nadzieję, że bierzesz pod uwagę też moje skromne zdanie. Niekoniecznie zbieżne z twoim. A coś czujesz?

– Mścisz się? – spytał żartem, potem dodał: – Oj czuję, czuję – wymownie popatrzył w miejsce, gdzie poły jej bluzeczki rozchylały się, odsłaniając zgrabny rowek między piersiami.

– Dobra, przestań się ślinić – jakby spoważniała. – Nie przyszłam tu dziś na żadne takie, tylko prosiłeś, żebym wpadła pogadać. Jak cię coś bierze, to idź do łazienki, zmocz głowę a potem usiądź gdzieś dalej.

Bawiła się z nim jak kot z myszką. Widziała ten jego rozbiegany wzrok, nie wiedział gdzie ma patrzeć, czuła, że gdyby mu pozwoliła na więcej, to dziś już by się przełamał. Ale nie mogła mu tak łatwo darować zajścia z ostatniego tygodnia, w końcu sygnał z jej strony był jednoznaczny. Rozumiała go, ale nie chciała mu na zbyt dużo pozwalać.

– Odprowadzisz mnie? – Wstała, dopiła resztkę wina. – Spacer dobrze nam zrobi.

– A dostanę buziaka na pożegnanie? – spytał z nadzieją. – Bo wiesz, do ciebie kawał drogi...

– Co ty, poligamię chcesz uprawiać, handel pocałunkami wprowadzać – pogroziła mu palcem. – Ładny goguś z ciebie. I pomyśleć, że ja kiedyś myślałam o tobie, że nadawałbyś się na mojego chłopaka. Dobrze mi ojciec mówił, bym się z wojskowymi nie zadawała. A że daleko, to tylko ci dobrze na kondycję zrobi.

Ubrali się i wyszli. Kiedy dochodzili do jej bloku, było już dobrze ciemno.

– Nie zaproszę cię do mieszkania, bo mam bałagan. – Zaczęła szukać w torebce kluczy.

– A całusek? – upomniał się.

– No dobrze, możesz mnie pocałować w policzek – pokazała palcem gdzie.

Janusz cmoknął ją i chciał odejść, ale ona chwyciła go za klapy kurtki, przyciągnęła do siebie i wessała się w jego usta. Trwało to dobrą chwilę, aż usłyszeli czyjeś kroki na schodach.

– To tak na zaś – powiedziała, poprawiając ubranie. Pomachała mu dłonią i znikła w wejściu.

W poniedziałek bańka pękła. Dowódca jednostki zrobił odprawę dla kadry zawodowej i kierowników działów, gdzie pracowali cywile. Odczytał rozkaz ministra o dyslokacji jednostki do Stargardu Szczecińskiego. Miało się z tym wiązać zmniejszenie stanów osobowych. Żołnierze zawodowi mają na zastanowienie 48 godzin, czy odchodzą razem z jednostką, starają się o przeniesienie do innej, czy składają podanie o zwolnienie ze służby wojskowej. To ostatnie dotyczy zwłaszcza tych, którzy i tak w najbliższych latach przeszliby na emeryturę. Jeśli chodzi o pracowników cywilnych, zrobiony zostanie przegląd kadrowy i te najbardziej potrzebne stanowiska pozostaną. Więc jednak. Januszowi kręciło się w głowie, nie chciał opuszczać swojego rodzinnego miasta, z kolei szkoda mu było tych lat które spędził w wojsku. Jeszcze kilka lat i nabędzie prawa do najniższej emerytury. Ale coś się działo i trzeba było zadecydować. Choć tak naprawdę to niewiele zależało od niego. Na znalezienie miejsca w innej jednostce miał za mało czasu i znajomości, na odejście raczej się nie zdecyduje. Podszedł do telefonu, wykręcił numer.

– Urząd gminy, Jabłońska, słucham – usłyszał głos Alicji.

– Ala, to ja – rzucił do słuchawki. – Muszę z tobą pilnie porozmawiać. Możesz dziś wpaść do mnie? Bo to rozmowa nie na telefon.

– Co się stało? – była zaniepokojona. – Jeśli chcesz porozmawiać, musisz przyjechać do mnie i to nie do domu, bo wiesz...

– Dobra, wezmę od ojca auto i będę czekał koło cmentarza o piątej. Tylko bądź na pewno, to dla mnie bardzo ważne.

Kiedy zatrzymał się na polnej drodze koło cmentarza, padał deszcz. Duże krople padały na przednią szybę i ściekały w dół. Wkrótce zauważył Alę, wysiadł i otworzył jej drzwi z prawej strony. Usiadła i popatrzyła na niego, widać było jej zaniepokojenie.

– Co się dzieje? – spytała. – Przepraszam cię, ale nie mamy dużo czasu.

Janusz pokrótce zreferował jej sprawę. Spuściła głowę na piersi. Chwilę milczała. Zauważył kapiące jej z oczu łzy i sam poczuł, jak żelazna obręcz ściska mu gardło. Jej reakcja była jednoznaczna. Nie ma co liczyć, że ona pójdzie za nim. Pochylił się i przytulił głowę Ali do siebie. A ona dalej płakała.

– Kiedy? – jej głos ledwie było słychać.

– Pojutrze mamy powiadomić dowództwo o naszej decyzji, a samo przeniesienie to kwestia gdzieś półtora miesiąca – powiedział zdławionym głosem. – Póki co, to nie mogę zrobić nic innego, jak przenieść się razem z jednostką pod Szczecin. Za kilka lat, jak dopracuję wieku, kiedy już będę mógł się zwolnić, wrócę tu. Mieszkanie na ten czas chyba komuś wynajmę.

Znów zapadła chwila ciszy.

– Pamiętasz, co ci powiedziałam w sobotę po tej naszej kąpieli?

– Pamiętam.

– No to pójdę sobie, dobrze? – Otworzyła drzwi. – Zadzwoń kiedyś.

Rozpostarła parasol i odeszła, ale dłuższą chwilę widać było, że jej plecy drżą. Janusz oparł głowę na kierownicy i tak trwał, aż zaczęło się ściemniać. Podniósł oczy, popatrzył przed siebie i powiedział do siebie:

– Trzeba żyć, nawet jeśli za tą, którą kochasz, oszaleje dusza w tobie.

Potem z kieszonki na piersi wyciągnął serwetkę, wytarł nią wilgotne jeszcze oczy, zmiął i wyrzucił za okno. Zwolnił hamulec i odjechał.

Serwetka pod padającymi na nią kroplami deszczu prostowała się.

I gdyby ktoś zechciał pochylić się nad tym skrawkiem papieru, dojrzałby na nim blady zarys kobiecych ust.

19195